綠楊村

司馬中原 著

序曲

這美麗哀淒的故事，是生長在北方大家閨閣的幼如講給我聽的；幼如是個多愁善感的人，在亮著晚雲的黃昏，她坐在長窗邊，緩旋著她手裏的茶盞，明媚的黑眸子裏亮著某一種靜靜的沉思或者是悠遠的追懷，用她徐緩圓潤的語音，層層揭現了她曾身歷的情境——那情境，正像天腳浮流著的一片美麗的晚雲，逐漸逐漸地飄遠了，轉黯了，隱入迷離如煙的暮靄裏去了。

有些人，他們短促的一生，從開初到結束，也都裹在那種迷離如煙的黯色情境裏，如那樣一片美麗的晚雲，把短暫的美麗栽種在他們曾經活過的園子裏，換得的，只是憑弔者一聲哀嘆罷了。

綠楊村 目錄

一 逃難

北方那些通過鄉野的官道你是知道的：路基比平野要高得多，敞篷騾車滾馳在路上，彷彿滾在平頂的高堆上一樣。那年我剛七歲，自己還不會編辮子，我們是因為逃難才去綠楊村的。

春三二月裏，風是微寒帶軟的一團棉，從車轅望出去。一眼望不盡的麥苗，一浪一浪的，浪頭上走著忽明忽黯的幻光。媽說幾年沒出城，鄉下變得荒涼了，我卻一點兒咀嚼不出她所說的荒涼，只覺得鄉野地好遼闊，麥苗染亮人眼，綠進人心，恨不得要趕車的老董勒住牲口，讓我下車去，在那連天綠海裏打個滾。

綠楊村孟家是媽的娘家，我只聽她常像說故事樣的說過，說過這，說過那，可就再怎麼也描不出鄉野的景象來，平常活在城裏的老宅裏，從沒出過大門，只知四面高牆圍著一塊天，像剪刀剪下一塊藍布，一進一進灰磚屋，門上吊著簾子。站在方磚院裏，也逃不過沉檀佛手香——我常耽心聞多了會生病。

「前院子玩去。」媽常這樣說。

前院也沒什麼，家家前院全是那三樣寶——天棚、魚缸、石榴樹，我們家只多了些細瓷盆景，和一道瓦嵌的影壁牆。……再不，也頂多去後大園子，捏蝴蝶，捉迷藏什麼的；後大園子在我眼裏是夠大的，幾十棵昂著頭的大樹，一排兒倚在牆沿兒上朝外呆望，抖開它們高聳得令人羨慕的枝枒，每片葉兒都是一隻眼，而我的兩眼總被長牆隔著，只能望見一些脊瓦，一些脊瓦上的煙囪。

從沒想到野地有這麼遼闊，這麼遠，我真不知道，像媽那樣一個在鄉野長大的女孩子，怎會有那麼大的耐性？讓城裏的四面高牆，鎖住她的半生。

「啨，妳弄岔啦，綠楊村的宅子，只有比這兒更老，」老女傭袁媽跟我說過：「妳外公家鬧狐仙，一鬧鬧了好多年，可見那宅子多深，多老，……她也是長年關在園子裏長大的呀！」

也許就從那時起，我心裏就惦記著綠楊村了。

仍然剪不出它的輪廓來，不知為什麼？一想起它，便跟著想起高牆外長巷裏流響著的琵琶聲來；……總在暮色初起的時分，那聲音像一隻怪異的魔手，撩撥滿院子似煙非煙，似霧非霧的黝黯。徐徐緩緩的，一個叮咚接著一個叮咚，彷彿水滴落在深井裏，越落越黑暗，越落越深沉，那聲音裏有著我們做孩子不能懂得的哀淒，我就那樣的，把長巷裏的琵琶聲，和綠楊村的摹想揉在一起。

聽說那兒一族全姓孟，一共四房頭，每房佔一座大宅院，宅院的形式全是一樣的，外公家是長房，二房的子弟不成材，有的成天端茶壺，拎鳥籠，也有的販煙土，吸鴉片；三房人丁稀少，鬧狐仙的房族是四房，一位跟媽同輩的小姨姨，就是叫狐仙祟死的。

「妳那小姨姨很早就死了，」媽說到那事就會惋嘆著，兩眼泛著潮濕：「俊得上得畫兒的人，生就的七孔玲瓏心，無論什麼精細的女紅，瞧著就會，又不需描樣兒，剪得一手好花樣兒，可憐，噍氣那年，才十九歲呀……」

活在古老的城裏，能聽著的，也都是些沉沉悒悒的故事，聽起來總叫人癡癡迷迷，飄飄忽忽，彷彿邈遠得不像是真的，為什麼人間世上的故事，都遠得像印著煙篆縹緲古香爐的唱本裏的唱詞？高得像織女牛郎當年相望的銀河呢？

真心的喜歡那些故事，總夢想有一天，能到綠楊村去，探求個究竟！是去綠楊村的前一年罷，有人來替大哥說親事，帶了女方的大紅庚帖來，袁媽咬著我耳朵，悄聲告訴我，女方不是旁人，就是我那死掉的小姨姨的親姪女兒，也就是小舅家的大女兒碧琴。

早也聽媽說過，小舅是個書卷氣很濃的人，愛花愛竹，愛彈古琴，長年關在書齋裏，唸詩寫字畫畫兒，年近四十沒子嗣，身邊只有三個聰慧的女兒：碧琴、碧雲和碧鳳，袁媽都見過她們。

「妳小舅家那三個表姐呀，嘖！簡直是三朵水仙花，個個是那麼聰明，那麼俊俏，遍城也沒有哪家姑娘能比得她們呀！」

袁媽是那樣，凡是她那眼裏看得中的，就不容誰有一絲挑剔的份兒了。親事還沒說在哪兒，她就逢人誇說：

「幼如她大哥，能娶著碧琴，算是金童配著了玉女，再適合也沒有的了！」

當然，我小心眼兒裏也這麼盼著，只要大哥能娶個綠楊村的女孩兒，我就心滿意足了，幻想中的那些連仙狐都會著迷的姑娘們，還不知美成什麼樣兒呢，我是多麼希望有那麼一位嫂嫂啊！

那得看大哥本人願不願意了。

在大學裏求學的大哥，該是很多少女心裏的白馬王子那一型的，臉孔白淨斯文，黑眼總含著笑意，——即使沒笑也總覺他在笑著，……北方那種典型的青年才子，你是想像得到的，大哥的穿著很考究，夏季愛穿雪羅的長衫，瀟灑得不染纖塵，冬季的長袍總是最好的料子，最可體的樣式，白罩袖映著深色的藍，越發顯得他的英俊。……他不但課業好，也精於各種運動，籃排球、溜冰，都是他那夥兒同學中的主將。畢業前他迷平劇，很快就成了知名的票友，幾次客串演出，都博得滿堂雷動的采聲。

在我們這個古老的族系裏，都把大哥看成新派人，對於婚姻的事情，儘管家裏人一直很關心，而他本人一直不願為這事費腦筋，早先也有很多家把大紅庚帖送上門，他理會都沒理會，就要人退掉了，……除非這回能例外，是否能例外呢？我不禁要為我那從沒見過面的外家堂房大表姐碧琴耽心了。

據我所知，媽是力主大哥娶碧琴的，她不止一次這麼說過：

「媳婦還是舊式的姑娘好。」

不用說，碧琴表姐在媽的心眼兒裏，就是那麼標準的舊式姑娘，何況又是親上加親呢?!

我對所謂新式舊式的觀念是比較朦朧的，媽所講的舊式，也許就像她自己罷？她常用如煙如雲的聲音，回憶她早年在綠楊村的日子，……跟一兩位相知的姐妹，各端著花花朵朵的細針線，同坐在樓廊圓椅上刺呀繡的等黃昏，黃昏來了守著它，把長牆外一野的蒼茫全繡進心裏去，因便覺得高處向晚的風寒。

怕看籠著暮煙的柳色，怕聽夜風裏簷鈴的淒咽，便收拾了，轉進燈色暈黃的繡樓，借那一圈兒黃光去溫暖自己被夜寒觸動了的柔心，用塗了香油的鬢髮擦亮蠟盤上的繡花針，不想太久的被沉默嚙痛什麼，便也偶然的笑談著，無論談什麼，都很朦朧，都很遠，即使笑，也驅不散那種虛虛緲緲的愁情……全因她們生活著的世界太小，只是高牆圍著的一道園子，幾進暗沉沉的屋宇，一些不著邊際的故事，和繡閣裏那盞小小的燈罷？

一針一線繡成一幅鴛鴦鳥，也繡進了一束一束她們自己的春華，為了嗩吶流鳴的那一天，以及那天之後，好在一個摹想不出的陌生世界裏，為一個名不知姓不曉的男人，湮沒掉各人纖柔秀麗的曾繡在彩巾一角的名字，換取得某門某氏，生男育女，和一些味同嚼蠟的字眼兒——溫靜、嫺雅、賢淑、巧慧和另一些什麼什麼。

也許就很舊式了罷？

好淒涼的深巷裏流轉著的那支琵琶……

媽曾把大哥的一張放大的學士照，偷偷托人送去綠楊村，她自以為大哥會答允這門婚事的，不過，爹跟大哥都不同意。爹的意思是：孟家原是城裏人，雖說在曾外祖那代遷到鄉下去，一直沒改掉城裏舊世族消閒懶散，愛裝點門面的老習性。那族裏的女孩兒，跟大哥那種朝氣蓬勃的新派青年怕合不來。日後大哥朝外發展事業，留下她清清冷冷的守宅子，既牽住了他，又害苦了她，……再說，聽講孟家小舅的三個女兒，美是美，弱也太弱了些，病病懨懨的底子，加上常年關在園子裏，個個都成了善感多愁的林黛玉，大哥不該娶那樣的女孩兒。

大哥本人倒不是顧慮這些，他覺得綠楊村，鄉野地，姑娘也許太村氣，又覺得碧琴表姐自幼關在閣裏讀經書，沒唸過一天洋學，他跟對方也許不相配，……當然，他不會相信袁媽誇說的：碧琴表姐三姐妹如何如何的聰明，如何如何的美了。——雖說小時候還跟表姐們在一道兒玩耍過。

親事沒成，媽背著人偷哭過；看到媽哭，我也哭，也不知為什麼竟會哭得那樣傷心，好像丟掉什麼心愛的小物件一樣。打那起，心裏的綠楊村就在時光的浪頭上，飄漾飄漾地，逐漸去遠了。

要不是逃難，我真沒想到會到綠楊村來的。

二 孟家人

黃昏是爿綾羅店，有意抖開滿天錦雲來。午間落店打尖（即在長途中略作休息）時，灑過一場小雨，潤濕了路面上的塵沙，騾車輪子滾在鬆軟的溼沙上，無聲無息的，沒有一點兒顛簸，輪痕切開濕沙，像切開整塊的黃糕餅，軟軟的晚風兜著臉吹，溫寒的一盆水似的，人眼全叫它洗亮了。

抬起亮眼去看晚雲，顏彩鮮豔得就沒法子形容了，天，是塊緊繃在繡架兒上的一塊淡藍水絹，雲霞是繡出來的繁花萬朵，又閃亮，又透明，不知天上誰有那般的巧手？

風拂著，雲飄著，車滾著，流呀轉呀的，我不禁又想起綠楊村，想起碧琴表姐她們來了。……打那回送庚帖上門，親事擱淺，一晃眼就兩三年了。局勢一變動，鄉下城裏沒交通，再也沒聽過她們的消息，碧琴表姐是否另外找著了婆家，出了嫁？或是仍關在深宅大院裏，一針一線的，鎖著眉，低著眼，繡進她怔怔忡忡的春華？

誰知道呢？

我總覺得在這宗親事上，爹太迂板，大哥太傻了，害得媽在當中做了蠟，這回逃難去綠楊村，見著小舅和碧琴表姐她們，可不是夠尷尬?!

「綠楊村在哪嘿呀?老董。」

「橫崗子那邊，」老董說：「等騾車翻過崗子，妳就看得見那片連天的楊柳林子了。」

車過橫崗子，雲霞轉成黯紫色，四野的暮靄在霞光映照中，也變成一團團曖昧的紫霧，一大片在沉黯裏迸著碧光的柳林，迎著人旋轉過來，這是我生平見到過的最大的楊柳林子。

沿著官道兩邊，密密的迤邐著，無數無數新抽的柳線牽著風，在人頭頂上舞盪著。

天全落黑時，我們才到達被柳林圍繞的綠楊村。

也許自己那時年紀小，很容易沉迷在某種特殊的印象裏罷？我要說，我對綠楊村的印象夠特別的……，你也許在哪兒看過那一類的古磁瓶，專當擺飾用的，漫天潵地的一片綠底子，愈朝遠處愈深濃，把太多不可測的奇幻和神秘，全都包孕在裏面，讓你去猜，讓你去想；就在那片深深淺淺的綠裏，疊現出一簇模式古老的宅院來，構成一幅使人平興幽思的畫面。——我覺得綠楊村也是那樣，出現在極端奇幻、極端神秘的綠底子上，無論我聽著，看著，無論在白天還是在夜晚，輕輕恐懼的感覺，都會像鳥喙一樣的啄著我的心。

我們被安頓在外公家的側院裏，一幢像是花廳的房子，隔著一道透空的花牆，園門外是一片荒曠的大園子，好些奇形怪狀的楊柳樹，好些奇形怪狀的立石，在一片蔓草叢中，影影綽綽的，鬼魅似的站立著，又好像朝窗裏探頭張望著，使我不敢朝窗外抬眼。

最怪的該是孟家那些人了！

也許是由恐怖而生的敏感罷？我總覺得她們陰沉沉的，淡漠漠的，又帶點兒憂憂戚戚，一股鬼狐的味道。那夜我沒見著孟家的男人，只見著大舅媽、二舅媽和一個穿黑衣的女傭。……大舅媽是個乾瘦、黧黑、面貌平庸的女人，一臉曖昧的黑雀斑，都聚在眼窩鼻凹裏，使她的臉像一隻黏著芝麻又沒弄均勻的燒餅——烤焦了的燒餅。

二舅媽恰恰相反，她是個朝橫裏長的矮胖了，黃黃白白的臉皮繃得太緊，乍看上去，有點兒浮腫透明，那小眼，細眉毛，都像是畫上去的一樣。

多年不見面的至戚上門，又是逃難來的，見面總該親熱一陣子，說陣問長道短的寒暄話罷？但她們沒有，只說：遠來太累了，先著女傭掌燈，收拾臥處，早早安歇。我看得出，那不是她們冷淡，她們的言語，都彷彿被什麼鎖禁著了。

只有那女傭的話比較多些兒，她說她半輩子都在孟家，從小跟我媽在一道兒長大的，正因那樣，她對我顯出很疼愛，不過，單看她那副長相，就使我不敢親近她了，她是厚唇，凸額，臉色青黃的婦人，——正是傳說中的鬼色；她的兩道濃黑的半截眉毛，微微朝上斜吊著，匿在眼窩陰影裏的眼是陰鬱的，望人時總有些斜睨，彷彿瞳仁兒有什麼胎裏帶的歪斜毛病，古裏古怪的。

幸好是在燈光下面，還有媽陪著，我才敢正眼看著她。老實說，假如要我一個人，在星月籠罩的大園子裏，碰上這麼個穿黑衣的婦人，不把她當鬼看才怪呢！……即使在燈亮的房子裏也不成，望她望久了，會使人禁不住的生出懼怕的想法來，把她跟幽靈牽連到一起。

花廳的房舍太古老，太陳舊了，房子不怕古舊，那得看是什麼房子，座落在什麼地方？城裏也有許多小門小戶的老屋，看起來也不會像這座花廳這樣容易使人興起若干恐怖的聯想了！……這兒除了四周荒曠，室內的鋪陳精緻，該是引發人產生恐怖感覺的主要原因。

那屋子裏面，沒有一樣物件不是古老的，繪著彩畫的橫樑，雕著空花的角板，會把人的思緒推到雲中霧裏去，——也許那些當年雕繪的匠人都已化成白骨了罷？不但是那些，就連一桌一椅，一燈一瓶，都像被死人碰觸過，沾著一種陰森的鬼氣。

女傭引我們進屋，把那支插在帶罩燭盤裏的蠟燭，放在圓窗邊的一張方桌上，隔著方桌，跟我們對面坐著。那扇黑色的圓窗，彷彿是一張剪刀剪下的圓形黑紙，上面繪出她怪異的臉子。

「在這兒，可比不得在城裏嘍。」她用歪斜的黑眸子睨著我，帶幾分關心，又帶幾分恫嚇似的說：「孩子家，要學著多聽少講，切不可胡亂的問這問那，妳懂罷?!」

但我卻不是容易被嚇住的女孩，雖說我心裏正在駭怕著。

「妳是說……這兒有什麼不對嗎？」

我不知道這一問有什麼地方不妥當，她好像挨了針刺似的，臉色越發變青了，急忙擺著手說：

「噢！沒什麼，沒什麼，……我不是說過，孩子家，少問這問那的嗎？這兒跟妳小舅家，只隔著一道牆呀！」

「我問了會怎樣呢？」我追問說。

她沒答話。媽卻說了：「我也想曉得碧琴她們怎樣了？」

「病著呢，姑娘。」她仍用媽嫁前的身分稱呼著：「上回請了個會茅山道法的術士進過宅，也沒弄出眉目來，如今成天鬧著門。」

「還在鬧狐狸嗎？小舅家。」我說。

我的話剛脫口。她就神色倉皇的站起身，摸著一隻茶盞，翻卡在桌面上，又唸唸有詞的伸出手，繞著茶盞外緣，畫了一個圈兒，這才大驚小怪的跟我說：

「這樣說話是會闖禍的，靈狐全修有千里耳，任是隔多遠，妳背後說牠，牠全聽得著！……朝後甭再提了，要提，也要稱仙家。」

說了這話，她就跟媽道了別。反掩上房門退出去，在黑暗中消失了。她走得那樣輕悄，我連腳步聲全沒聽著。

那夜，我做了很多情境逼真的怪夢。

三 五舅

在我還沒踏進小舅家的園子，沒見著碧琴、碧雲、碧鳳三位表姐之前，我最先碰到了孟家二房裏的五舅。

大早上，我在外公家大門旁騎石獅子唱唱，他歪戴著一頂薄呢禮帽，掖著藍袍兒，托著扯去風罩的鳥籠，從郊野地蹓鳥回來，一眼瞧著騎在石獅子背上的我，就停了下來，那時我根本不認識他，不知他就是我五舅。

「咦，那兒來的箇小野丫頭？」他啞聲的闊闊的笑著，把兩眼瞇成一條縫，衝著我看，那樣兒說多討嫌有多討嫌：「還會唱唱呢！……小嗓門兒蠻甜的，嗯！抱去賣了罷，賣些錢來給五舅我買酒喝。」

「胡說，我不認得你！」我又駭怕了，強作鎮靜的說：「你敢抱？你抱，我就叫我媽……媽呀！這人要抱我！」

「妳不認得我，我可認得妳！……妳是昨兒晚上才打城裏來的，妳姓韋可不是？」他說。

「亂講！你怎會知道我姓韋？」

「嘿嘿，」他從鼻孔出聲，笑得真有些邪氣。「亂講？我知道的事兒多著呢！妳閉著嘴，我知道妳嘴裏有牙，牙裏還有舌頭！對不對？」

我不敢再吭聲了。

「妳住在後園子的花廳罷？」他變得正經點兒，伸手捏捏我的小辮梢兒說。

「你要當真是我五舅，我就同你講。」我猶疑困惑的打量著他。

媽在好些故事裏，經常提起五舅這個人，說他專跑陝西，販賣煙土，後來被查緝的官兵開槍擊傷了手，就不幹那宗黑買賣了；說他最愛玩鳥雀，愛跟孩子們講述他當年走江湖，曉伏夜行所遇著的怪事，我不知這個人究竟是不是那個人？

「五舅是不興假冒的。」他說：「瞧，這就是妳五舅我的標記！」他把鳥籠放下來，朝我伸出那隻手——光有手掌，沒有另四個手指頭。

「我昨夜住在花廳裏，」我說：「有點兒怕。」

「怕什麼？」他神秘的眿著眼，湊過身來。

「狐狸。」我悄聲的，貼著他耳朵說。

「嗯，……不錯。」他點著頭，緩緩的抬眼望我，從他炯炯的眼光裏，我看出他心裏一定藏著許多關於靈狐的故事。

太陽還沒出來，門外的空氣濕濕涼涼的，像一杯水裏加了薄荷，吸著就添精神。

遠遠近近，裹著一片迷迷濛濛的朝霧，霧裏撒著細碎的鳥啼，也不知是什麼鳥？也不知是在什麼地方？對面是一排長長的灰院牆，牆腳生著厚的綠絨狀的苔，牆頭掛一排細弱的柳條兒，懶懶的打掃著牆外的霧，掃來掃去總掃不乾淨。

「鳥該換水添食了，」五舅拎起他的鳥籠說：「改天我會來找妳，講些故事給妳聽，……妳大哥沒逃難離城嗎？」

「爹跟他走得早，」我說：「他們跟鹽務總局到山西運城（**著名的池鹽產地**）去了。」

「啊，去得那麼遠……」他嘆了口氣，沒再說什麼。

我也嘆了一口氣，目送他的背影進入對面的朱紅門。他為什麼平白的問起大哥，後來又不說話了呢？大人們總是這麼古怪，愛把事情分開，這是小孩兒的事，那是大人們的事，……看樣子，五舅竟也是那種人，他明明有話，卻嚥回肚裏去了。

後來我跟五舅混得挺熟，他常把我抱在膝頭上，跟我講許多怪異的事情：講他在晉南趕夜路，一夥兒六個漢子，投宿在鐵道邊一間鬧鬼的磚屋裏。旁人都說那屋子不乾淨，六個漢子都說不在乎，說是要比睡在貨車肚子底下好些，至少要少受些風露，於是，便摸黑進了那屋子。

我曾聽人講過好些怪異的傳說，但誰都沒有五舅講述得逼真，形容得鮮活，我也承認，他所講述的事情，都深深吸引著我，使我沉迷。

你聽罷，假如你在那種年紀，不著迷才怪了呢！

「我們摸進屋，屋裏黑乎乎的，伸手不見五指那種黑法兒。」

五舅抱我坐在後花園園角的一條石凳兒上，看三月的豔陽天，柳線是些密密的碧色簾子，灰牆那邊是小舅家的園子，從一處小小的牆缺口，探過來一枝紅灼灼的桃花，一支尖尖的，太湖石的石筍。那樣美的春景，把故事裏的恐怖氣氛沖淡了很多。

「我們搖著火摺兒照了照，那屋子並不甚大，正廳是四方形的，傢俱很考究，全落了一層灰，東邊暗間有座平津式的磚匠，六個人正擠得下。……

『管它鬼不鬼，先脫了鞋，上匠去睡了再說。』咱們的老大說：『每人把短槍上膛，關了保險別在腰上，一有動靜，就招呼大夥兒！』……

趕了半夜的黑路，不知經過多少荒墳亂塚，還踢過裝棄嬰的蒲包，也沒遇著怪異，一摸上了匟，倒下頭就睡著啦。」

「睡到四更天的光景，我被什麼驚醒了。嘴張著，眼瞪著，心裏明白，身子卻不能動彈，……妳知道為什麼嗎?!——我的肩膀被兩隻冰砭骨的鬼爪兒掐著，渾身都寒透了！就覺有人衝著我後腦窩吹氣，冷噓噓的，吹得咻咻有聲，我好不容易掙脫了它，伸手一摸，噱！我那五個膽子大的同夥。連一個也不見啦！……我一嚇，鞋也沒穿，赤著腳就朝外奔，奔到鐵道邊，找著那五個，我問他們為什麼跑出來?他們說的是一樣的話——有鬼衝著他們的後腦窩吹氣……」

「最可笑的是，六個人全赤著腳沒穿鞋子。」

「換一個罷，五舅。」我說。

聽故事時，我兩眼一直望著那道灰色的院牆，心裏總在想著灰牆那邊的世界，我是那樣急切的希望看見那三個表姐，碧琴、碧雲和碧鳳，可是，沒有人願意跟我講說她們的事情，大舅媽甚且不讓我走近她們家緊閉著的大門，五舅也不肯講那邊鬧狐的事，我知道。

那邊也許有花蜜好採罷，一大陣一大陣的蝴蝶，紛紛紛紛的，像隨風拋撒的碎紙屑，越過牆頭，飛進那邊的園子裏去，……那邊究竟怎樣呢？

五舅果然換講他的另一次經歷，講他在平綏道上，曾遇過一隊沒有頭的屍體，排成一排在荒塚地上走，他講的比前一個故事更精彩，更顯得津津有味，但我卻連聽都沒有心腸去聽了。

除了五舅之外，孟家再沒有誰肯多提小舅家的事，彷佛誰要提，靈狐就會祟到他們頭上，綠楊村全村，都罩在這種古怪的輕恐的氣氛裏面。

四 三姐妹

一天，我為了撲捉一隻穿裙子的大彩蝶，爬上後園子的假山，那座假山恰巧就對著灰牆的缺口，缺口那邊，站著一棵滿頭插花的毛桃兒樹，大彩蝶就落在一叢桃花的花蕊上，搧乎搧乎的張著牠那對誘人的翅膀。

我爬過牆缺，站到柳樹的枒杈上，想悄悄的捏住牠，誰知剛一伸手，牠就又飛開了，嬉弄我似的，繞著我的頭頂飛了一圈兒，一翅飛進我腳下的花海裏去了。

我滑下桃樹，癡癡的站在花叢裏，蝴蝶多的撲打人臉，有些竟叮在我的衫子上。我做夢也沒想到過，隔著一道灰牆，外公家和小舅家的兩座園子竟是兩種光景？那邊是老樹、叢草和亂石，這邊卻是一片花海。

我從來沒見過誰家園子裏有過這樣多的花，紅一塊，白一塊，黃一塊，紫一塊，五色繽紛得使人眼花，雲天下的花海的顏色是活的，時時隨風盪動著，花瓣像蝶翅一樣的微顫，使人分不清哪兒是花，哪兒是蝶了！……我一定是站在春神的鬢髮上，滿眼顏色，滿鼻的香氣，春在我心裏蜜般的黏，濃得化也化不開。

我數不盡滿園子花朵的名字，只知道豔黃豔黃，開成簇兒的是迎春花，粉紅帶白，無限嬌羞的是木本芙蓉，鮮明照眼的月月紅比芙蓉的紅暈更甚些，它們圍繞著一架白色的，星星點點的薔薇，更遠處是瓔珞般的剪春夢，猩紅帶紫的繡球花，毯似的鋪到長廊下的欄杆邊，連方磚鋪成的通道，都叫更多的草花遮斷了，只有從花朵的曳盪上，才覺得出風軟、春柔。

一切的不安和恐懼都從我心裏消失了，真的，我輕輕摸著那些花朵朝前走，我變成一隻船，尋春賞春的船，分開那五顏六色的波浪，嗅著花和蜜的香息，咿咿呀呀的，幾乎要唱出什麼來。

瞧，那隻穿裙子的大彩蝶還在那兒呢！牠飛繞過密密的薔薇花架，落在一束金色的花球上；當我躡手躡腳的走過花架，想去捏住牠的時候，我腦後的小辮子卻被什麼拽住了，我還以為是碰著薔薇的硬刺了呢，不！那是兩隻雪白粉嫩的手，我側眼偷看過去，能看見幾隻修得長長尖尖的，用鳳仙花汁染過的指甲。

會是靈狐和花妖麼？

「這可捉著來偷花的小賊了！」她的笑聲揉在言語裏，柔軟得就像眼裏春，好聽極了。

「我沒摘花。」我說：「只是來捉蝴蝶呀！」

「妳踩斷了一枝繡球呢。」

「妳也不是嚇飛了我的蝴蝶麼？」

「好巧的小嘴。」她說：「我喜歡妳！」

她放開我的辮子，把我兜胸籠在她懷裏，又用那塗有花汁的手掌，摸著我的下巴。

她的掌心溫暖潮濕，微微沁著香汗，那是花和蜜和另外一點兒什麼奇妙的香，嗅著了就會使人渾身發軟，我沒能掙脫也不想掙脫，彷彿我就是一隻被人捏住的大彩蝶，沒法子鼓動翅膀了。

「妳敢情是碧琴表姐？」我說。

「妳猜是誰？」她咯咯的嬌笑著：「猜錯了，帶罰的。」

「讓我看看妳。」我說：「看了再猜。」

她鬆開手，仍然笑聲不歇的說：

「看罷！——橫直妳是跑不掉的！」

我轉過臉去，抬眼端詳她的模樣，一剎時，滿園子的花朵都黯淡了一層，她穿著淺鵝黃的春衫褂，荳綠錦綾的小馬甲，閃光緞的平鞋，鞋幫沒繡花，也跟衫裙同色，鞋頭上各繫一隻荳綠的大絨球，巍巍抖動著。

那樣的衣衫我並非沒見過，只是穿在她身上，就處處顯出不同來，那春衫裹著她柔潤的肩胛，渾圓細小的蜂腰，別漾著一種青春

嫵媚的氣息，無一處不是那麼熨貼，那麼美。

正像袁媽形容過的，她苗條得像一枝初茁的水仙，衣衫是葉，花朵是臉。

她的臉是鵝蛋形的，膚色白嫩得發出異樣的光彩，哪兒有一點像是病人？烏黑潤澤的長髮，虛綰成一支鬆軟的長辮子，辮梢兒紮著鵝黃素結，從肩胛的一邊垂到胸前微凸的地方。

她前額上覆著一彎稀稀的瀏海，髮尖一直梭到眼睫毛上，使她大而黑的兩眼略有些瞇著，彷彿是在笑著的樣子。

許是方才動得激烈了些，她微微的喘息著，從她紅紅薄薄的唇瓣間，微露一排整齊潔白的牙齒。她鬢角下面的散髮，有幾莖叫汗水黏貼在臉頰邊，但遮掩不住她臉上隨著呼吸泛起的潮紅。那潮紅流湧在她俊俏嬌媚的白臉上，有著說不出的美麗的情韻，一會兒像桃花，一會兒像芙蓉，——也許那張臉就是百花的花汁染成的罷？

「猜呀，小傻子。」她說了，彎下腰，手撫在膝上朝著我笑。

這一回，她黑眼不瞇了，好黑好黑的亮瞳仁兒是兩口磁性的深井，吸著人朝井裏掉，我愣愣傻傻的影子真的掉進去了，變得很小，很小。

「妳是碧琴表姐。」我說。

「該罰。」她指指我的鼻尖，趁勢抱起我，朝長廊那邊走，一面湊著我耳邊，親我一下說：「妳猜錯了！」

「那……妳是二表姐。」

「也不對。」她說：「我是老三。」

「妳叫碧鳳，我知道。」

「倒是好記性，妳都聽誰講的？」

「袁媽。」

她又咯咯的笑起來，一股蜜香味：「誰是袁媽呀？」

「就是我們家的女傭呀！她不是跟媽下鄉來過嗎？……妳抱我去哪嘿？」

「罰妳。」她說：「妳不是要見碧琴表姐的嗎？」

我原是歡歡快快的在她臂彎裏欣賞著園景的，她一跨進那道拱廊，陽光在我眼前一暗，我就覺得有些駭怕起來了。

拱廊又深又長，木椽子，拱樑，都泛著年深日久的赭褐色，面上仍現出依稀的深褐色的木紋，那些雲朵似的迴環的木紋，把我的心又鎖進那些魔魘的傳說境界裏去了！……這不是鬧狐的宅子麼？

三表姐抱我到一座暗沉沉的屋子裏來了。

看樣子，這像是後堂屋，隔著一座寬大的鏤花屏風，經後門通到拱廊，巨屏前面，放著老檀木的長條桌，桌面加上金漆，光亮得像面鏡子，能映出好些陳列物件的倒影；桌身連桌腳都雕著花，雕得十分精緻，這樣講究的傢俱，即使在城裏一般人家也是少見的。

條桌上的陳列很整齊，完全是城裏大家的款式；正中放置著一架西洋大罩鐘，兩邊是精緻的官窯磁鼓兒，高高的碎磁膽瓶，再過去是大小帽筒兒，成套的燒花蓋碗，放置書畫卷軸的瓷缸，五色琉璃燈，小而珍貴的案上立屏，兩隻培著水仙的花盂，一隻專燃沉檀的鼎形小香爐。

條案前放著八仙桌，兩邊兩把嵌有白色大理石板的太師椅，椅後各放一隻上綠釉的果品缸；同樣的太師椅和方几，配在兩廂張掛的畫軸下面。

從堂屋通到兩側暗間的門都敞著，但都垂著曳地的珠串的簾子，朝裏面張望，也影影綽綽的看不分明。

「妳們快來看，」三表姐把我放在太師椅上，打開果品缸，抓了一把果子，塞在我的衣兜裏：「快來看，看我在花園裏撿著個小小人兒回家了！」

「三妹，別嚷嚷，我在煎著藥呢。」屋裏有個沉靜柔甜的聲音飄出來，甭說看人了，單聽她的聲音，就夠使人著迷似的喜歡上她啦。

「真的撿著個小小人兒呀，」三表姐說：「妳猜她是誰？——城裏韋家的小么妹，好好玩兒，長得跟白磁娃娃似的。」

她這麼一誇讚，誇讚得我很受用，便只管嚼起果子來了。

說怕呢，還是有點兒怕，沒見那房門的門框兒上面，都還張貼著鎮邪的符篆麼？好在這是大白天，太陽光還在門外的方磚天井裏輝亮著。

天井中間有座圓形的花壇，花壇上也盛開著好些種春天的草花，每朵花都恍惚是一張笑臉，那樣安詳無恐的朝我望著，像是要我也安下心，不要害怕的樣子。

那邊的珠串簾兒一分，又一個畫兒似的人跨出來了，珠串簾兒在她身後波漾波漾的，她整個身影也像在飄漾著，盪起一團白白的迷離。

她的衣衫是月白色的，上面灑著些細細碎碎的紫丁香，她的長髮沒綰辮子，用一條淡色的髮帶束著，一邊鬢角上，別著一支帶有銀色珠球的卡攏兒，攏上貼著一朵千層蠶繭花，素素淡淡的裝束，文文靜靜的眼眉，我一看就猜她是碧琴表姐了。

她背著光朝我走過來，腳步輕輕的，生怕驚著什麼似的，我覺得有一圈兒沉靜裹住她，跟著她的腳步飄動。

她的臉型跟三表姐碧鳳一個樣兒，眉眼口鼻，也都有七分相似，只是兩人的情韻全不相同。三表姐那種天真活潑的青春氣，在她身上沉潛了，化成一股含情脈脈的溫存，在她靠著珠簾，第一眼看我時，那溫存就撫著我的心了。

她走向我，也朝我笑著，但透過那笑容，我仍還看得出，她彎彎細細的眉尖上，籠著一把飄忽的輕愁。

「妳是打牆缺口兒上跳下來的？」彎起的手指輕托起我的下巴，她說：「這兒不比城裏，跌著了可怎麼辦？……治跌打損傷的醫生都找不著，瞧，小辮子都跌散了！」

「是三表姐薅散了的，」我趕忙申辯說：「人家沒有跳牆，人家是打毛桃兒樹上爬下來的。」

「爬跟跳，裏外也是一樣。」她說：「下回再要來玩兒，從前門走，妳敲打門上的銅環兒，會有人替妳開門的，小女孩兒不興爬呀跳的。」

「妳以為她踮起腳尖，能搆得著大門上的銅環麼？」三表姐替我說話了：「小么妹兒，妳往後要過來，只要在我早晚澆花的時刻，趴在牆缺口兒上招呼我，我就抱妳過來，……妳小辮子散了，我去端梳頭盒兒來，替妳梳好，不要緊的。」

「妳是碧琴表姐罷？」三表姐轉去端梳頭盒兒時，我跟她說。

「我是碧雲，妳二表姐。」她笑了笑，笑得有些寂寞：「妳大表姐趕著繡一幅鳳凰牡丹圖，睏倦，又鬧咳，回前面房裏去睡了，我正替她煎著藥呢。」

「怪不得裡屋的藥味好濃，」我說：「原來大表姐生病了。」

她又笑了笑，這回笑裏又帶著些兒苦味：

「有兩三年了罷，她沒離過藥罐兒了，如今她身子弱，受不得一點兒鬱悶的人，我們三個，只妳三表姐一個人好些兒。」

我在心裏算算，大表姐她發病的時刻，可不就是在她跟大哥的親事擱淺之後？我也想問問二表姐：她們究竟是不是因為被狐仙纏著才鬧病的，但我說什麼也不敢問出口來，在這古老沉黯的屋子裏，總有一種看不見的魔力把我的嘴給噤住。

「我要去看看藥。」二表姐拍拍我說：「等會兒，妳三表姐替妳梳好頭，進屋來看看繡架上的花。」

三表姐還沒來，二表姐就掀簾子進房去了。我一個人坐在太師椅上，心裏沉重得像揹著整座的大房子，便輕盪著兩隻懸空的腳，排遣心裏的悶和怕。……盪著盪著的，就看見一條白糊糊的影子，拖著個尾巴，一陣白煙似的橫過我眼前，穿進珠串的簾子裏去了。

那是狐狸，一定是修煉千年，成精作怪的白妖狐！我的心發狂的跳著，像要從腔子裏迸出來。我想喊叫碧雲表姐，但像啞了似的，發不出聲音來，只有拚命的咬著自己的一隻指頭。

也不知經過多麼久，碧鳳表姐端著梳頭盒兒來了。

「來罷，小么妹，三姐替妳梳頭。」她說。

「不！我要回家了！」我說：「……我……怕……」

「小傻子，」她立起梳頭盒兒上的鏡子，又取出一把牙黃木梳來，抹下我鬆散的辮結兒，一面梳著我的頭髮，跟我說：「好端端的，怕什麼？」

「我看見一隻白白的，拖尾巴的東西，……」我結結巴巴的說。

「哦，妳是說雪咪？」她說著，朝簾裏喚了一聲：「雪——咪，來。」

雪咪真的來了，牠就坐在椅腳下面，用牠碧瑩瑩的眼，猶疑的望著我。牠並不是我想像中的妖物，只是一隻純白的名種暹羅貓罷了。

三表姐替我梳著頭，她用噴香的髮油潤在梳齒上，把我的頭髮梳得鬆鬆亮亮的，兩隻蔥似的白手是那麼靈巧，癢蠕蠕的撫著我的髮茨，那又彷彿是兩隻熨斗，把我的心都熨平了！

我慵慵的閉上眼，聽任她輕輕的擺佈著，……怪不得貓咪們都喜歡人家摸牠們的頭，原來梳頭是一這樣的舒服，不像袁媽那樣，粗手粗腳的下梳子，碰上亂紇縺，就一手捺著人頂門，用梳子狠命的拽，拽得人頭皮火辣辣的疼。

「妳先閉著眼，我替妳打辮兒呢。」

「閉著啦，」我說，梳齒在髮間輕走著，一梳飛進一層雲，我真的醉了。

三表姐說我是小傻子，我要真是小傻子，大哥就該是大傻子，大學他算是白唸了，孟家這三姐妹，他無論娶著誰，都會像是掉進蜜桶，——甜甜黏黏的舒服一輩子，當時他那麼一錯念頭，千里迢迢的去了山西鹽池，才真傻著咧！那一去，有多少山？多少水？多少漠漠的荒寒？

碧鳳表姐的身上透著幽幽的香氣，也不知是花香，是粉香，還是髮油香？這樣那樣的香息混合著，被她的身子焐暖了，再滲上她帶乳味的微汗，便變成那種醉人的氣味，嗅著那氣味，我再也懶得睜眼了。

「好了嘍，么妹兒，妳瞧瞧鏡子看。」

惺松睜眼看，鏡裏那個小女娃兒，哪還像是自己呀?!圓白的小臉搽得粉兜兜的，眉心、額頂和兩頰，都點上了小小的胭脂點兒，透著嬌豔的朱紅；原是黃亂的頭髮，叫梳理得一絲不亂，泛著黑油光，鬢上別支大紅松香的卡攏兒，插著一朵單瓣帶黃蕊的繭花；鬆鬆的兩隻辮兒編得好均勻，每隻辮梢兒上，睡著一隻絹做的紅蝶。……我在城裏時，從來也沒被誰這樣出心的打扮過。

「好不好？跟三姐說？」她的俏臉湊近我的臉。臉頰貼著我耳鬢。一隻手臂繞著我的腰，兩人共照著鏡子，她唇裏吐氣也是噴香的。

「好好！好好看！」我說，有些飄飄的。

「好就好。」她瞟著我鏡裏的影子，把我摟摟緊：「趕明兒，妳常過來，我常跟妳梳。……進房給妳碧雲表姐看看去，甭亂碰繡架上的針線。」

五 迷離夢境

我掀開珠串的門簾兒，不！又掀開了一重叫人眼花撩亂的彩色世界。那該是碧琴表姐她們三姊妹專用的繡房了，朝南是明淨敞亮的大玻璃窗子，窗外加了一道捲成花樣的鐵窗欄，髹著白色的亮漆，隔著窗子，能看到整個水洗般光潔的天井，院角有棵榆錢樹，綠蔭覆在窗緣上，使屋裏蒙上一層淺淺淡淡的綠光，和陽光混融後，變成一片透明透亮的琉璃色。

一排繡架兒靠窗擺，架上繃著長方形軟緞，每支繡架一端，垂掛著一列竹製的六角形的絲絡子，絡上捲著刺繡用的七彩絲紕（未經編織成線的柔軟熟絲。）金漆小圓凳兒邊，放著小方几兒，几上放著圓形的蠟盤，盤上插著多支拖著線尾的繡花針。

「二姐，小小人兒要妳看她新編的小辮子呢！」

「嗯，真的像個白磁娃娃，好好看。」

二表姐正用細羅的濾子濾著藥汁，濾完了才走過來，捧起我臉，文靜的端詳我，緩緩的說了誇讚我的話。可是，這繡房的景象這樣的吸引著我，小辮兒梳得再好。也顯不出重要來了。

這繡房的四壁上張滿了各式的繡織：門簾、桌簾、床簾、帳簾、枕花、罩單、聯屏、大立屏、椅套、案披，……從和合鴛鴦，到芝蘭吐秀，從鳥獸蟲魚到各種花卉，可以說是應有盡有了。

有一些平常習見的，像「八仙過海圖」、「天女散花圖」、「松鶴圖」、「百壽圖」、「松竹梅蘭圖」、「劉海戲金蟾」、「麻姑獻壽圖」、「吹簫引鳳圖」、「二十四孝圖」、「漁樵耕讀圖」，……那一幅幅遠遠遙遙的傳說裏的情境，都躍呈在各色素緞的緞面上，顏彩紛呈，栩栩如生。無論是花鳥人物，在用針、選線、描樣、配色上，都精心到極處，即使長在城裏，我從來也沒見過這樣精美的彩繡。

不是嗎？你看那乘鸞跨鳳，橫簫微笑的神仙眷屬罷，看那禿頂凸額，扶杖撫鹿的松下壽星罷，看那在池荷一邊碧波上嬉水的鴛鴦罷，看那暈黃圓月下，踞岩咆哮的老虎罷，那光，那影，那松姿，那人態，那月色，那花顏，深一分則深，淺一分則淺，哪有半點兒不妥切的地方?!怪不得老袁媽有人前沒人後的，誇三位表姐是一等一的慧心巧手，只怕銀河岸邊的織女，也不過如此罷？

「三表姐，這些都是誰繡出來的呀？」

「三個人的都有，」她說：「妳大表姐繡的最多，花樣兒大半都是她親手畫的。──她打七歲起，就跟爹學畫畫兒，無論見著什麼圖，只消看一眼，回來就會用指甲掐出來，她管掐，我們管描，照她掐在緞面上的指甲印兒描出來就是一幅圖畫了。」

「啊！」我驚訝的背轉臉，吐了吐舌頭。

也許她真的是什麼仙女臨凡的罷？我迷迷惘惘的猜想著。若真是這樣……我又想：那大哥真是世上最沒福的人了，何止是傻子?!

我轉到臨窗的繡架前面，三表姐她紅著臉，亮著黑眼笑，攔著我說：「罷呀，小么妹兒，甭看我繡的，妳三姐兒手最蠢，繡的沒有她們的好。」

「算了三妹，」二表姐說：「妳繡的比我強，娃兒家只是瞧著好玩，分得出什麼好壞來？」

三表姐還是讓開了。

她的繡架上，繃著潔白緞子的房門簾兒，角上繡著灰褐色的山石，石邊叢生著金黃的籬菊，盞大的黃花好豔好豔，配上墨綠的莖和葉，把那大大小小的花朵越發比襯得分明。

二表姐的繡架上，繃著一幅帳簾兒，粉紅的緞底上，繡著極精細的「百鳥朝鳳圖」。那像是一群活生生的鳥，飛的飛，落的落，翔的翔，舞的舞，每隻是每隻的樣兒，每隻有每隻的顏色，每隻現每隻的情態，齊齊的鳴繞著那隻七彩的鳳凰。不但刺繡精彩。單是從簾緣滿綴著打有空心花結的流蘇穗兒來看，就夠難人的了。

「我的也沒什麼，」二表姐端起湯藥朝外走，一面停步倚著房門框兒：「還是大姐她繡得好，就是不懂，一比可也比出來了。」

這會兒該碧琴表姐的繡架了，我心裏湧上來一陣子說不出的迷亂，說不出的惋嘆的情意，飄飄的一張大紅庚帖，曾把她的半生壓在我們家堂屋的八音鐘的鐘座下面，很久很久，花有意，水無情，大哥他太自作聰明了，我想不到他拒允一頭婚事，會再娶著像碧琴表姐這樣的人？

不論窗外的春色多明媚，我心裏總叫霧雰圍繞著，彷彿不是綠楊村，只是一隻翡翠綠的魔瓶，我是在瓶景中，在一場美得迷離的夢境裏。

深巷裏的琵琶聲，又在我耳邊流響了……

是為怕繡物的面上落上塵汙罷？停繡後，大表姐的繡架是用白布罩兒罩著的，三表姐領我站到繡架前，細心的除去布罩，那幅鳳凰牡丹圖便赫然呈現了。

她採的是迴針凸繡——刺繡裏最難的一種繡法，同時使用幾十種顏色深淺不同的線，幾十支花針，亂針調配色澤，迴針疊繡出凸起的圖形。在數十朵牡丹花的上面，繡著一對彩色的鸞鳳，牠們相對的擺著尾，展著翅，翅下浮托著幾片輕雲。

儘管她在畫面上沒繡出太陽來，但看那牡丹朵朵，沒一朵不是浴著太陽光，光、景、明、暗，把那些花朵映得層次分明，簡直像能伸手擷下來。儘管沒繡出雲後的碧水似的天，但看那對雲中的鸞鳳那種逍遙翔舞的樣子，就彷彿有著緞幅關不住的萬里澄空，容牠們鼓翼升騰，直上九霄。

你還能在世上找到比這更精美的繡幅嗎？二表姐碧雲也繡著鳳凰，但那只是絲紕繡成的鳳凰，大表姐的這對鳳凰可不一樣了，不單是通身顏色配得好，頸下的鱗波一層層，像春風拂盪池水，翅上的五色翎羽脈絡分明，有浩浩的天風鼓動，長尾間流盪著百鳥之王的華麗，色澤像暈暈的蠟染，最要緊的，是別有一股春華所含蘊的靈氣，繡進牠們的姿影，使牠們在繡幅上有了生命。

這還都是過後我學刺繡時才回想出來的。我知道，即使我孜孜不倦的繡一生，是再也繡不出碧琴表姐那種精美的繡幅來的了。但我仍能描摹得出她們那種樣的生活，正像媽所說的——舊式姑娘們的生活，本身就是一幅彩繡呀！

你不妨在黃昏時分，倚著想，看著天上的晚霞，從那通明透亮的淒豔的顏彩上，去默想我曾看見過的那些繡幅，更透過那些精美絕倫的繡幅，去想像她們的日子。

怕只有叮咚叮咚的琵琶，才真能道出罷？

心緒常如絲絨線，五顏六色的分不清。清早攬著菱花鏡，一梳一梳的細攏著滿把青春的烏雲，渾身有說不出的慵，道不出的慵和懶。餵鳥去，澆花去，覷魚去，鬥草去，也只有用那些去舒散嬌慵了。

叮咚，叮咚，琵琶聲在遠遠的一片雲裏響著。

響著，化成古老的簷角的銅鈴。

不是鈴聲太遲太懶，該是春風無力罷？雁子掠空北去，燕子啣泥築新巢，柳絮還沒飛花，桃花李花都已落了！繡閣一夜驚春雨，朝來不忍推窗，怕看滿園子飄零紅淚，遍覆著帶濕的新泥。你見過她們悒悒的輕鎖黛眉，手托著腮，迸出那種惜春的輕喟嗎？迎得春來怕送春，那些玲瓏的心，脆得比過一絲弱柳。

怎麼不會呢？那種古老承平歲月裏無邊的消閒，都蝙蝠似的匿進她們活著的高牆大園子來了，許多出塵的山水條幅，又偏逗引她們的冥思默想，隨手摘本枕邊書，不是紅樓，就是西廂，不是花間集，就是月夜吟……

千年人世都像沉浸在一把柔情清淚裏，沒有一代一代這樣的姑娘，曹雪芹的筆下，哪兒來的荷鋤葬花的黛玉，又哪兒會有淒豔哀絕，讓人千古傳誦的葬花詞?!……鼓鼓的春溪中，湧著流不盡的桃花水，叮咚，叮咚，琵琶聲在水上飄著，飄著……

荷花就那樣的吐蕊了。

蟬聲噪得人心煩麼？廊前遲遲的太陽影子，走得比繡花繡朵還要慢得多呢?!怕汗漬弄汙了繡幅，繡架兩端都繃上白罩布，繡到哪兒，蓋到哪兒，香鼎爐裏燃檀時，加些薄荷油，取它那種新涼氣，好使人清涼無汗。選線調色時，儘量少選些兒綠，因窗外的濃綠染著人，染得人一心都是悶悶的憂煩……

總也是消閒，習字畫畫兒，擷卷翻書，都懶，刺點兒、繡點兒什麼，補補熱炎炎長夏日子裏的空洞，剪紙花，繡鞋花，素色的巾角也繡上細碎的填角花，不論是一枝梔子，幾莖水仙，或是一串兒淡紫的葡萄，任意的吐鬚探芽，牽牽連連的補上了心裏一個青黑的洞：那就像在細細的水磨石上磨著一方碧色的軟玉圖章，把一寸寸時光磨成看不見的粉末兒，一夏天這樣磨過去，琵琶斷了弦，連響聲也落進心窩的黑裏去了。

看著天上起巧雲，才想起罩著幔布的繡架，才興起和織女鬥勝的心腸的罷？多少白天，多少黑夜，多少細密的針工，才繡得起眼前這對鳳凰?!

夏天不繡綠，秋來怕繡黃，滿階滿庭的黃葉跟衰蝶同飛共舞，一片片的飛出高牆，在空空曠曠的野地上飄泊著呢，白露化成秋霜，誰憐惜那窸窸窣窣的飄零？燈光溫不暖錦綾被，點滴的夜雨竟也瀟瀟，一兩聲如怨如訴的孤雁啼過去，啼聲就像蠟淚，滴經寒雨，轉瞬就僵涼了，在人心版上，凝成一片白白的冷。

總是耽心著夜闌夢冷罷？便夜夜挑燈，那不是單單在刺繡什麼，哪一針，哪一線，不帶著那樣生命裏真切的情愁?!若真有傳說裏的那種靈藥，奔月的何止是一個嫦娥？會像李商隱嘆詠的「嫦娥應悔偷靈藥」麼？只因為世上的情愁太苦人，才寧願忍受不勝苦寒的青天碧海呀！

叮咚，叮咚，琵琶聲該在雲掩的月裏罷……

「妳大表姐的身子單薄些，近年又叫病纏著，」三表姐說了：「這幅鳳凰牡丹圖，她繡繡停停，停停繡繡的，大半年了，還沒有繡好呢，有些還是去年冬天趕著繡的，也只在冬天，她的精神好些，……春來花發，百草萌芽，她的病，也……發了……」

三表姐也真是，一口一個病，一口一個病，碧琴表姐究竟得的是什麼病？她為什麼不直截了當的說是鬧狐祟？偏要拿病做幌子，來哄我做小孩子的人呢？

「前幾天，才聽說姑媽帶著妳來了，」三表姐又說：「原該過去看望姑媽的，大姐這一病，又耽擱了，我們平素沒串過門子，好在姑媽她知道，不會見怪的。」

「我媽也唸著要來看妳們的，」我說：「她們都說這兒宅子不乾淨，忌……生人……」

她把白布幔子蓋住那幅鳳凰牡丹圖，我忽然覺得，假如大哥娶了碧琴表姐，他跟她可不是正像一對遨遊在碧空的鳳凰？可惜如今一隻飛去晉南，這一隻卻又病倒在大園子裏了。

「她們說了些什麼？小么妹兒。」三表姐問我說。

「說……說了很多，很多……」

「很多什麼？」她蹲下身，摟著我，在窗口的碧色的光裏，她那對會說話的黑瞳仁兒，晶亮晶亮的，像兩顆星似的。

「她們說……說……」

我囁嚅起來了，無論如何，我也不敢在這座被傳說成鬧狐的房子裏提起狐狸這兩個字來的，即使是換成仙家，我仍然不敢說出口。……那雙會說話的黑瞳仁兒仍在等待著我說下去，我只好說：

「她們說：這是不能亂講的，要是講，先得翻過一隻碗，捂住……捂住對方的耳朵，……要不然，講什麼，牠都會聽見的。……也忌生人進宅，大舅媽說的。」

三表姐聽了我的話，忍不住似的，用一方小手絹掩住嘴，噗嗤一笑，神秘的說：「噢，我知道了，我們家忌生人，不忌小孩兒，妳愛來，天天都能來，來跟表姐玩兒，梳辮子，吃果子，學著繡花，認字塊兒，看畫畫兒，好不好？」

「好囉，」我說：「當然好。」

三表姐抱起我來，香香（即吻一吻。）我的臉，親暱的跟我說：「那就好，三表姐喜歡妳，喜歡我的小么妹兒！」

我原本有些不安的，但看著她笑得很坦然，講得又很真，便安下心來了。

「碧鳳，」二表姐回來了，聽見我們在簾裏的笑聲，便帶著些責備的朝三表姐說：「妳這麼大了，還是孩子脾氣，也不看看天到多早晚了，還把么妹兒留在屋裏，姑媽在那邊找不著她，不會急煞麼?……趁那邊還沒叫喚，趕緊送她回去罷。」

「二姐妳甭急，她來了沒多大一會兒。」

「天都快晌午了，姑媽會叫她吃飯的。」二表姐打簾子進來，催說：「朝後要留她，該叫姑媽知道她在這兒，早些晚些，她都會放心，妳這樣留著她玩兒，那邊不見了人，還會以為是老拐子，麥黃溜兒拐走了呢！」

「我還沒看見大表姐呢！」我說。

「她睡了，」二表姐說：「改天妳再來，她會更喜歡妳的。」

三表姐抱我走出來，二表姐在後面跟著，走到明間裏，二表姐拉拉我的手，替我卡攏兒的藺花理抹平整，又到果品缸裏，抓了一大把甜果子，塞進我的衣兜裏，叮嚀著，要我常過這邊來。

三表姐抱我經過那片蝴蝶紛飛的花海，扶我爬上那道牆缺口兒，我剛跳到那邊園子的假山背後，便聽見媽喊我的聲音。

六 狐祟

我去了小舅家的事，立即就被外公宅裏的人盤詰出來了，她們一個個都像天塌地陷似的，當面議論著。——當然，那穿黑衣的女傭每回要提起小舅家，照例總先卡起一隻碗，我們吃晌午飯時，她從我身後伸出那隻枯瘦的、雞爪似的黑手，就把那隻碗翻卡在飯桌上。

「我的小人王，妳的膽子倒有多大呀?!」她的嗓子啞啞的，哆嗦著，又帶幾分哭腔，說多難聽有多難聽：「妳剛來，不是就跟妳說過，那邊宅子裏鬧仙家，鬧了多少年了嗎，……那邊忌生人的呀！」

「妳見著了？」我沒好氣的說：「妳怎知道鬧仙家的呀?!」

「呵，姑奶奶，您聽聽，」她見我有意頂撞她，又轉朝媽乞援了：「您這個么姐兒好會說話呀！……仙家都會隱形法，牠不現身，凡人怎能見著牠?!……我說，么姐兒，妳才七歲大，不知道厲害不怪妳，可總得聽人話呀！妳不信？不信就問妳兩個舅媽看，看早年妳那小姨姨是怎麼死的?!」

我只朝大舅媽瞟一眼，黃瘦的大舅媽就說了：

「怎麼死的？——狐仙祟死的。妳二舅媽那時常在病榻旁邊照應著她，直至那夜她嚥氣，誰都沒有她看得清楚，讓她告訴妳罷。」

「嗨，」二舅媽還沒說話，就先嘆了一口氣，頭搖得博浪鼓似的：「多年沒提那事了，如今提起來還駭怕。早年妳小姨姨就像如今妳三個表姐一樣的俊，自打遭了狐祟，一天黃似一天，全身的精血叫吸枯了，瘦成一把骨頭，只賸下一張臉蛋兒還沒變顏色。她臨死前，大睜兩眼就會說夢話，大口大口的咯血，死前那夜晚，罐裏熬著湯藥，我坐在榻邊伴著她，她一時昏迷一時清醒，只要狐仙不附在她身上，她清醒時就像好人一個樣兒，……雞叫頭遍時，她醒來拉著我的手，跟我說：『好二嫂，妹妹我要……走了！妹妹臨死有句真心話，只有跟妳說：冷冷清清的，關在深宅大院裏活了十九年，白白的為人一場，……我恨這座老宅院，遭狐惹鬼，要不然我怎會病下來？』——妳聽，這不明白的說出她是遭狐祟死的嗎？……她說著說著手一鬆，就再沒聲息了，我端燈湊近去照看，她的臉歪在長枕上，被頭，枕巾，床單上，全是她吐出來的血……」

「我跟妳說了罷，小么妹兒。」大舅媽又接口說了：「妳要出心出意的答允妳大舅媽，朝後再甭到那邊園子裏去了。——妳那三個表姐，除了老三碧鳳沒遭狐祟，碧琴、碧雲，都不保險。碧琴病了快兩年，她跟妳那小姨姨得的是一樣的病，也咯血，也會睜眼說夢話。」

「怕煞人的事情。」大舅媽完了又換上二舅媽，自打我們來到外公家。這還是頭一回，因著我的緣故，她們破天荒的打破沉默，說了恁多的話：「村裏漢子們，全都逃難離家，到遠地去了，除了妳五舅，妳小舅，村子裏就再沒成年的男丁。四幢老宅子，沒有男人家剛陽之氣鎮著，更容易遭邪動邪，如今幸好只有妳小舅一處宅子鬧狐仙，我們關門都來不及，妳怎好去惹牠？」

「可憐的孩子，」媽在一邊放下碗筷來，手扶著鬢角，在想著什麼，一眼都是潮溼的淚光：「上回我來，她還是好好兒的，怎會這麼快就咯了血？聽著妳咯血，姑媽心就涼了半截兒。……不過二十就咯血，許是什麼…美…人…癆罷？」

「哪是什麼美人癆，我的姑奶奶！」大舅媽說：「明明是狐祟呀……上回，我們家的小銀兒過去那邊玩兒，他站在他大姐的繡架邊，磨梭著要吃果子糖，碧琴說沒空，叫他自己去抓，小銀兒剛要掀開珠串簾子，就聽外間條案上的蓋碗叮噹一聲響，也沒見人影兒，那蓋碗的蓋兒就叫掀開了。

「小銀兒嚇得直扯他大姐的袖子，碧雲在一旁繡花，頭也沒抬，只是朝空裏說話，她說：『要吃什麼，儘管吃，手腳能不能放斯文些兒？甭原形畢露的，嚇著了孩子！』

「說來也真怪得慌，她這一說話，那蓋碗蓋兒叮噹一聲響，又蓋回去了。……他大姐把小銀兒送出房，抓把果子給他，哄說：『小銀兒乖，要玩到外面玩去罷，剛剛你見著的事，回去千萬甭亂講，知道嗎？』……這事，全是我們家小銀兒一五一十回家跟我說的，我可沒編排半點兒。

「姑奶奶，妳想想，小銀兒也只是十歲大的孩子，一向不懂得說謊話的，這事他要是沒見著，圓謊也不會圓得這麼周全是不是？」

「要真是美人痨，一個族裏還有不知道的？」穿黑衣的女傭也在一旁幫上了腔：「綠楊村南，有最出名的漢醫，常接的來開方子配藥，論治也該治的好了！……怎會又請道士來家施法驅邪來著？」

「只怪他們宅子裏陰氣太盛，陽氣太衰，」大舅媽趕緊接口說：「四房這個房份，一向人丁不旺，閨女多，男丁稀少。傳至么妹兒她小舅，小舅母死得早，他兩夫妻生前恩愛，她小舅不肯娶填房，說是怕俗人進門，委屈了他那三個寶貝女兒。……既這樣，就該在近支裏選個孩子繼承過去，多個男丁壓壓邪也好啊！偏是嫌這嫌那的，好像各房的男娃兒都是泥塑的，不及他那三姊妹是水做的。好呀，這麼一來，任著家狐鬧宅，可不合上『愛之反而害之』的俗話了嗎?!」

大舅母這樣說著，媽在一邊沒搭口，只發出幾聲半鹹不淡的嗯嗯。

實在說，若論起親戚的遠近來，當然是這邊親過那邊，若論起心裏那份情感的親疏來，至少在我心眼兒裏，那邊就遠勝過這邊了。大舅媽跟二舅媽都是鄉下習見的那類半老不老的老婦人，買針買線帶饒的，買棵青菜挑大的，心眼兒又窄，嘴又碎，說起話來，沒高沒低的那連綿勁兒，好像老太婆手抓捻線鉈捻線，一捻就捻個沒完。

聽她們的話，表面上像是無關緊要的閒言語，有些愚矇，有些俚俗，骨子裏，句句都勾連著，有意無意的透露出她們對小舅家的不滿來，又是什麼「自命清高囉」，什麼「女孩兒太聰明都是天生的薄命囉」，什麼「太愛乾淨才會絕嗣囉」，聽得人硬是食不下嚥。

當時我想過，我要是小舅，就是家宅裏不鬧狐，我也會藉個名目關上大門，不讓她們擾亂那三個水仙花似的女孩兒，大舅媽她們真要有自知之明，就該知道她們自己有多麼俗氣。——還要讓人家把這份意思明明白白的寫了掛在眼睛眉毛上?!

我一點兒也沒以為她們能用那些話頭兒管住我，嚇著我，讓我從此不再踏進小舅家的園子。她們說，那宅子裏有狐仙，而我心裏，卻想到那片五顏六色的花海，紛紛逐舞的蝴蝶，想到活潑嬌媚的三表姐碧鳳，溫柔沉靜的二表姐碧雲，想到那髹著烤漆，光鑑照人的條案和座椅，立屏前方盂裏白石焙著的水仙，更想著那碧光如水的繡房，一幅幅美得醉人的彩繡：螺背形的雲，盤曲如蓋的蒼松，在水藻間喋喋的金魚，大顆鮮紅欲滴的仙桃，一些由仙人們展佈成的傳說的世界，夢一樣的世界。

我不能不去那邊的園子，那園子裏就彷彿鎖進了整個綠楊村的春天。

幸好這時媽幫我說了話，她說：

「說鬧狐也好，鬧病也好，不論親疏遠近，總是親戚，我們暫時來作客，禮尚往來總該有的，幼如她爹一有信來，我們就得遠去山西，聚時不聚面，哪天再能回來？誰料得到呢？……幼如是個孩子，童言無忌，也說不上招邪，去就由她去罷。」

七 籠中鳥

說巧可就那麼巧，就在那天下午就變了天，下起連綿的春雨來了。

俗說：先落牛毛沒大雨，後落牛毛不晴天，一點兒也不錯；那場春雨初落時不算小，入夜轉成密密如膠的牛毛細雨，把人困在花廳的老屋裏，除了對燈癡想，聽那淅瀝的簷滴兒敲階，就再也沒事可做了。

「這場春雨有得落呢，」媽也閒悶著，我知道，她有這種老習慣，閒悶時就找著我聊閒話：「這花廳老屋子，媽在出閣前就住在這兒，陰呀晴的不用看天，看看牆壁跟方磚地一泛潮，就知天有雨了。——妳瞧，粉壁濕成這樣，只怕十朝半月也開不了天。」

「嗯。」我漫聲的應著。兩眼出神的望著燈，燈花在罩裏迸出一座彩塔來，紅的底，黃的紫的綠的邊，一閃一閃的，那裏面有三表姐黑亮黑亮的瞳仁兒，二表姐髮鬢間的千層繭花，和她花一般的笑……

「再來呀，再來呀！」那聲音一直在招喚著，如今，那世界再不是遠遠的遐想了，它就在那邊，隔著微寒的細雨，一道立在雨裏的灰園牆，假使沒有這道牆，我該能看到她們的睡屋，也看得見屋裏的燈燭光。

「妳這孩子，媽跟妳說話呢！」媽說了：「妳跟媽說說看，妳今兒個在妳小舅家，都見著誰了？」

「二表姐和三表姐。」我說：「她們都喜歡我，抱著香我，又替我打辮兒，又抓了果子糖，又帶我去繡房裏看彩繡，……媽，我長大了，也要學繡花，她們繡的花，好好看。」

「嗨！」媽無端的嘆起來，嘆息聲是沉重的，把我和桌上那支罩蠟都嚇了一跳：「世道不同了，再不是那種繡花繡朵的承平年景了，……亂世裏，女孩兒家哪還有閒學這些精細針線？……妳沒見著妳大表姐麼？」

「沒見著。」我說：「她們說她病了，我去時，二表姐正替她煎湯藥。」

「可憐的孩子。」媽說著說著，眼又泛濕了。

「大哥當初真該選上碧琴表姐的。」我說。

「可不是麼？」媽用手絹點著眼角：「碧琴跟他同年同歲，小他七個月，早年我回綠楊村來過夏，帶妳大哥一道兒，他成天迷著妳小舅家的花園子，他跟碧琴兩個娃兒，好得跟蜜似的，捉迷藏，數玩瓦彈兒，澆花餵鳥，跟妳小舅學吟詩，還玩過娶新媳婦呢！……人長大了，碧琴還常惦記他，他唸了一肚子洋書，硬了翅膀，連心都變了！誰料得到呀？那時誰要說：『替你帶媳婦，你要什麼樣兒的？』他就連忙搖頭說不要，說他業已有了媳婦兒了！……人要問：『誰是你媳婦兒？』他就說是碧琴……前年碧琴的庚帖送了去，我原以為這門親十有八九會結得成的，誰知妳大哥他自己先變了卦？我要是早知僵成這樣，怎會偷偷兒的把他的照片送過來?!……白白的惹得碧琴那孩子傷心罷了！」

我不知媽為什麼兩眼淚漣漣的講說這些？那條薄薄的小手絹，只能擦乾她那已經起了皺紋的眼角，卻永也擦不乾她那顆潮濕了的心。

也許遠去晉南的大哥會後悔的，我的思緒隨著夜裏的雨聲遠引著：要是他知道碧琴表姐病著了的話。

那夜，我做了一場很美很美的夢，夢見那邊園子裏，花開著，蝶舞著，碧琴表姐穿著白衫裙，手抱著一大束花，在花海的彩浪上微笑著。嗩吶聲在村路上流響，繡轎的四面垂掛著她親手繡成的簾子，轎頂上，昂然站著那對從她的繡幅中飛出來的活鳳凰，四個轎伕聳著肩，一浪一浪的，把她抬出村梢，抬進如煙似霧的綠柳叢中去了。

但第二天，美夢成了空，窗外仍然是迷濛的煙雨。我的心像白壁一般的空冷，一個更冷的聲音在我心裏說著話，……妳大哥是不會從晉南回來迎娶妳碧琴表姐的了，妳還是收拾起妳的夢罷！

人，要真能收拾起自己的夢，也就好了！可是我不能，打七歲起就不能，隔窗癡望著灰灰的天，綿綿的雨，卻瞥見院牆缺口上那棵探過頭來的桃花。一瓣，一瓣，一瓣，一瓣的落，雨裏的紅淚似的，落呀落紛紛……

幸好有愛說故事的五舅冒著雨屑來找我玩兒，要不然，真悶得我懨懨的想死了。

「小么妹兒，妳喜不喜歡玩鳥兒？」五舅興致勃勃的跟我說：「說罷，妳只消說喜不喜歡就成了！」

「我說她五舅，」媽指著五舅笑說：「四十多歲的人了，你還是個永也長不大的孩子頭兒！她什麼不愛玩兒？又愛花、又愛鳥，可就不懂得疼惜，她呀，愛花專擷花，愛鳥捏死鳥，你那些珍貴的細鳥蟲，一到她手上，包你不出三天就糟蹋死了！」

「不會的，」五舅說：「我這小外甥女兒，跟碧琴她們三姊妹一樣，是個玲瓏細緻的好女孩兒，只要五舅我悉心那麼一教，她就會養了。」

「我會養！真的會養！」我高興的拍著小手直嚷叫：「五舅，你說要給我什麼鳥？」

五舅歪著頭，用手彈著兩肩上露粒似的雨水，平平靜靜的說：「就是我那籠八哥兒，——帶籠子一起，妳要是養膩了，妳就放牠們飛，也行。」

「哄人家。」我說，心裏可甜得起漾。

小八哥兒是最珍貴的鳥蟲，我知道，大哥早先不是也吵著養八哥的嗎？我看過五舅那對八哥兒鳥，甭論鳥，單論那隻鳥籠好了，每根籠齒都是用極細的黃牙木雕琢出來的，亮堂堂的，一片深色的象牙黃，鉤璧、橫圈和底托，都是上好的黃銅製成的，更亮得像是金子，籠齒的四面上下都還帶著些花角做裝飾，那些飾物是玉質的，光潤、純白而透明，分外增添了那鳥籠的光彩。……鳥籠的鉤兒是純銀打製的，扁稜形，外面加上迴針織就的絲質鉤套兒，套尾垂著兩粒胡桃大的絨球，籠頂外捲著翠藍緞子的風罩，細紋起伏，有點兒像月夜的湖波；至於籠子裏的水盂兒和食器，那更精緻得不用說了。

送我那對八哥兒鳥——帶籠子一起，這話是五舅他親口講的，我耳朵沒有毛病，這可不是在做夢啊！

「哄人家！」我嘴上這麼說著，兩眼就斜斜嗔嗔的一直瞟著五舅的臉了——我想從他眼睛鼻子上，盡力去找到答案：他說這話究竟有幾分是真？幾分是謊？

「妳不信？」五舅說了：「五舅頭上見白髮了，哪還興哄小孩子？」

「那您怎不把鳥送給小銀兒他們來？」我故意這麼說：「怎不來?!」

「嘿，小銀兒他們那夥野孩子，怎配養八哥？」五舅說：「粗人養不得細鳥蟲，他們只配呑呑麻雀兒，養一窩柴刮刮兒（野鳥之一，愛築巢於蘆葦中。）用桑棗兒填飽小老鴰兒（即烏鴉）……五舅要送鳥，也是看人送的呀！」

「她五舅，你甭再花言巧語的哄小孩兒了。」媽說：「幼如這孩子認真得很，又最會磨人，你哄了她，你走了，她就會哭鬧著找我要那鳥，我就能變成一隻八哥。還差一隻呢！你可不是找我的麻煩?!」

「不哄她，姑奶奶。」五舅怔忡地說：「這些日子，此地的風聲越來越緊，我也打算出遠門，到晉南去，跟大夥兒一道吃苦，只等一開了天，就上路，家全扔了，哪還顧得一對鳥蟲？」

「你呀，你也只說說好聽。」媽說：「你拖著那口煙癮，算是半殘不廢的人，也只能甩著膀子家根轉，端端茶壺，拎拎鳥籠，說些故事哄孩子，……出門斷了煙，就眼淚鼻涕，呵欠連天的，甭說走，連爬全爬不動了罷？」

「我的好姑奶奶，甭再當著孩子面損我了！」五舅作揖說：「我早就戒了鴉片，連煙槍煙燈都砸了！……寧願出門吃大苦，也不在東洋人底下當順民！……我去晉南見到姐夫，再商議著接妳們娘兒倆過去，有信先寫妥，我好順便捎得去。」

「也甭寫信了，就托你帶個口信罷。」媽鎖著眉頭說：「你見著你大外甥兒，千萬追問他一聲，問他對碧琴究竟還有沒有意思？……如今她在病著，要是他有意思，叫他打信來，我在這邊跟他小舅當面說，好把碧琴帶在我身邊，一道兒到晉南去。」

「就是這話麼？」五舅像在想著什麼。

「來綠楊村之後，也就是這事，一直讓我放不下心來。」媽又嘆了口氣。

「我看妳還是少操這份心罷，姑奶奶。」五舅聳了聳肩膀，存心要說服什麼似的：「咱們四房的那個老兄弟，實在是個迂板的書呆子，也不管外頭年景怎麼樣，硬把三個女兒當做鸚哥養，只不過籠子大些兒罷了！……妳以為腳下去晉南，這一路是好走的？亂世趕長途，不但是水遠山遙，簡直寸寸都是刀山！」

「你的意思是：不肯帶這個口信了？」

「倒不是這意思，」看見媽那種又傷心又憂愁的樣子，五舅急忙陪著笑臉說：「我是說：就是我那大外甥兒肯娶碧琴，妳也沒法子帶她去晉南，不管是正太、平漢、隴海，各鐵路的班車、貨車，都擠成人山，擠死人的事兒一點也不新鮮，我連一對八哥都帶不了，妳能帶得了嬌嬌病病的一朵花？……她是朵水仙，只能在這方水盂似的大園子裏培著、養著，妳帶她出遠門，就像把水仙拔了根，不到晉南，半路上就會枯的。妳不會因我說了真話，就生氣罵我罷？」

五舅一邊說，媽一邊在掂著手掌。

「你說的全有理，五兄弟，」她顯得有些黯然，有些說不出的頹喪：「我總在想，只要幼如她大哥肯答應，就是這趟去不帶碧琴也不要緊，把親事說定了，兩頭都放了心。」

五舅聽了，木木的，沒答話，手抱著兩肘，咬著下唇，在屋裏踱起步來，兩眼盯著地面，使人以為他在數算地面鋪著多少塊方磚。

一屋子沉寂著，有些黯淡淒清的味道，只聽見五舅的腳步聲，一聲一聲，慢慢的響。

我不由有些怨媽了，人家五舅本是好心要送鳥給我玩兒，來時一臉的笑，全是媽那一番言語，把五舅的臉給揉皺了。……人家五舅一向嘻嘻哈哈慣了的，從沒這樣悒鬱過，如今這張臉弄成這個樣，我總耽心怎樣使他還原?!

「碧琴這孩子，如今只是在捱日……子罷了……」

他踱步踱了好半晌，就彆出這句話來。

天上準又多壓了一層烏雲，媽的臉也跟著黯了一層，風把沁寒的雨氣掃進屋裏來，雨聲絮絮叨叨的響著。好像是一個好心的老婆婆，近乎自言自語，又像在勸慰誰似的，攀著窗子說這說那，但那些不著邊際的言語，根本解不開一屋子的僵涼，也不知怎的，媽的兩肩抖動著，又啜泣起來了!

為了打破這種僵涼的氣氛，我一直在想著找些話來說。我翻過一隻茶盞卡在桌面上，跟五舅說：「五舅，碧琴表姐的病，是不是鬧狐狸鬧出來的?狐狸吸去了她的精血，她就會……死，人家說的，是嗎?」

「小孩兒家，不興問這些的。」媽打了攔頭板說：「妳問這些幹嘛?」

虧得我有這一問，才把五舅那張皺臉抹平了。

「甭亂聽旁人講的話，么妹兒。」五舅笑著說：「就跟妳不要聽信五舅講的故事一樣，那都是哄小孩兒玩的。妳到處聽著鬧狐狸，妳可問那講的人：『你看見狐仙像什麼樣兒?』他準是沒見著，不過也是聽旁人講的罷了。」

「可是大舅媽跟二舅媽都說有呢!」

五舅搖搖頭，顯出為難的樣子。

「我說，她五舅。」媽把話接了過去：「孩子不問，我也想不起來問你，都是一族裏，一筆寫不出兩個孟字，怎麼長房都像跟四房隔著什麼?!……嫁出門的姑娘潑出門的水，這事原是輪不著我問的。」

「此間沒旁人，我才說這話。」五舅說：「四個房份裏，目前數四房最有錢，三個女兒，日後都是人家人，長房爭著繼承產業，嫌她小舅在女兒身上花費太多，哪還會有好話講？……我不爭這個，算是旁觀者清，又跟誰去說呢？——家醜不可外揚呀！」

媽點了點頭，我卻有些懵懵懂懂的。

「我去跟妳提八哥來，」五舅勒住話，轉臉跟我說：「再教妳怎麼餵養牠們。」

他一面說著，便推開門，走進雨裏去了。

當天下午，五舅果然把鳥連籠子，一併拎來送了給我啦。

有了那對八哥兒鳥，儘管春雨把我困在屋裏，我也好像有了耐性了。五舅臨走前，常來教我養鳥經，告訴我怎樣添食，怎樣換水，怎樣蹓鳥，怎樣懸籠，要我早起拎著牠們，在大園子裏走走，要我在日暖風和的早晚把鳥籠掛出去，風寒雨冷時要把牠們掛在屋裏。

我真心的喜歡那對鳥，望著牠們，便想起牆那邊的碧琴表姐來了。把剪下來的夢，懸掛在旋動著的鳥籠上，她們就該是嬌弱的籠鳥罷？在綠柳如煙的畫裏，灰色的長牆圍起遍地花開的園子，軟柔的春風牽不動一絲柳，當難拂醒她們的柳魄花魂。

投緣？敢情是，我只能這麼說了。

自打去過那邊的園子，見過那花海，那繡房，我被一層薄薄的夢紗裹住了，那真是一層透明的蟬翼般的紗網，把我的心吊在虛空裏，摸摸這，摸摸那，都柔，都軟，都充滿沉醉的香息和引人的神秘，我在逗著鳥，等著天晴，好讓我再攀過灰園牆，親手去掀起那一重重的珠串簾子，去看個究竟。

八　黛玉葬花

你一定想像得出，久雨初晴時的那股新鮮勁兒。

低壓著窗簷的那層灰幔子叫掀開了，好像碧鳳表姐伸出纖長的白手，掀開繡架上的罩布一個樣子。

天，就是一幅繃緊在繡架的天藍庫緞（**庫緞，絲織品之一種，質地較軟緞要硬些，也厚實些。**）光閃閃的，給人一種簇新的感覺。緞面上繡著一些出巢覓食的飛鳥，鳥翅上馱著一朵朵出岫的浮雲，雲朵襯著天，鳥影襯著雲，越顯出雲白，鳥黑，天藍。

大園子這邊，叫春雨洗濯得更綠了，柳葉早從三分鵝黃轉成一片琉璃碧，葉尖還凝聚著晶亮的水珠——萬粒瑩瑩的珍珠，該說是。一園子拱著亂石的蔓草，得著雨水的滋潤，更加蓬勃起來。

一些從園外野地上闖進來的野花，也夾生在草叢裏面，新挑起的草莖和花枝，一片碧汪汪的水綠色。一條鞭似的馬節節兒，毛茸茸的狗尾兒，岔枝蔓衍的扒根草，開出星星點點小黃花的星星草，探頭望天的嘓嘓兒丁（即蒲公英），肥肥胖胖的牛蒡，穿紫色衫子的紫英花，一簇簇小家碧玉型的野薔梅，結紅果兒的枸杞子……儘管媽一樣一樣的教我數認著，我也記不清那許多稀奇古怪的野花草的名字。

把八哥兒籠子掛起來罷，成天悶在黯屋裏的鳥兒，不也該出來曬曬太陽了麼？把鳥籠掛在柳枝上，便找塊生苔的石頭坐著，讓暖暖的春陽曬著，八哥兒鳥一聲聲的啼叫起來，脊背有些發癢，春不就是這樣的，這樣的去了麼？這太陽也有些使人起燠了呢！

我朝假山對面的牆缺口兒望過去，一樹的桃花都在一場春雨裏謝盡了，濃密的綠葉下面，空有些釘在枝頭的花蕊，一蓬細細的觸鬚似的，空自憤張著。

園子那邊，又該怎樣了呢？

媽端著針線活到前院去了，我該趁著園子裏沒人的機會，爬到假山背後的高處去看看，或是該攀著桃樹，過去玩玩了。

我踢滾草尖上的水珠，爬到假山背後的石背上去，伸頭一看，那片五色繽紛的花海全都變了樣兒了！莖莖花枝東倒西斜，有些連根鬚都露了出來，有些橫倒在水泊裏，葉面沾滿了泥汙，開花的月月紅只賸下幾片殘瓣留連著花萼，大紫的繡球花垂倒下花冠，懶洋洋的，像一些聳著翅膀偎立的病雞。瓔珞般的春夢最易落，遍地都是飄零的落英，瞧著夠人傷心的。

那邊可不是二表姐碧雲麼？

是的，那是她。

她穿著淡淡的月白衫褲，外罩著一件寬大的白色水綾睡袍，薄薄的，透明的，有風無風都飄飄曳曳的起浪；她的長髮沒綰，也沒束上髮帶。只在一邊用牙攏兒虛虛的攏著，攏背上開著的那朵千層素色繭花，怕也早已落了。

她沿著花徑，緩緩的移著腳步，手裏挽著一隻細篾兒編成的花邊籃子。她走幾步，便停佇下來，摸摸這瓣花，理理那片葉，更帶著無限憐惜似的，蹲下身去，撿拾那些遭風雨摧落的殘英，一朵一朵的納在那隻籃子裏。

早年，媽也迷過紅樓夢，臉偎著眼淚滴溼的繡花枕，跟我講說過書裏黛玉葬花的故事，也教我背過那首纏綿緋惻的葬花詞，總覺那情境太淒清，太縹緲，美得不像是人間。這回，我總算眼見著了。——閨中女兒惜春暮，愁緒滿懷無著處，不正是二表姐她活生生的寫照嗎？

我本想放聲叫喚她，但臨時又變了主意，看她撿拾落花那樣的殷勤，便想悄悄的過去幫她撿拾，也許撿滿了一籃子，她也會在園角掘個坑，把它們埋葬的罷？我不懂得什麼憐春惱春，只覺得撿拾那些香馥馥的花瓣兒，是宗很好玩的事情。

從桃樹枒杈上滑了過來，我躡手躡腳，好像那天追捏彩蝶似的朝她的背影走過去。地面是一片溼溼的黃沙土，久經雨潤，軟活得像塊新出籠的糕餅，我一點兒也不用耽心腳底下會發出聲音。

越過那道薔薇花架，我更小心的放緩步子，像一隻落地無聲的靈貓。

沒有那樣的籃子盛放落花，該怎辦呢？就用衣兜罷，等我先撿滿了一衣兜，再歸進她的籃子裏去也好。就這樣打定了主意，便蹲在她身後不遠的花叢裏，也學她那樣，小心翼翼的撿拾起來。

人說春花最嬌弱，經不得一番風雨。初聽這話時，並不覺著什麼，可是一臨到自己親手去撿拾那些落花，便深深的覺著了；覺著只怨春花嬌不勝，不怪風雨太無情。有些開殘的花朵，瓣緣業已變黃，瓣面也已褪色，那也還好，有些花朵正在初放的時辰，就遭風雨打脫了蒂，整朵整朵的落在地上．連花蕊都還是好好端端的，不由人不憐惜起它們過早的凋零來了。

想想罷，真箇兒的，你不能指它是殘花，它們有些還是含苞待放的蓓蕾呢，那神韻，那顏彩，跟生在枝頭上沒有兩樣，但一脫了蒂，不是落英也是落英，它們就像傳說裏的小姨姨一樣，夭亡在開花的年歲，只有歸入含潮帶濕的泥土了。

一聲輕輕的嘆喟，打斷了我捏花默想的夢。二表姐一個人，在喃喃的唸著什麼，我細細諦聽，她唸的還是那首我背得很熟的「黛玉葬花詞」，她唸至——

「杜鵑無語正黃昏，
荷鋤歸去掩重門，
青燈照壁人初睡，
冷雨敲窗被未溫，」時，默然無聲，不再唸下去了。

我抬頭看她，手捏著一片殘英，像癡傻了似的久久怔忡著，也不知在想著些什麼。

她會是一時忘卻了下面的詞句了麼？

但我卻是記得的，便接著唸說：

「問奴底事倍傷神？
半為憐春半惱春，

憐春忽至老忽去，

至又無言去未聞……」

我正在唸著時，她聽見了，略感吃驚的掉轉臉來，睜大她那雙溫柔的黑眼凝望著我。

我不再唸了，從花叢裏站起身走過去，把我剛撿拾在衣兜裏的落英，傾在她身邊的籃子裏。

「妳也是要葬掉這些落花麼？好多好多的落花，一個人，撿一整天也撿不完呢。」我說。

她寂寞的搖搖頭，臉孔和善得像是笑著的樣子：

「我不是要葬花，是覺著這些花叫風雨打落了，爛在地上太可惜，要把它們撿起來，放在方磚地上曬乾，做香囊兒，填枕頭。」

「那妳的枕頭都是曬乾的花瓣兒做的罷？」

「嗯，」她點頭說：「乾花瓣兒做枕頭，比鵝毛、鴨絨的枕頭更好，又輕，又軟，又有一股子香氣，可就是很難撿夠那許多落花，妳想，要多少朵花才能做成一隻枕頭呀？」

「那，妳比林黛玉更聰明。」我羨慕的說：「她荷鋤葬花，還不是把花朵埋在冷溼的泥裏，妳卻夜夜枕著花睡覺，妳才是世上第一愛花人呢！」

「妳才是聰明絕頂的女孩呢，」她說：「妳今年才幾歲，就能背得整首的葬花詞？」

「七歲。」我說：「我上回不是跟妳說過的嗎？」

「上回?!」她怔了一怔，反問說：「妳當我是誰？」

「妳不是二表姐嗎？」

「妳再認認看?看我是誰？」

她把臉略略抬高一點兒，正朝著我，這回，她真的是在笑著了。

幸好她是在笑著，幸好她那張笑臉很和善，更幸好這是晴朗的大白天，滿園子都有金灑灑的陽光照著，要不然，我真的會以為她就是傳說裏的祟人的狐仙了。

她明明就是二表姐碧雲，怎會是旁人呢?在城裏，我看過太多張面孔，可沒有一張面孔是像得分不出誰是誰來的，除非是花妖木魅，或是會變化的狐仙，才能變得和旁人一個樣兒。

儘管她笑著，顯得很和善。又是在白天的太陽底下，我的心裏還脫不了一股輕恐的寒意。

我抬頭仔細打量著她，她的髮型、飾物、身段，甚至嘴、鼻、眼、眉，無一處不酷肖著二表姐，只是處處都顯得更為精緻，更為玲瓏，也就是說，二表姐在我眼裏原已美得不能再美，但和她相比起來，卻要略遜半分，她的美，能把人給溶掉，化掉。

「不認識？」她的黑眼懾著我，輕輕問說。

「不。」我搖搖頭，自覺兩腿發軟。

「妳是那天來過的小么妹兒，」她說：「恁聰明，恁乖，怪不得兩個表姐都喜歡妳，妳上回不是說要見妳大表姐碧琴的麼？——我就是。妳怎不叫我來？」

我囁嚅著，大表姐三個字在我喉管裏打了幾次轉，可就是吐不出聲來，便隨手撿起一朵落英，捧在掌心裏，吹滾著玩兒，藉以掩飾我的窘態。

「瞧妳，衣裳、鞋頭全弄汙了，」她說道：「太陽高了，我們進屋去罷，要妳三表姐端盆水，把妳臉和手洗一洗。」

她挽著盛滿落花的花邊籃子站起身來，臉頰飄過兩朵紅雲，暈暈地，淡淡地，上昇到眼鼻間。她的小小紅唇半張著，露出晶圓齊整的白牙齒，在走動時，我發現她有些輕輕的咳和微微的喘。

「大表姐，妳還在病著嗎？」

「好多了。」她說：「上回妳過來，我躺在床上，白白誤了這一園子的春景，等到連吃幾付藥，病輕些，春又快盡了，只留這一園子落花，……怪愁人的。」

我低著頭，看她輕悄的腳步，她穿著薄底淡粉紅色的素緞平鞋，鞋頭繡著些草草的紅櫻花，——也和遍地撿不盡的殘英一樣，是落在春天的嬌弱的花類。

她的白洋襪兒裏的足踝，也像她撿拾落英的素手，有一種纖俏輕盈的美感。粉紅鞋一起一落的，多像兩隻初生的乳兔兒，在跳躍奔逐；靈巧，又帶些兒稚氣的微顫，不忍踏著腳下的落英，又彷彿載不起沉甸甸的愁情。

那情境鍥進我日後的回想，每溯及那雙步步生蓮的粉紅鞋，便會低吟出李易安的那闋「只恐雙溪舴艋舟，載不動許多愁……」的詞來。

我們踩著流液般的黃亮的陽光朝廊下走，一陣小風追逐著通道上的花瓣兒，舞在她的鞋邊，彷佛花魂不散，幽怨的戀著這位愛花人，也容它們安睡進她的香枕。

「花也落得太多……了！」她環顧說：「只好等傍晚時分再來撿拾罷。前面的天井怕還曬不了這許多花呢！小么妹兒，妳喜歡香囊不？」

「喜歡。」我說：「也喜歡彩繡的荷包。」

「嗯，用荷包裝著香囊，連荷包也會染著香氣。」她說：「只要妳喜歡，大表姐我就繡給妳。」

「等妳病好了，再繡。」

她把花邊籃子換換手，騰出靠我這邊的手來，牽我上階台：「雨後鮮苔厚又滑，當心跌著。」兩人上了生苔的石階台，她又說：「不要緊，荷包跟香囊，小玩意兒，一會兒功夫就繡好的……」

她還待說什麼，一陣紅暈又湧上了她的臉，廊下的涼風，悠悠的舉著她睡袍的衫袖，使她在廊間黯色的背景裏更像個仙人。

我不敢再說話，只怔怔的，仰臉望著。

她手撫著朱漆的圓廊柱，有點兒疲憊似的，把前額靠在她自己的手臂上，闔上她的眼，又深又黑的眼睫毛，簾似的垂著，兩朵那樣悠然的暈雲，在她白嫩透明的頰上飛動。經過很短的一剎，她喘息地睜開眼，放下她臂間的籃子，扯我在欄杆上坐下來。

「大表姐，妳怎麼了？」

「哦，沒什麼，」她輕咳兩聲，用一幅絹帕掩住口，把輕咳壓了下去，淡淡的笑說：「只是有些乏了，在陰涼裏，坐著歇會兒就好的。」

「那就好。」

她只經過那一忽兒，果真就好了，黑眼也光亮起來了，她半側過身子，兩眼波光流轉的望著我，又捉起我的一隻小手來，用噴香的絹帕替我揩去沾花的潮溼，捏在她柔若無骨的掌心裏撫弄著，我只覺得她對我另有一番情意，熱灼灼的，只能感覺，卻沒法子說出來。

「妳會背許多詞？么妹兒。」她說：「都是誰教的？」

「媽教的。」我想了想，說：「大哥也教過。」

「那是些誰的？記得嗎？」

「李清照，……李後主……」我說：「容我想想看，還有秦少游，晏殊的……我記不起了。」

「會唱嗎？」

我搖搖頭，也笑。

「不會唱，只會背。——妳會唱罷？」

「我成天把心都用在刺繡和畫畫兒上了，」她說：「我唱不來它們，只愛按著譜兒吹簫，妳三表姐的喉音好，她唱得好極了。」

「能教我吹簫嗎？大表姐。」我說：「我最喜歡聽簫了，有月亮的夜晚，聽過鄰院有人吹簫，吹得好好聽。我早想學，只是沒人教。」

「妳大哥不會嗎？」她幽語似的問說。

「他只會吹口琴。」我說。

「哦，」她嘆口氣，直直腰，徐徐緩緩的說：「西洋樂器，我總覺在音韻上比不得我們的古樂器，少了一份悠遠和空靈，人說：絲不如笛，笛不如簫，古樂器裏，實在要算簫聲最引……人……了，妳愛它，就想懂它，懂它，就想吹它，吹它，就會迷上它！」

「迷上它不好嗎？」

她搖搖頭，長髮披散開來，垂漾在她的肩上。

「簫是傷心傷肺的，吹多了，就會惹病，尤獨是像妳這樣年歲的孩子，心肺都太嫩，運氣不均勻，極容易受損傷，還是不學的好。」

「那，我……總得學些什麼罷？」我憧憬的說。

「要學，跟妳三表姐學唱歌罷，」她說：「我跟妳二表姐教妳學畫畫兒，先畫些工筆的花鳥，再描樣兒學繡花，女孩兒多懂一點兒古董事兒，也好。」

不論她的話我能夠懂多少，我總覺能跟碧琴表姐這樣人在一起，臉對著臉，坐在這樣古色古香的長廊下面，談著說著，任是談說些什麼都好。

這長廊外緣的木欄杆，寬寬矮矮的，也漆著一色朱紅，由於年深日久，朱漆的漆面早已斑駁沉黯了，襯著那織錦似的空雕花板，顯得自然調和，彷彿唯有那樣的漆色，才配得上那種古老的花紋。

假如是初歷廊間，或是在風雨如晦的時辰，或是在星月無光的黯夜，這長廊也許會帶給人許多神秘的恐怖的聯想。至少現在不會，陽光不但輝亮了廣大的園子，也斜斜的照射在長廊內的牆壁和廊間通道上。

一條條廊柱的影子之間，是一排花欄的倒影，尤其是碧琴表姐坐著的地方，也許是她的白色睡袍映日生輝的緣故，竟有一圈兒分外明亮的彩光，把她全身籠罩著，好個古緻的美人兒，就像早先我在那些歷史小說扉頁內的繡像上見過的，弄帶低眉的古裝仕女一樣。

誰從前院的天井裏一路笑了過來，我一聽就聽出是三表姐的聲音，嬌嬌甜甜，脆脆霍霍的那一串笑聲，像鈴子樣的抖盪著。

「二姐的紙鳶紮得真好，」她一路笑著嚷說：「害得我紮的月亮再不敢放上天了！大姐，……咦？大姐不在繡房裏。」

「準在後園子裏撿花，」二表姐說：「快把風箏放下，碧鳳，我們該去幫幫她，她的病才好，經不得勞累的，何況又頂著大太陽。」

說著說著，三表姐先自跑了出來，一見我和碧琴表姐對坐在廊欄上說話，便噢了一聲，一把抱起我來，抱得高高的，連連香著我的臉頰說：

「唷，小小人兒，這許多天不過來，想煞人了！妳過來不先找三姐兒，卻悶聲不響的坐在這兒，……大表姐她跟妳說些什麼

來？」

「要不是天天落雨，我早就過來了。」我說：「大表姐她說，要我跟妳學唱歌兒呢。」

「妳要學什麼都行，」她笑說：「先進屋去，洗洗手和臉，吃果果兒罷。」

三個表姐像三星伴月似的，抱我的抱我，提花的提花，離開長廊，回到後堂屋裏來了。她們這樣疼愛我，嬌寵我，真使我樂得飄飄的，即使在媽跟前，我也從沒享受過這樣親密的溫柔。

那一天，我在小舅家的宅子裏，一直玩到近晌午。我去過她們東屋裏的書房，中屋裏的睡房，看過碧琴表姐畫的畫兒，撫過她那支心愛的紫竹洞簫，也比過二表姐和三表姐紮的風箏，翻過三表姐手抄的歌本兒。這一回，回去時再沒攀牆，是碧琴表姐要三表姐送我回去的，儘管兩個舅母有些不高興，媽卻沒阻攔我常去小舅家。

就這樣，我成了小舅宅子裏唯一每天必去，每去必留的小客人了。

九 清明

說那種古老的閨閣裏的日子太單調，太沉寂麼？我當然不是三位表姐肚裏的蛔蟲，能知道她們心底的事情，至少，對我來說，覺得那重簾深垂的世界，是多彩而又豐繁的。

且不要怪罪她們的悒鬱和嬌柔罷，要是世上人心裏沒貪沒暴沒奸邪，共擁著一汪止水似的承平，誰不巴望著能娶到那種樣秀外慧中的姑娘？

開初我們一道兒去後大園子裏撿拾落花，撿了一籃又一籃，鋪滿了堂屋前的方磚天井，每朵花都有一聲惋嘆，每朵花都有一聲珍惜，彷彿她們所撿所拾的，不單是園子裏的殘英，而是園子外的鄉野上，漫天烽火裏的那些哀痛，那些飢寒，那些飄泊和啼號。

正因為她們不是力挽亂局的那種人，她們才把那份關切的心意寄放在關切春老花凋，悵悵不已的愁情裏罷？

我佩上大表姐替我縫製的荷包和香囊，同時也好像沾上了一份那樣似懂非懂的愁情。

等到一春的落花都曬乾了，裝成了三隻新的香枕，三位表姐就為夏季的花草忙著了：存花種，選花苗，是細心的大表姐的事情。

她書齋一頭，壁間的橫木上，懸的有幾排小小的玩意兒小葫蘆，葫蘆腰上刻的有字，都是些草花的名字，什麼時刻播下什麼花？播多密？播多深？哪些花草性喜濕？哪些花草性愛乾？哪些花草愛蔭涼？哪些花草愛太陽？……這都有本活書，裝在她的心眼兒裏。

趁著雨後泥土鬆軟，三表姐和小舅自己都荷著鋤頭，到後大園子去掘土翻泥開新圃，二表姐會適切的去分枝、曝根、壓條，和撒種，使那廣闊的園子有另一季新的花海──就如同換上一領新的衣裳。

小舅是個溫和沉默的人，看年紀，要比出遠門的五舅輕得多，若是單單看臉孔，怕很少有人相信他是這樣大的三個女兒的父親，也許是生活得消閒，半生少受風霜罷？

他住在靠前一些的跨院裏，那邊有座荷池和綠楊環繞的水閣，有一座玻璃頂的花房，專培著珍貴的蘭草，和一些北方少見的奇花異卉。

他有個怪習性，一向不理家事，平常的瑣務，都交由住在前屋的老管家老陳夫婦倆料理著，另外還有一個司灶的禿頂師傅，他們平常都不踏進跨院和中屋的天井。

「么妹兒，妳來玩，不要緊。」那個禿頂的師傅，睞著眼說過：「妳小娃兒家，在這宅院裏，說話可不興牽牽連連，角角絆絆的，也不要伸頭探腦去西屋，千萬替我記著，妳懂罷？」

「去了會怎樣呢？」

「西屋是當年妳小姨住的地方，她當初就在那屋裏口吐鮮血暴死的。」他滿含神秘的說：「說奇也奇，每有人去一回西屋，妳大表姐就會病一場，……這可是千真萬確的！」

對於外間一切警告性的言語，我都點頭嗯應了，其實心裏從沒把它們當真；我來小舅宅子裏玩兒，回數越多，越不能相信這是一座鬧狐祟的宅子。我跟三位表姐在一起，有談有說，有唱有笑的，一點兒也覺不出有什麼怪異在哪嘿？

寒食前後陰了天，清明就在雨裏過了。

在城裏，這正是拆天棚的季候。城裏沒見著這樣多的花草，最多養些不開花的常綠盆栽，為了養護那些盆景植物，更防著風季裏漫漫的風沙，多數人家都在秋風葉落的時辰搭蓋起天棚來。

有些講究的天棚是玻璃頂兒，鐵架格兒，上面嵌著紅紅綠綠、黃黃紫紫的五色玻璃，一格一格不同的顏彩，分染著上面透射下來的天光，在棚下混融了，變成一片陰陰黯黯的幻光，有著濃濃的夢意。

人在棚下走，看著那些盆景，五顏六色的變化不定，佛手成了藍色的，仙人掌上籠了一塊紫，那些萬年青的主莖間結出的朱紅朵兒，在一片黯綠中像要迸跳出去一樣；看人，也是的，你伸出手掌去攫一把藍光，攫著的卻是一片黃，遠處看人走過天棚下面，頭和臉，上身和兩腿都是不同的顏色。雖不是春天，也帶著些兒萬紫千紅的春韻。

但等寒食過後，人們為了迎夏，要光，要亮，要涼風，便紛紛的把天棚拆了。拆了棚，好像在心裏拆走了什麼東西，板著面孔的，灰蕩蕩的，心也灰蕩蕩的，有一種說不出的空。

小舅家的前庭後院都沒有搭天棚，這兒的春花秋月都是真真實實的，再沒有拆棚後那種空盪迷惘的感覺了。也許在我心眼兒裏，有一面永也拆不掉的棚子，籠罩著一股子說不出的靈韻，似魔似幻的令人著迷，總以為……總以為還留在那種彩色幻光融混的天棚裏，擷著一把把夢一樣的春。

這場雨，落的更微，更小，絲不成絲，線不成線，只是一些飄

漾的霧屑兒，匯成一片煙迷。踏青可以不踏，掃墓可不能不掃。清明那天一大早，孟家族裏的人，就都打著透明的油紙傘，一群一簇的，帶著香燭奠品的籃子上墳去祭掃。

聽說墳地在村南的柳溪岸邊，離村還有七里遠。小舅說媽是遠客，又拖帶著我，不便走溼路，大表姐病懨懨的，也怕累發了病，就僱了一輛帶棚的馬車，讓媽、三個表姐和我乘坐。

晚春的地氣朝上蒸，遍野生煙，人坐在車子裏，又隔了一層煙似的紗簾兒，更分不清哪兒是地？哪兒是天？那白濛濛的雨屑兒和地氣相接相啣，拉成了一張巨網，把四野籠罩著，連左右的密密的綠柳林子，也全融進了那股沁寒帶濕的煙雨，變成霧色的襯景了。

媽跟碧琴表姐坐後座，中間擠著一個我；這還是這回來綠楊村後初次碰面，我以為她們會談說很多話，誰知媽只握一握碧琴表姐的手，碧琴表姐也只低低的叫一聲姑媽，兩人便各自低頭沉默下來。

馬車在雨霧裏平平穩穩的滾動著，看不見廣闊的平疇，看不見遠處的林樹，只有道邊密柳化成的一片綠煙、在不斷的閃飛掠移。

還是靈巧的三表姐先找著媽說話，話題落在我身上，說我是怎樣乖巧，怎樣聰明，把我說得無處不好，我聽著，只覺兩頰發燙，只差一面鏡子映出我羞紅的臉。

「哪裏啊，」媽說：「么妹兒主意多得很，最會磨人，她能不帶給妳姊妹三個麻煩，就夠好的了！」

馬車滾過溪上的石橋，軋軋的輪聲，把媽的話給打斷了。

碧琴表姐輕蹙著眉，還是低頭不說話，兩隻手一股勁兒的揉弄著小手絹，反過來，覆過去，手指有些兒顫顫嗦嗦的。

「病好些了嗎？」媽說了。

「還好，姑媽。」碧琴表姐的聲音輕柔得幾乎聽不到：「吃著湯藥，只還有些喘咳。」

「孩子，」媽的聲音裏含著一股忍不住的哽咽：「妳……妳千萬……要保重，身子比什麼全要緊……」

馬車走了七里路，滾過三座石橋，媽跟碧琴表姐一共只講過這幾句話。

媽壓根沒提起小姨姨，也沒問過宅裏鬧狐的事情，這使我有些失望。因為那些事，正像眼前這片煙雨，裹著一層層的神秘，我想起那個禿頂廚師的話，心裏又怕，又有點兒發癢。

「大表姐，」我說：「墳地在哪嘿呀？」

大表姐挑開紗簾子，朝霧裏望一望。

「前面，轉過彎，就到了。」

馬車沿著溪岸打彎走，也不知東西南北朝哪兒彎？沙路低又平，沿溪還是一片柳，柳條直垂進溪心的水裏去，弄起很多粼波，這該是柳溪了？……好美好美的一條溪，一條綠帶兒似的環繞著那座墳場，也只有在這兒，我才能見著墨綠的尖松，錐子似的倒插著，松林間散佈著一些大大小小的墳塋。

馬車在這兒停下了，車伕開門送上油紙傘來。下了車，才覺出這座墳場大得很，一共有好幾處松樹林子，展延至望不清的雨霧裏去。

松樹綠得深，眼前的天地又黯了一層，這還是在林外看，等撐起油紙傘進了林，天就更有些像轉黑了的樣子，一點兒也不像是清晨。

松尖伸進霧網去，好高好高的看不清，彷彿人頭上壓了一片墨綠的雲。有些低枝橫張著，像是些平伸著的胳膊，尖葉上掛著無數無數的水滴兒，——一些圓圓飽飽、晶晶亮亮的珍珠。

這是一片最大的松樹林子，林子中間有一條七尺寬的青磚鋪成的通道，通道兩邊松樹間隔裏，栽著一簇的野薔梅。一點兒也不畏荒郊的風雨，紛探出帶硬刺的新莖，開出一片單瓣的粉紅花；我回頭望過去，溪岸邊停歇著好些輛車子，除了趕車的人像刺蝟似的縮在車轅上噴煙之外，再見不著上墳掃墓的人影，他（她）們都被這大片的黑松林子吞沒了。

溼溼的松樹林子裏，有一股子懾人的幽古氣氛，也有著一股子濃烈的松實的香味，那些褐硬的，鼎形的松果兒，落得遍地都是。

我像一隻撒歡的乳犢，在林子裏奔跑著，剝取樹身裂縫裏溢出的黃亮的松脂，撿拾許多松果兒盛放在衣兜裏，更擷取了大束的野薔梅的花朵，想回去插在膽瓶裏，細心的供養。

但是三表姐卻在我興致勃勃的時辰，把我的小辮兒一把薅住了：「毛毛雨潤溼了衣裳，會生病的，么妹兒，快回傘底下來罷，么妹兒不是挺乖，挺聽話的麼？」

「三表姐，這是誰的墳呀？」

「這是孟家的老祖塋，」她指著林子中間的雙頂兒大墳說：「這裏埋著孟家四個房族的老祖宗，——妳外太公和外太奶奶，我們每年掃墓，都要先祭這座墳。」

我在墳前仔細瞧看過，這座合葬的墳塋著實很高大，像座蔓生綠草的土丘似的，四面鋪著石砌的通道和雕著獅頭的石欄杆，正面的石碑座兒前面，橫著一方石槽，石槽裏已經燃著好幾炷香火，石槽兩邊的平臺上面也點著幾對大號的素燭，槽前有著焚燒紙箔的黑紙灰，餘火未盡，還在冒著青煙。

「他們有人來過了！」三表姐說。

「我們也焚香化箔罷。」

祭奠時，媽跟我說起外太公下葬時的光景。說是外太公外太婆的葬禮，全是按照天津古老的殯葬儀式舉行的，高高挑著引魂旛，後面跟隨著一班又一班的鼓樂，黑棺上面加著綴滿鮮花的松罩，有兩隻三尺來高的紙鶴，搧乎搧乎的抖動翅膀，站立在松罩上，再後面是各種紮物：童男童女、洋車樓房、金山銀山、成群的僕傭和車輛騾馬，……人間該有的，全有了，好一番遠遠遙遙的風光呀！……送葬的行列十里長，攔棺路祭的數十處，落葬那夜，一條長路上，全都是桐油火把的亮光……。

但如今那些都早已湮滅了，這兒只是一座墳，一片寂寂的黑松林子，籠著細雨，噢著微風。

祭過那座墳，媽就帶著我暫時跟三位表姐分開了，穿過一條小徑，我們去另一座林子裏，祭掃外祖父和外祖母的墳。

實在說，我對掃墓並沒有興致，要是有風無雨的晴天，來野地裏踏青該多好，我也許能牽著表姐們紮的紙鳶兒在風裏奔跑了；即使天落雨，跟表姐們一道兒坐在繡房和書齋裏也好，大表姐不是說要教我學畫兒的麼?……

「叩頭呀，小么妹兒；叩頭呀，小么妹兒！」……我可不管，我終於奔開了。

也不論有路沒路，踏響一路松果子，奔到黑松林子的深處，一心想找著三個表姐，黑松林子越走越黯，越走越深，人影兒也看不見，只能聽見遠處有一些斷續的哀泣聲，和一些隱約的人語。

三個表姐只一轉臉的功夫，能跑到哪兒去呢?

「大表姐，大表姐！」我放開喉嚨喊著。

「大…表姐…大表姐……」

有什麼樣怪異的妖魔，在遠處嘲笑著我，發出嗡嗡的、綿長的，和我一樣的聲音來，使我渾身有些發毛。

「二表姐，二表姐，」我一面跑，一面又換了一個名字喊著：

「妳們在哪嘿?」

「…二表姐…二表姐…妳們在哪嘿……」仍然是遠處那個怪異

的妖魔在模仿著我。

我跑著，一跤跌在松根上，渾身釘著松果子和濕泥沙，衣衫也叫松根撕破了。經過一番掙扎，總算跑出那座林子，這才發現自己哭過，臉頰上還流著眼淚。

抬著頭，用衣袖擦眼，看見那邊的雨霧裏撐開一把黃亮的油紙傘，傘上浮游著一縷一縷的白煙，傘下不是正站著三表姐嗎？

是的，那是她。

她正站立在一座小墳前面。

那是座孤伶伶的但卻很美麗的小墳塋，墳旁沒有松林子，也沒有氣勢堂皇的石圍欄，但在墳墓四周，卻環植著一些垂楊柳，從墳根到墳頂，都開著野胡胡的蕎梅花。

「三姐……」我老遠的叫喚著她。

油紙傘旋動一下，傘緣升上去，露出碧鳳表姐的白臉來。

「哎呀，么妹兒，妳怎麼一個人跑的來？」她迎著我說：「妳又在哪兒跌了跤？渾身弄成這樣子。」

我喘息著，一面仍用衣袖抹著眼睛。

大表姐和二表姐蹲在墳前的碑石下面，緩緩的點燃香燭和紙箔，一綹綹白煙，在潮濕的空氣裏貼地飄游著，黑蝶似的紙灰，在傘緣下飛舞。

三表姐擷下她衣襟上的汗帕，替我擦著手和臉。

空氣沉靜得能聽見水珠在傘面上滾動的聲音……

「這是誰的墳呀？三表姐。」

「妳小姨姨的。」三表姐緩緩的說：「那石碑上，刻著妳小姨姨的名字……妳聽說過她罷？才十九幾，就……死了，葬在這裏。」

我又蹲下身，扯著問大表姐：

「小姨姨她，為什麼不跟那些墳一樣，葬在松林子裏，卻要孤單單的埋在這兒呢？」

大表姐神情有些冷冷漠漠的，並沒有側過臉來看我，她只把兩眼睜得大大的望著她面前那堆小小紅紅的火焰，淚光泫泫的轉動在她的黑瞳裏，火光照亮了那淚光，淚光上也映下火光的影子。

「沒出閣的女孩兒死了，照例是不能入祖塋的。」她用一枝松枝撥著火說：「她是夭亡，能有座碑，有座墳，業已夠好的了，要照鄉下一般的說法——夭亡鬼只能埋，不能起墳的。」

「可是，媽說小姨姨是個聰明靈巧的人。」

「說是這麼說，」二表姐在一邊嘆看：「人死了，百般聰明，千般伶俐，都跟著埋下去了，妳長大了，就會懂得了。」

誰在那邊叫喚著。

三表姐拉我一把說：「雨大了，妳勸大表姐跟二表姐回去罷。」

雖然回來了，我的心彷彿仍留在那兒……

紙灰變成的黑蝶，總在夢裏引著我，招搖招搖的，飛回那座開滿野花的小墳上來，煙飄著，霧繞著，楊柳絲絲，牽繫著萬斛的愁緒。夢裏分不出那是傳說裏的小姨姨呢？還是印象裏的碧琴表姐呢？是白衣飄漾的地下幽魂呢？還是足踏祥雲的散花仙女呢？在我的感覺中，總把死去的小姨姨和活著的碧琴表姐兩人的影子重疊在一起。

也正因這樣，我不禁替碧琴表姐耽起心來了。我不能相信，像碧琴表姐這樣年輕的姑娘，會拋開這世上的一切：滿園子的花，繡架上沒完工的彩繡，書齋壁角上的洞簫，那些會生花的畫筆……離開人世，孤孤單單的，埋葬在那又冷又濕的地方？但誰敢說呢？……春花一朵一朵的落呀落紛紛！她真的是那樣的一朵春花呀！

十 蝶戀花

「妳怎的不吹簫呢?大表姐。」

「懶得吹，」她說：「就像這些日子，我懶得刺繡一樣，窗外雨綿綿的，也不是吹它的時候呢！」

東屋的書齋本是一座敞軒，一排都是玻璃格扇，外面的庭園一角，起有兩座半圓形的花壇，壇上植著幾竿清奇勁拔的修竹，綠蔭掩映著，使壇沿的立石、盆景都覆在一片清寒的綠光裏，倍增一種幽趣；加上粒狀苔、絨狀苔深深淺淺的苔色的渲染，隔著玻璃望出去，使人有如置身在深幽無人的仙山洞府。

「那妳說過，要教我畫畫兒的。」我纏著說。

碧琴表姐雖也笑，總還是一副悒悒輕愁籠黛眉的模樣。

她在一隻帶著沉檀木托的小鼎爐裏，小心的燃上一爐香，嬝繞的煙篆筆直的升起來，迴繞過她的鬢角她微睇的兩眼：

「妳先練字罷，么妹兒，——畫畫兒總先要學著用筆的，上回我寫給妳的那張仿影呢？」

我坐在她書桌一頭的高腳凳兒上，玩弄著那隻黃銅做的鎮紙，一聽說要我寫字，就故意磨梭著，拖延時間。

她替我寫的那張仿影，上面寫的是：

「一二三四五

金木水火土

天地分上下

日月目今古」

她先教我認字，認會了，再學著寫，早起在齋裏，我已經照著描了兩遍了，這樣練下去，哪天才能學畫畫兒呢？

「唔，好香好香的沉檀。」我說。

「那妳到後園子去玩罷，」她說：「妳三表姐也在後園子裏，靠廊的一排玉簪花，都快開花了。」

「妳也去，大表姐。」

「不，我有些兒頭疼。」她把眉尖蹙得更深些，輕撫著鬢角說：「妳讓我留在這兒靜一靜好不好？」

「哄人家，把人家哄走了，妳就癡癡呆呆的坐著。」我說：「大表姐，妳還在想著小姨姨的那座墳罷？……她睡在雨地裏，也沒有松林子蓋著，冷不冷？」

「不冷。」她說：「她死……了，死了的人，就不會覺著冷了，只有活著，才覺著雨冷風寒呢。」

「那兒也沒有燈，」我說：「夜晚會很黑的。」

「也不黑。」她說。

看樣子，她又在癡癡呆呆的想著什麼了；越是那樣子癡呆，她那張俏生生的白臉越是美得迷人，一動不動的手托著腮，讓碧色的竹光籠著她的髮，她的鬟，她的臉，彷彿整個都是一方淡色的碧玉雕成的，玲瓏剔透，一塵不染，顯得那樣的超凡脫俗，有一種仙氣的嫵媚。

望著她那樣臉對檀煙的樣子，我等了很久才說：

「怎會不黑呢？大表姐。」

「天再暖一暖，野地上就會有火螢兒（即螢火蟲）了。」她說：「一隻一隻的火螢兒，一盞盞的小燈籠，飛來飛去的，照著花，照著柳，也照著墳……妳說，么妹兒，怎會黑呢？」

輕輕、柔柔、悄悄的那麼一種聲音，圓潤、縹緲，像場裹著輕紗的夢，那彷彿不是對誰說的，只是對著檀煙的自語。她的兩隻黑瞳仁兒，明亮又迷惘，恍惚透過了檀煙，看見那種情景似的。

「要是天寒了，那些火螢兒死了呢？」

這回，她眨了眨眼，閃動著長長的睫毛的簾子：

「妳真是，小么妹兒，——打破沙鍋問到底，怪會纏人的。……天寒了，落雪了，雪光一片銀白色，不是跟月光一樣的亮麼？」

經她這一說，我才略覺安心，瞇瞇的笑了。為了怕她再陷進癡呆不語的境地裏去，把我冷在一旁邊，我就儘量的找出話來說。

我翻弄著筆筒，問她那些畫筆的名字和它們的用處，她不得不耐心的為我講說著：這是紀文堂特製的畫筆，畫潑墨用的；這是淨大楷雞狼毫，專畫松、石，取它的筆鋒勁厲，畫出來有氣勢；這是寸毫摺筆，這是正湖水五號筆，最小的紅豆筆是專畫細密的翎毛用的……我壓根兒記不住那許多，只覺得多聽她慢條斯理的講話，最能滿足我好奇的興趣罷了。

經過一陣兒談論，碧琴表姐鎖著的眉尖舒解開來，不再那麼癡呆了，她跟我說：「么妹兒，妳把那邊的那隻木匣取的來，大表姐讓妳看畫畫兒罷。」

長長的木匣兒輕又薄，裏面裝著許多幅她畫了還沒裱糊的條幅和橫幅，捲成一大疊兒。她把它們展放在書齋正正的畫桌上，抱我站在凳面看那一幅幅的仕女、花卉和翎毛。

她的畫兒裏，沒有疊疊的山，舒卷的雲，沒有密密的林子和粼粼的水，沒有高牆外那片無涯遼闊的天和地，有的，也只是一角假山，半角圍籬，一些花，兩竿竹，一枝梅，幾盆菊什麼的。但她的筆觸總是那麼的溫靜柔和，畫面上的色調，總是那麼樸素淡雅，就像她的人一樣，有著一股空靈的仙氣，而自成一個不染纖塵的畫中世界。……在當時，我只能說是著迷似的喜歡那些畫兒罷了！

「這些都是用什麼顏色塗的啊？」

她聽了，莞爾的笑起來：

「小傻子，這不是普通的顏色，還是妳小舅從城裏帶來的，這紅果兒，用的是硃砂；這鳳尾塗的是石青；這嫩葉塗的是石綠，都是極精貴的。」

「它們是什麼做的呢？」我指著畫面的彩色說。

「石青和石綠麼？」她說：「都是玉石研成的極細的粉末兒，加上畫畫兒用的膠，用筆濡上水，蘸著它們塗在畫面上，就會黏著了。」

「這是什麼？」我又指著幾片枯葉說。

「是赭石塗的，——也是一種石粉。」

「這呢？」我指的是一朵朵盛放的黃菊。

「這是丹黃，」她說：「一塊兒一塊兒的黃碇兒，都產在遠遠的南方的暹羅國，傳說那兒有一種樹，割開樹皮，拿一支削尖了的竹管插進去，就會有一種黃色的樹脂流出來；等樹脂流滿了，便取下竹管來，破竹取出這些黃碇兒，……妳蘸水塗在宣紙的畫兒上，最初看上去是白的，要等乾後才變黃……」

「教我畫罷，教我畫罷。」

她被我纏不過，當真取出裁賸的宣紙，摺成小小的方塊兒，跟我說：「纏人的小人兒，妳連筆都把不穩，怎能畫畫兒？我先畫些單瓣兒的花，零散的花葉兒，獨枝的花莖在紙上，妳學著填色罷，……那邊桌上有普通顏色。妳先說：桃花該填什麼色？」

「粉紅色。」我眨著眼說。

「好。」她說：「花蕊呢？」

「該是……該是……黃的。」

「就對了。」她說。

她先調了些色，為我畫些花瓣和花葉在紙上，再教我選色和填色，告訴我。同是一朵花，同是一片葉，畫面要分光景明暗，填色也要有深有淺。告訴我，畫畫兒不光要用手去畫，還得要用心去畫，看上去，它像比繡花要容易，實則上，要比繡花難得多。

也許是的罷，我那時哪兒懂得什麼繪事呢？

很快我就覺得，我迷的根本不是什麼畫畫兒，只是碧琴表姐這個人。有她陪我在書齋裏，我能安安靜靜的待半天，塗半天，即使是浪費紙張顏料呢，也還顯得津津有味，樂而不疲，假如她一走開，我就連一刻也待不住，趕快要跟出來。

後大園子裏，玉簪花開了一排排，人在長廊間的欄杆上坐著，軟軟的風裏，有一股撲鼻的清香。天晴了天又雨了，不論天雨天晴，我總有些新鮮的事兒做著。

大表姐替我換了一張仿影，這一張我比較喜歡，上面寫的一首嵌有數目字的童詩：

「一去二三里
煙村四五家
樓台六七座
八九十枝花」

這童詩的詞意要飄逸些，唸起來也蠻好聽，因而我摹寫時也格外用心，——就像學著繡花一樣。

繡花是二表姐教我的，她在繡架的一端，替我綳上了一小塊長方形的白絹，絹面上，有大表姐她用指甲掐出來，又經描過的花樣兒，都是些零朵的碎花，每朵花又都是不同的樣兒，有的是李花，有的是桃花，有的是鳳仙，有的是櫻花。

二表姐說：「這方繡幅繡成了，該叫做『春殘落英圖』了罷？花雖落了，餘香還在，該有隻癡情的蝶兒戀著它們，二表姐替妳描隻蝶兒在花上罷。」

「好，」我說：「二表姐，妳替我描一隻穿裙子的大彩蝶罷，……要穿裙子的啊！」

我仰起頭，緩緩的闔上眼，滑進記憶中的彩蝶，正搧乎搧乎的抖動著翼子，引我進入那片在春風裏漾動的花海，如今，落花也該有著它們飄零的夢罷？

「小小人兒說的也是小小人兒的話。」二表姐笑著說：「蝴蝶就是蝴蝶罷呀，還要穿裙子的？」

「那該是複翼蝶。」三表姐在一邊說。

彩蝶也畫好了，真像我心眼兒裏摹想著的樣子。二表姐教我怎樣配色，怎樣選線，怎樣下針。

聽她說，看她做，都是好容易好容易，她纖長的白手，兩隻輕靈的小白兔兒似的，一上一下的啣著針線走，緞面上便跳起砰砰不絕的線吟聲。

「妳看著，小么妹兒，」二表姐柔聲的說了：「這是上手針，這是下手針，針要沿著描下的花樣邊緣下，接手要接的準，當心針尖刺著手指頭，緞面兒薄，磨過蠟的針又滑，不用套針環了。」

「好，我會了，」我高興的說：「人家真的會了嘛！讓人家繡給妳看。」

「小精靈兒，」二表姐伸手輕刮著我的腮幫兒，問說：「人家人家的，人家是誰呀？」

我瞪起眼，轉動著眼珠，然後伸手抬著自己的鼻子說：「嗯，人家就是我，我就是人家嘛！」

這樣一說，惹得三個表姐都笑出聲來了。

刺繡當真會這樣易學麼？我總算是領教過了！說你不會相信，那樣細小的一支繡花針，一捏在自己手上，就變得比什麼還要沉重，針針不知該朝哪兒落，落也落在不該落的地方。

繡不上三五針，在繃架下面接針的手指就叫針尖戳破了，疼得我直咬牙，熱呼呼的眼淚在眼眶兒裏打滾，咈咈叫的伸出手來看，一粒殷紅坐在指肉上。

「啊！倒楣的針，咬了人家的指頭了！」

「不要哭，么妹兒乖。」大表姐過來摟摟我，替我指尖包上棉，安慰說：「學刺學繡的，開初誰都被刺過，妳甭急，耐著性兒每天繡一點兒就夠了，哪怕一天只繡一瓣花，也是好的，等日子久了，妳運針運熟了，針尖就不會再咬傷妳的指頭了。——天下只有狗咬生的，花針也像狗，不咬熟手，妳懂吧？」

「可是……人家好疼。」

「都是這支針不好，」二表姐說：「趕明兒，二表姐替妳換支乖一點兒的針，……小么妹兒，真的甭哭，妳不是要跟妳三表姐學唱歌兒的嗎？」

她們這樣輪番的哄著。

對於我來說，這一串兒日子，與其說是流著，不如說是扣成一隻多顏彩的花環，緩緩的在我眼前轉著，我從沒享有過在她們身邊得著的，那種幸福的溫柔……我是一尾展鰭的金魚，在她們的眼波裏游著，小小透明的世界，有幾莖細細的綠藻襯映，滿盆便迴映出神秘奇幻的碧色來，在幢幢藻影間，我窺得自己游盪自如的影子。

十一 月下簫聲

八哥兒鳥叫了，出遠門去的五舅沒有打信回來，遠處的烽火和亂局，都沉沉的蒙在鼓裏。我所能看見的，只是那片密密的楊柳林子，帶著霧，籠著煙，顯得更深，更綠，也更老……柳花飛盡後，書齋一角的盆荷吐蕊了。

夏天，就這樣悄悄的來了。

不論外間怎樣的傳說，說是小舅家的宅子裏有著太多的怪事兒，像：後堂的承塵（即天花板之舊稱。）上，常有腳步聲，像誰背著手在踱步，篤、篤的響來響去，板縫間的灰土紛紛落個不停……

有人更說他在花園子外邊的長牆腳下，拾著一隻小小的髻餅兒，只有核桃殼兒那麼大，髻上塗著陳年的菜子油，一股燻鼻子的騷臭味……也有人指說某個月夜，親眼看到一隻白白的玩意兒趴在後堂瓦脊上，一本正經的蹲著拜見，起先他以為是狗，後來，轉念一想才害怕起來——哪有狗會上屋的道理?!不用說，牠定是修煉了千年的妖狐了！

至少，常在三個表姐身邊盤桓的我，卻永也不能相信那些。因為我覺得跟她們一道兒生活著，日子就顯得那麼美，那麼柔。在她們溫雅的言談，嚶嚀的笑語中，沒有一點兒能和那些怪異傳說絞混在一起的地方，何況我根本沒眼見過若何的怪異呢?!

媽的心思，就是想掩也掩不住的，她常問起我碧琴表姐的事情，也常惦記著晉南的消息。

「妳哥總該有信來的。」她在燈下說：「他當初原不該把這門親事擱下來！……依我看，碧琴這孩子，不論是心思、人品，在如今世上，只怕是……打著燈籠……也沒處去找的了……」

「媽，妳說我們什麼時刻離開綠楊村，去到晉南呢？」我說：「我真的不願跟表姐們分開呀！」

「誰敢說呢？也許是今年秋天，也許會延至明年的春天。」媽憂心忡忡地：「聽說正太路亂得很，大群的難民朝西湧，很多都沒有過娘子關……我們也不能走的太早，太早了，你爹在那邊還沒安屯妥當，可也不能太晚，太晚了，只怕東洋兵把路給截斷掉。」

雖說日子在孩子眼裏夠長的，可是一有了個期限，心裏也就有了未來時日隱隱的離愁。

我常這樣無聲的警告著自己，也許就快走了，要學什麼，該趁早呀！……二表姐告訴我，她們也都是七八歲就學刺學繡，學書學畫。也許是我太笨拙罷，一幅春殘落英圖，個把來月了，還沒繡出幾朵花來，下針沒準頭，花邊兒成了一排狗牙齒，線面鬆的鬆，密的密，半點兒也不均勻。

寫字呢？寫字也不成，總愛把舌頭尖兒當作硯台使，一篇大字寫下來，弄得滿嘴烏黑，還得麻煩三表姐端水來洗。

要學，無非是學點兒初夏季節裏那一份慵慵懶懶的消閒罷了。

白天躲在書齋裏，碧色的竹光自有一份清涼氣。亂塗了幾朵花，幾片葉兒，臉上也像開了顏色店，沒對著鏡兒瞧看，不知是像竇爾敦，還該像是黃天霸？抬頭看見三表姐，兩肩抖抖的，用手絹掩著嘴笑，還纏她說：

「妳教我唱歌的呢？三表姐。」

「誰說不教來？小么妹兒，妳該梳兩隻朝天的辮子，穿上綵衣，上臺去唱戲的。」她說：「妳先去睡房，支起梳頭盒上的鏡子，瞧瞧妳的臉，看像不像是小妖怪？——畫兒上塗的顏料，怕還沒有臉上的多。」

「小孩兒家初用筆，甭養成咬筆頭兒的習慣。」大表姐也笑說：「舐筆尖，用硯台，不是用舌頭。」

「三表姐愛笑人家，」我說：「人家不依！」

「碧鳳，妳莫要笑她了，」二表姐說：「妳當年學用毛筆，也還不是跟么妹兒一樣？她呀，她可不是妳當年的鏡子？」

「可是當年就差這面鏡子呀！」三表姐說：「人全是這樣──看得見人家，瞧不著自己，當年我要不像這樣，也不會想起來就發笑了。」

「我要洗臉了！」我說。

「罷呀，」三表姐拉著我：「這兒除了三個表姐，又沒旁人見著妳，妳急什麼？……一會兒吃了果子糖，又黏了一腮幫，越發打總了洗罷，咱們先唱歌兒……」

「妳說妳教我什麼歌？」我歪頭問說。

「當然先教簡單的，」她說：「又短又好唱的。」

我點點頭說：「就依妳。」

「我去拿歌譜兒來，」她說：「這些歌，全是很好的，妳得先練曲兒，曲兒唱準了，再聽我跟妳逐句逐句的解說詞意，領會了詞裏的意思，唱起來才會有意味。……現在妳還小，也許解說了，妳還不能真懂，可是，妳只要先學會唱它，日後妳一年一年長大了，會更喜歡這些歌兒的……」

她回房取來歌譜兒，攤在她的膝頭上，打開它，一面細心的翻撿，一面閉著嘴，用顫動的喉音和鼻音，輕輕的哼著曲調和節拍。那帶著不同旋律的聲音，時而徐緩，時而輕快，時而亢銳，時而低沉，真是說多迷人有多迷人。輕風拍動珠串的門簾子，那聲音在屋裏流盪著，嫋嫋的繞著屋樑。

我很難說出它像什麼了，那聲音是一陣奇妙的風。一直吹進人的心裏去，心園裏彷彿有數不清的花蕾，全被它一朵一朵的吹開，也成為一片五色繽紛的花海。

那聲音又像是一條垂柳夾岸的清溪，在乳濛濛的朝霧中，曲曲的流著，流著，不知所去……那聲音裏有著花開花落，風吟雨唱，有著四季裏不同的景色和容顏，有感傷，有快樂，有溯憶，有追懷，也有一絲遼遠的輕愁……這全是我後來反覆唱它們時，才細細咀嚼出來的。

「好了，三表姐就先教妳唱這支『花非花』罷。」她停住輕哼，抬臉跟我說：「這是一首古詞，黃自先生譜的曲兒。——妳大表姐最愛他的曲兒了。」

這是一首很短的歌，歌詞很美，短短的幾個字裏，含著說不盡的迷惘和惆悵，她這樣的唱著：

花非花
霧非霧
夜半來
天明去
來如春夢……不多時
去似……朝……雲……無覓處

「碧鳳，」她唱完時，大表姐輕咳起來，叫著她說：「妳最好換支輕快點兒的歌教她，不要讓小小人兒這麼小就學會感傷。」

「大姐妳真是的。」三表姐撅起唇說：「只准妳喜歡，就不准人家喜歡？……這曲本兒上抄的歌，短的幾支，不全是這樣的麼？」

「再朝後面翻，」二表姐說：「妳先教她採桑謠，或是春景，不是很好嗎？」

「春景？對了！……么妹兒，三表姐就先教妳春景罷，這是支輕快好聽的歌呢！」

好像當時她跟我講過這首歌是誰的詞，誰譜的曲，我都已記不清楚了，只覺得那是支歡快的歌，唱著它時，那種歡愉的感覺，就真的會像風吹的小浪一樣，朝人開敞著的心懷裏打過來。

「柳花狂，桃花醉
草色青，山色翠
春光明媚……
林密亂鶯啼
池暖雙鴦睡
春歸還未？」

我們就這樣一教一和的唱起來，同時用手掌拍擊著，配合那支歌的節拍。

三表姐的臉，在唱這支歌的時刻，湧上一股激奮的青春的潮紅，她的頭和雙肩，不，她整個身體，都有一種彷彿是舞蹈的情韻，一種和歌唱旋律密合的輕輕的搖晃。

小風穿簾來，舞著她的髮絲，我們是那樣歡欣的雲雀，飛翔在霞影裏，又恍惚是輕快的船，滑行在歌聲的水浪上……。

我們唱著，三表姐黑黑的眼瞳裏，閃爍著某種希望的光，她嫣紅的兩頰上，不時漩起活動的笑渦，她那兩排白玉似的牙齒，更顯得分外的晶瑩了。唱了一遍又一遍，連大表姐和二表姐也加入了我們，哼著歌曲的譜子，造成美妙的和聲。

最後，我們都笑起來了。

真的，我早些時也跟媽學過背誦詩詞，可是背誦跟歌唱全不是一回事兒。吟詩誦詞，再怎樣也吟誦不出這種歌唱的感情來，它真有著一股神奇的魔力，能使得沉沉悒悒的空氣泛起歡愉的粼波。

三表姐的歌本兒厚厚的，詞譜全抄得極為工整，在那些歌曲裏，大都是些古老的詩詞譜成的。她每教我一支新歌，先都會把我攬在她身邊，逐字逐句的教我背誦那些詩詞，再反覆解說詞意，細聲問：「懂得罷？么妹兒。」

這樣，直到我點了頭，她才肯教我唱。

日子緩緩的流過去，日子也帶著歌韻了；有時在早晨，有時在黃昏，我們坐在長廊間的朱漆欄杆上，吟著、誦著、也唱著。在那串日子裏，我已經學會了很多支優美的短歌，像李白的〈春夜洛城聞笛〉、〈下江陵〉，王瀚的〈涼州詞〉，杜牧的〈秋夕〉，韋莊的〈金陵圖〉，李頎的〈古從軍行〉，還有些在當時被很多女孩兒迷愛的歌子，像晏殊的〈浣溪沙〉，范成大的〈瓶花〉，秦少游的〈江城子〉，王維的〈渭城曲〉，還有些已記不清作詞人名字的〈歸燕〉、〈燕雙飛〉、〈送別長亭〉、〈春光曲〉……等等的，經過她費心的解說，那些歌裏，展布出一個雲煙縹緲的境界，正像一幅幅彩繡中展陳的世界一樣，令人迷醉，令人神往。

那冊頁厚厚的歌本兒，不知經她們翻閱了多少遍，頁面已經變黃，頁緣也都起了毛，頁背上繫著幾縷不同顏色的彩線，編成扁扁的辮兒，當做書籤用，三表姐教到哪支歌兒，彩線就夾在哪頁間。

薰風起了，白晝長了，又到了夜晚該歇涼的時分了；表姐們在長廊間盤桓的時間也更多了些，二表姐嫌黃昏時廊下黯得早，就央請碧琴表姐畫畫兒在白絹上，由她親手做幾盞小小的宮燈，在柱壁上張掛著。

白絹摺成齊齊整整的一疊兒，每層絹面上，都有幾組弧形的筆印兒，——那就是宮燈的角線，碧琴表姐用蘸著顏彩的畫筆畫下去，一直印下好多層，畫些四季花草，畫些亭榭樓台，筆致生動，顏彩分明，就彷彿……彷彿人在畫圖中似的，有著那份真切的情韻。

宮燈的燈架是早從城裏買來的，紫檀木上雕著背花，彎彎的像是一把把胡弓，架上漆著三層褐色的烤漆，閃著耀眼的漆光。

等絹面上的彩畫乾透了，二表姐便裁開那些絹幅，把角線對準角線，密密的用針線縫妥，最後裝上內外燈架，用力一繃，便繃成一盞極為美麗的六角形的弧腹宮燈來。三表姐幫她裝頂架和燈底的燭托兒，托下繫上銅環，墜上一把把怒勃勃的五綹流蘇穗兒。

「妳可見著了，小么妹兒，」二表姐說：「日後妳長大了，該曉得宮燈就是這樣做的。」

「我曉得，」我說：「人家也全記著啦！」

「看宮燈，七分是看畫兒，」三表姐說：「妳跟妳大表姐學畫，千萬要專心。」

「也甭以為小小宮燈是好做的，」二表姐旋動著她手裏捧著的宮燈跟我說：「一盞宮燈六隻角，縫角線，要下一等的細功夫，又費眼，又費心，角線一定要對得準，不能有一絲一毫的訛錯，哪怕錯縫了一線寬，夾上燈架一繃，白絹就會裂了，白白的費了一番功夫。」

「要學，先該學妳二表姐，」碧琴表姐挑簾子出來說：「長大了，學著做個細心人。」

輕笑聲在廊間迴盪著，多了這幾盞精緻玲瓏的宮燈，廊下便多了一份華麗的歡愉，也使我留連得更久了。

傍晚來時，幫表姐們一道兒提壺去澆花，看蜻蜓和蝴蝶，展一翅的霞光，逐舞入牆陰的迷離；聽三表姐低聲吟唱著什麼，便也禁不住的和著她，稚聲稚氣的唱起來；也不知是歌聲融入夢境？還是夢境引發著歌聲？

也像黃昏蜓蝶般的迷離，敢情是：不要說幾千年歷史的煙雲了，單說是廣大的眼前人世罷，該有多少情境，夠人一生一世去描摹也描摹不盡了。誰能摹得出一陣朝來雨？一片黃昏雲？在那種瞬息萬變中呢?!……在我那樣年歲，也許能解得一些詞句，但還談不上詞意的描摹，若說有，只是一份朦朧得面目難分的意想罷了。

「取燭來，讓我們點亮宮燈罷！」三表姐說：「今晚上，我們再練練浣溪沙，妳喘息不均勻，中間有幾句唱得不夠準，也欠婉轉。」

「那詞兒太長，人家都快記不真了！」

三表姐取下燈托，插上蠟，把它點亮後，再懸掛到廊柱的銅鉤上去。

燭焰在絹紗那邊跳動著，影影綽綽的黃光和廊外的晚霞光暈融混在一起，迴照著廊頂，有一種輝亮而新鮮的喜樂祥和的氣氛。

「等我再點上這盞燈，」她說：「我再慢慢兒的教妳罷。這曲子寫得真美，要是有大姐的簫管聲伴和著，對月唱它，才夠意味呢！」

「妳點燈，我去抱歌本兒去。」我說。

我用抱字，一點兒也不誇張，那沉甸甸的歌本兒，我抱進抱出，可要比抱洋娃娃費力得多。

抱來歌本兒，一園子的霞光轉黯了，那些在黯黯暮色裏開著的花朵，仍隱隱約約的輝亮著，依稀辨得出它們的顏色，幽幽的夢色，牡丹、幽蘭、玉簪兒、杜鵑、丁香、薔薇、長春、碧桃和七姐妹，全是些浮動的彩夢，為宮燈映亮的長廊，做成了美妙的背景。

三表姐攤開她的歌本兒，要我跟著她唸〈浣溪沙〉的歌詞，她的喉音清越，又甜又脆，又有些兒緬憶的悵惘：

「一曲新詞酒一杯，
去年天氣舊池台，
夕陽西下幾時回？
無可奈何花落去，
似曾相識燕歸來，
小園香徑獨徘徊。

小閣重簾有燕過。
晚花紅片落庭莎，
曲闌干影入涼波！
一霎好風生翠幕，
幾回疏雨滴圓荷，

酒醒人散得愁多。」

她也許有感於詞意罷，噏噏停停，攏合了她的黑眼，讓睫毛的影子留在她的鼻凹間，再睜眼時，眼裏便有淚盈盈，泛著潮濕的光輝。

也許是我看習慣了，不覺得她這樣有什麼不妥。實在說，在三位表姐當中，碧琴表姐最是弱不禁風，善感多愁，碧雲表姐也是沉靜纖柔的女孩兒，只有三表姐碧鳳，活潑嬌憨慣了。她的笑聲是一串抖動的銀鈴，搖到這裏，搖到那裏，誰見著她那張嬌媚的掛笑的臉子，都會說她是快樂的女孩兒。可是，也許是受了兩個姐姐的影響罷，她也有些令人難解的，突興的愁情。

尤其是在她翻弄歌本兒唱歌時，她常常會這樣的，笑著笑著便流出眼淚來。是那些歌曲的詞句太古老？詞意太悲涼麼？還是像她這樣的閨閣少女的心太脆、太柔呢？

「三表姐，妳哭了？」

「啊，不！」她笑著，用絹帕點著眼角說：「誰說我哭了？」

「那妳幹嘛擦眼淚？」我說，抬眼瞄看她的臉。

透過白絹上的畫幅，宮燈的影影綽綽的黃光流溢著，就像畫兒上用的明亮的丹黃。她在黃光裏的笑臉，是一朵紅馥馥的蓓蕾初初開放，真的，她並沒有哭，她在真心的笑著，但她黑眼仍是濕亮濕亮的。……不哭為什麼會流下眼淚來呢？

這就是我不懂的了?!

「我喜歡這些詩詞，更喜歡這些曲調。」她伸手抓著我的手，低下頭，輕輕的揉捏著我的手指，低低緩緩的說：「它們太美了，唸著，想著，就不禁會流下淚來了，……太美的東西，有時候會使人流淚的。」

「真的是嗎？」我猶疑的說。

「是真的，么妹兒。」她說：「當初我像妳這樣大的時候，聽人這樣說，也是不肯相信，及至長大了，才慢慢的懂得。……妳長大了，不用誰教，自然而然的，也就會懂得了。」

長大了，人都這樣跟我說著，在我，聽來卻有些迢迢遠遠，渺渺茫茫，未來的日子多得像滿樹的樹葉兒，甭說一天一天的過，就是一片一片的摘罷，哪天才能摘夠做大人的年歲呢？至少從表姐們黑黑的瞳仁中，我窺著了一些秘密，她們全是身在園中，心在雲裏，儘管我自作聰明的空眨千百次眼，也看不透那層雲。

「我們來練這首歌兒罷，小么妹，」她斜臉抬頭，指著簷外說：「妳看，月亮芽兒出來了。」

月亮芽兒真的出來了，一片浮雲托著它，悄悄的立在波形的簷角上，紙剪似的一彎柔白，吐著淡淡的寒光。月色和燈影交輝，燈搖影動，彷佛是叫歌聲吹動的一樣。

〈浣溪沙〉真是一首很動聽的歌，曲子的旋律徐緩幽柔，富有古老的東方情味，尤其是第一二兩闋，那種雙重婉轉的顫音，就彷佛是簫鳴笛奏那樣，在廊間激起一片悅耳的迴音。

「我說過，這支歌是適合配簫的。」三表姐教我唱了一遍之後，歇下來掠著鬢邊的散髮說：「要是妳大表姐帶著簫來，她吹簫，我們唱詞，配起來，就更好聽了。」

「上回我就央過她，」我說：「她不肯吹，她說她沒有心腸再吹簫了……！」

「妳來了，就不同了。」她說：「早些時，宅子裏太冷寂，她心緒差，成天病懨懨的懶得離床。管家老陳每天總得到村南去配藥，妳來後，她的病好多了，不再成天熬藥吃，也能起床走動了。」

「我去叫她去，」我說：「她跟二表姐進屋去好一會兒了。」

我正待站起身去掀簾子，忽然聽見一陣隨風飄來的簫聲，斷斷續續，縹縹緲緲，彷彿是從月裏飄落人間的仙樂，或是從雲端發出來的鸞鳴，又柔又軟又空靈，叫人摸觸不著它起自何處？……

你要是聽過月下的簫聲，你就會有這麼樣的感覺。拿簫跟橫笛相比罷，笛聲是圓潤、清越的，但還脫不了人間的煙火氣，因為那聲音富於人情味兒。簫卻不同，簫聲是淡漠、哀怨又淒涼的，——一種碧海青天裏空曠的淒涼。時隱，時揚，把人心柔柔的拴繫著，不容你思索，不容你摸觸。

它永遠是一條無形無體的靈蛇，有著那股子神奇的魔力，能把它的聲音裏的曠涼，融進園中的月色，融進搖曳的燈影和廊下的花香，使你覺得無處不是那種聲音，無處不是那種感情，流雲飛絮般地飄忽著，把人心全給掏空了。……你若是聽過那簫聲，定會興起「此曲只應天上有，人間那得幾回聞」的感嘆。

簫聲逐漸把人的思緒托著，遠引，遠引，遠引到柔黯的夜空，引過籠霧的銀河，吹的是一支恍惚在哪兒聽過的曲詞，在哪兒呢？那麼美的聲音，使人無心分神去追憶了。

我抬眼望望三表姐。她也在凝神諦聽著，身邊籠著一片靜寂。

「大表姐，她在吹簫了。」我細聲的說。

「嗯，」她說：「她在試簫，——有很久，她都沒有吹它了。」

「好熟悉的曲子，」我說：「像是在哪兒聽過的，我記不清了。」

「妳再用心記記看？」她粲然一笑說：「她試簫，會把這曲子再吹一遍的。」

「我記不起，真的記不起。」

「小傻子，」她說：「這不就是三表姐前些時教過妳的，秦觀的〈江城子〉嗎？妳聽——」

是的，我恍然的聽出了那支纏綿哀惋的曲子。

三表姐遙和著那簫管，曼聲的輕唱出來：

「西城楊柳弄春柔，
動離憂，
淚難收。
猶記多情曾為繫歸舟，
碧野朱橋當日事，
人不見，
水空流。
韶華不為少年留，
恨悠悠，

幾時休？
飛絮落花時候一登樓，
便做春江都是淚，
流不盡，許多愁。」

簫聲在我耳裏，也在變化著，不像是是吹奏，而像是在幽幽的泣訴著什麼，吹到末尾，有些泣不成聲，忽然的咽住了。

我身邊的三表姐，也像感觸到什麼似的，伸手把我環抱著，輕撫著我的辮梢兒，寂寞地說：

「妳大表姐不知怎的，偏喜歡這支曲兒，每回試著吹簫，都先吹它，妳不覺著太哀遲些了麼？」

我抬起頭，勉強裝了個笑容。

「她為什麼偏喜歡這支曲兒呢？」

三表姐嘆了口氣：「當初妳大哥跟姑媽下鄉來過夏，就住在那邊水閣裏，他們倆一道兒學著這曲子，他練口琴，她用它練簫……

據說秦觀——寫這詞的詞人，曾經有過他自己的傷心事，他這首詞才會寫得這麼美，這麼哀遲。」

我眨眨眼，不再說什麼，一隻夜鳥飛過，留下牠拍翼的聲音。

夜合花早該在廊腳的苔痕邊睡了，我卻醒在廊下，想著那樣的當年。大哥沒教我唸過〈江城子〉這首詞，但我恍惚記得，他也愛用口琴吹奏這支曲子，在寂寞如眠的春夜，木葉蕭蕭的秋夕，迎著琉璃瓦上的一丸玲瓏。……直到他離家去晉南時，他還吹奏過這支緬憶什麼似的曲子。

他要真的想著碧琴表姐，為什麼當初又要支這使那的，擱下這頭親事？

今夜我不懂得，日後總會懂的。

我這樣的想著……

十二　怪誕傳說

長夏替綠楊村加了一層釉，遠遠近近，那片彌天的綠意把天空都染變了顏色。五舅送我的那對八哥兒鳥，被我餵得又肥又懶，連叫也不肯叫了。

倒是柳浪裏的那些黃鶯兒，一聲遞一聲的，唱得非常悅耳。——那只是黎明初起的一段辰光，寂靜中，響著些婉囀的鶯啼，等到日頭一爬上柳梢，聒耳的蟬鳴就會把一切聲音吞沒。

不知哪兒來的這多蟬，啞聲啞氣，挺有耐性的鳴噪著，噪得人整天都心思不定。好不容易等到日頭落山，那些貪婪的鳴蟬，一心去爭飲露水，才肯歇下顫動的翅膀，讓人耳根有一刻短暫的寧靜，——也只是極為短暫的一刻。接著來的，便是成千上萬的蛙鼓，閣閣閣的接了班，一直要吵到五更天。

三表姐說得不錯：

「甭看夏天的日子長，長長的一夏天，人都懨懨倦倦的。什麼都不想做，什麼也都做不成。」

「全是關在園子裏關出來的。」我說：「就像籠裏的八哥兒一樣，費精勞神的養著牠們，還不如野地裏的黃鶯兒肯叫呢！」

「好個比方。」三表姐笑說：「妳可把三位表姐都比成鳥蟲了。」

「看小銀兒他們罷，」我說：「天越熱，夏越長，他們越有事情做。他們捲蘆葉，吹蘆管，到野塘去挖藕，把荷葉蓋在頭上當帽兒戴……他們又黏蟬，又叚魚，還做了板板倒（**一種夾鳥用的東西**），捉了幾隻黃鶯呢！」

「甭羨慕他們，么妹兒。」二表姐說：「也只那夥男孩子才肯做那些野事。么妹兒是女孩，該學些文靜的事兒，長大才有個女孩兒樣，不是嗎？」

「那就要大表姐吹簫，還讓三表姐教我唱歌好了！」我說：「新近她教的幾支新歌，人家都還沒練會呢！」

「唱唱歌，畫畫畫兒，說說故事，都是消夏的好方法，……但妳卻莫再去煩妳大表姐，她前兒晚上試著吹簫，不知是受了寒還是怎的，說病又……病下來了！」二表姐跟我叮嚀說：「妳要是走過她房門，得把腳步放輕些兒，她病時，總是白天睡覺，夜晚癡癡的睜著眼，妳千萬不要在她睡覺的時刻吵醒她……」

「她怎會……說病就病的呢？」我這樣的問著，心裏忽又泛起不安的猶疑。

「也沒什麼。」三表姐像掩飾什麼似的，搶著答說：「妳大表姐一向身子弱，略一熱著點兒，著寒點兒，就會犯病，讓她靜靜的躺幾天，調息調息，就會好的。」

說是這麼說，宅裏只病倒了一個大表姐，氣氛整個就不一樣了。那個管家的老陳，都在清早天不亮的時辰，就備上黑叫驢，去村南配藥，我還夢夢盹盹的躺在床上，就聽過唔昂唔昂的驢叫聲。

那個光頭廚師，神色總是顯得緊張怪異，雖不踏進中間的天井，可常見他在穿堂的陰影裏站著，不時探頭探腦的張望什麼。

傳聞很久的，小舅家宅裏鬧狐的事，因著大表姐的病，又在村裏鼎沸起來。

「聽說這隻狐，是隻會詩文，解音律，精通翰墨的靈狐，」有人這樣傳說著說：

「當初迷惑碧琴她小姑姑的，也正是牠！……兩代都是一樣，她們沒進學，怎會通詩詞？會畫畫兒？會彩繡？會弄簫？……就是靈狐能教她們會這些罷，人狐相交，也會難享永壽的呀！」

「說起來也真是！」有人說：「那邊宅子裏，又不是缺錢財，又不是缺人手，既然鬧狐鬧成這樣，怎還不到處去請人來驅邪呢？」

「驅邪?!」大舅媽不屑的撇著嘴：「誰說沒請來？……說的容易，做的難，那個灰髮老道人，一年總要來幾回，一留留上好幾天，也沒見他使出什麼法術，把這隻狐仙給驅走。」

「怕也只是個走江湖混嘴的人。」二舅媽說：「也只有那邊那個書呆子（指小舅）肯上他的當，大把的白塞冤枉錢！」

「我早就說過，」穿黑衣的女傭，後來我叫她趙媽的馬臉女人，是凡事都要插上一嘴的：「我早就說過，鄉野地，孤村子，養不得這麼出色的美人兒，沒妖魔，也會惹出妖魔來，……碧琴那姑娘，也怪她自己不好，病剛好些兒，就在月夜裏怨聲怨氣的吹簫，她難道不知簫聲陰氣重，對月吹它，是招魂引鬼的麼？」

「可憐……的孩子。」對著這些紛紜莫測的傳言，媽總是緘默著不說什麼，只重複的吐出她的感嘆來。

碧琴表姐這一病，我有好些日子沒見著她了，其間也扯著媽過去看她一回，正巧她睡著了，媽只站在房門外，悄聲的跟二表姐說了幾句話，要二表姐不用驚動她，就退了出來。

「可憐的孩子，」她跟我說話時，又彷彿是自己發囈語：「就是妳哥有信來，答允這宗親事，像她這樣的身子，只怕也不能帶她去晉南……了……」

若說是關心大表姐的病，我覺得沒誰比我更關心的了，一天不見她的臉，就鬱鬱魔魔的，彷彿自己也害了病。仍然每天敲打著銅環，到小舅的宅子裏去，光頭廚師來開門，總擠眼扭鼻的，用一堆話來嚇唬我，我呢，也叫嚇得躡手躡腳，生怕沖了什麼犯了什麼。

那天，我行經大表姐的房門口，聽見她在床上轉側，像是醒著的樣子，我一時忘情，就掀起珠串房門簾兒，探頭進去瞧看，一抬眼，就跟碧琴表姐的黑眸子遇上了！……她半躺半臥的，倚在床頭的香枕上，長髮分成好些綹兒，披散在她水綾的睡袍上面，黑霧似的籠住她的肩和臉。

她的睡房是古老雅靜的，紫檀木雕成的八步頂子床，從踏板到臥床的床沿，一共有三道雕花的木板格兒護著。每道板格兒上緣，都垂著一尺多寬的橫幅帳簾兒——一式是她親手繡成的彩繡，簾下是一排齊齊密密的流蘇，有風無風，都漾起小浪來。

板格兒兩側，垂著水綾的帳簾，用鏤花的亮銅鉤兒分攏著，攏兩把半透明的鮮豔的顏色。白晝光從天窗上來，熠映在板格兒裏面，地板上，平几上，到處都有著鏤花的格影：或猿、或鶴、或人、或物、或雲朵、或蟠桃，那些花影並不甚黑，只是些淡淡的黯金色，令人疑幻疑真。

平几兩側，斜置著兩幅小小的裝飾用的立屏，寬闊的漆木花邊，圍嵌著整塊的白色大理石，石面上刻著染金的詩句，那些草書，都是大表姐她親手寫的，經匠人照著字跡鏤刻出來。

她曾經攏著我的肩，跟我併坐在床沿，教我逐句背誦過，一幅是唐代王建的詩：

「中庭地白樹棲鴉
冷露無聲濕桂花
今夜月明人盡望
不知秋色在誰家？」

另一幅是宋代秦觀的詩，寫秋夜情境，倍覺空靈，那詩是：

「天風吹月入闌干
烏雀無聲子夜閒
織女明星來枕上
了知身不在人間。」

在這一幅屏風的兩邊，還加有大理石面的條屏，上面寫著碧琴表姐她自書的對聯：

「銀漢雙星藍田雙璧
佳期人間巧節天上」

那幅屏邊的花格上。雕的全是一式的圖案——衣袂飄飄，穿雲撥霧，凌空而起，一心奔月的嫦娥。

但我們這位酷肖嫦娥的碧琴表姐，卻喘息地病臥在床榻上，儘管她想趁風而去，歸入那片青天碧海，但她卻沒覓著那種輕身的靈藥。——也許時節還早，還沒到月魄皎皎，夜色沁寒的秋天罷？她的黑瞳仁兒統攝著我，使我在一剎沉迷中，興起這份空幻的遐思。

「進來罷，小么妹兒。」她朝我說話了：「來床沿邊坐著，讓大表姐摸摸妳的臉罷。……我有好些日子，沒摸著我的小人兒了。」

「好些兒了罷？大表姐。」我怯怯的走到床沿說：「妳覺得怎樣了？是哪兒不舒服？」

「也不算什麼樣兒的大毛病。」她輕咳兩聲，緩緩柔柔的說：「只是有點兒乏得慌，怕起床走動。調息幾天，就會……好的。——妳看我像個病人麼？」

我聽了她的話，便真的抬臉仔細端詳著她；天窗的光隔著帳簾和帳紗，迴映著床榻。黯而柔，又經過湖水綠的枕面，猩猩紅的被面的反射，使那光裏抖動著細細碎碎的幻彩，她的臉在一片活動的幻彩中影呈著，也像是一種白白的光體，彷彿要衝出黑髮的包裹，熠耀升騰的樣子。她的臉盤兒較前略嫌清瘦些，但仍有紅是白的，好像有一層淡淡的紅水暈，滲進薄薄的白色皮層，白也白得明豔，紅也紅得嫵媚，顯不出一絲病態，哪會像是個病人？

「兩眼像烏金豆兒似的，儘盯著我瞧看，」她無力的伸出手，替我攏攏鬢髮：「小么妹兒，妳不知大表姐我有多麼喜歡妳，……這些時，妳做些什麼來？」

「人家……儘……在想，嗯，在想……」

「想什麼？」

「想妳呀！」我說：「想妳快些兒好，我們再唱歌兒，央妳吹簫伴和著，妳一病，宅子裏就冷清多……了！大表姐，……大表姐。」

我這樣輕聲喊著她時，她竟怔怔忡忡的看著方几几面上的一盆沒開花的蘭草，彷彿沒聽著我的叫喚。直等我捱過身去，用手扯動她的袍袖，她才恍然醒覺。

「嗯，」她說：「我在聽著呢！」

「大表姐，」我說：「妳為什麼總是愛鬧病呢?!」

「嗨，」她挫下雙肩，深深的嘆了一口氣，沒有立時回答我什麼，反問我說：「小么妹兒，妳是不是聽著外面傳說我鬧病的事了？」

「好多……人，都在說呢！」我說。

我雖然鼓足勇氣這樣說了。但，一想到那些怪誕的傳說，便不能自禁的打起寒噤來了。……要是那些傳說是可信的，那，妖狐不正匿在這間房子裏麼?可是天光映著這護欄，這方几，這立屏，這盆蘭，告訴我，房外正是白天，床上除了美豔如花的碧琴表姐之外，再沒有旁的可疑的東西。而她是清醒的，既沒胡言，也沒囈語，她那對水盈盈的黑瞳子裏有著滿溢的愛意，她臉上也正掛著那種淡淡甜甜的，使人安心的笑容。

「妳是要找什麼?么妹兒。」她抓起我的手，握在她微帶潮濕和溫暖的掌心裏，跟我說：「要什麼?跟我說，大表姐我找給妳。」

「哦，沒找什麼，」我說：「她們：大舅媽、二舅媽、老趙媽，都在講妳呀！」

她閉了閉眼，又睜開。

「我知道。」她說。

「妳?……妳怎會知道來?大表姐。」我吃驚的抽回那隻被她握住的手，下意識的捏弄著被角。

她又怔忡著不答我了，過了半晌，她才說：

「妳相信她們說的話麼?相信麼?么妹兒。」

「我：我……只是有些……駭怕。」我說。

「怕什麼?……是怕她們傳說的狐狸?!」

我點點頭，卻不敢應著她，——也許沒有翻過一隻碗，我怕真有什麼聽見。我不懂，碧琴表姐的膽子為什麼會這樣大?旁人聚在一道兒，不翻過一隻碗，表示掩住那玩意的耳朵，都不敢提狐狸兩

個字，她一個人，又在病著，竟敢口沒遮攔的直指著牠。

「他們還說，說…有個道人，常來…宅裏行法。」我說：「二舅媽講他，講他是…走江湖混飯的……」

她搖搖頭，眉間掠過一片寂寞的影子。

「那是她們不懂，就信口糟蹋人家。小么妹兒，往後不要相信那些話。——這宅裏，從沒鬧過什麼狐仙，妳小姨姨，也只是生病死的，她的書看得多了，常替書裏的人物耽心、發愁，……在這點上，我可真有些兒像她，愛耽心，愛發愁……」

「那，大表姐。」這回該我去牽她的手了：「那妳就甭耽心，甭發愁，病，不就好了嗎？照妳那麼說，妳的病，都是自個兒愁出來的？」

「可不是?!」她說：「要像妳說的那麼容易——說不愁，就不愁，人，就不會這麼容易惹病了!……問我為什麼？——只怪人世太古老了，旁的沒留下什麼，只留下一大堆怪愁人的書本兒，不論是真是假，總該是前朝前代有過的，至少有過那麼一種事情的影兒，讓人去思量，讓人去愁……悵……」

「那，全該怪那些寫書的不好！」我說：「放著好書不寫，偏要寫些害人的。」

「傻小人兒，怎就愛說傻小人兒的話呢？」碧琴表姐說：「不能全怪寫書的人，只怪前朝前代，有過那許多離合悲歡，淒慘愁人的事，寫書的人，不過是描摹那人世的影子罷了，……尤其是寫女孩兒，寫婦人們的書，更是惹人愁，逗人想……像什麼哭倒長城的孟姜女，磨房產子的趙五娘，像待月西廂的崔鶯鶯，瀟湘嘔血的林黛玉，全都是一把柔情，一把淚……我常想：為什麼千百年前，一直到如今，女人們全會活成那樣？」

她說著，我聽著，一面滴溜溜的轉動著兩眼。

可憐的碧琴表姐，迷住她的若不是什麼狐仙，就該是這片綠柳如煙的大宅院了！……這不是人間的村落，只是一座疑幻疑真的翡翠色的魔瓶，這裏沒經變亂，聽不著槍聲，這裏的春夏秋冬，只像她手繡的四季條幅，——不同的花海構成的風景，也許只有她們姊妹，活得跟前朝的古美人兒一樣罷？

「讀……史常懷……千古恨……」她還自個兒在低吟著這樣的詩句呢。

「大表姐，妳的病，就該快好了罷？」

「也許……快了。」她幽語說：「我總在這樣想：我很快會好起來的。」

我想起什麼來，忽又問說：

「妳剛剛講那道人怎樣？」

「哦，那道人麼？」她說：「他並不是什麼道人，他是北地有名的才子，——一個書畫家。他是爹的好朋友，喜歡穿著道裝，到處遊歷，賞玩山水名勝，每回路過綠楊村，都要來宅裏留幾天，跟爹賞花飲酒，談詩論文，我學字學畫，都經他指點過的呢。」

「那，這房門，後屋裏的符籙，不是他畫的？」

「不是。」她說：「那都還不知是哪一年，妳小姨死前，族裏召人來清宅子，貼上的。——那時，他們就一口咬定我們家的宅子裏鬧狐仙了。天知道狐仙像是什麼樣子?!……誰都沒見過。」

「大表姐。」我說:「妳真的快點兒好起來罷,……我媽說:我們也許在秋天,也許在明年春頭上,——只等大哥那邊來了信,就要走了。」

「要走了?!」她費力的挺挺腰,坐起來,「姑媽真的說是要走了?」

「嗯。」我說:「我們要走正太鐵路,過娘子關,到晉南去,爹跟大哥他們辦鹽務,都退到那邊去了。我媽還說,爹臨走講過:要是日軍佔山西,他們要退進太行山去,真的,大表姐。」

她聽了,低下頭去,把一頭髮絲空垂在臉前,再倚回枕上時,眼閉著,顯出一臉疲倦的神情。很久,很久,除去喘息外,她沒再說半句話。

「小么妹兒,小么妹兒,」外面傳來三表姐叫喚我的聲音,一路喚了過來。

「噯,」我應聲說:「三表姐,我在這兒呢。」

珠串門簾兒一動，三表姐她手挑著簾子進房來了，看見我坐在床沿上，便說：「不是跟妳說過，大表姐她不舒服，妳該讓她歇著，不要煩她，……來，跟三表姐到後邊廊下玩兒去，去荷花缸裏看金魚。」

我轉臉看看大表姐。

她揚揚手，費力的吐出話來說：

「就跟妳三表姐去看金魚去罷，么妹兒，隔些一日子，我好了，再帶著妳玩兒……」

十三　愁情

帶綠釉的荷花缸是闊口淺底的那一種，放在長廊一端粗實的木架上；我得站在矮凳上，才能看得見缸裏睡蓮的圓葉，和那些在葉下喋接的金魚。

荷缸的水面很清淺，平鏡似的，沒有半點兒波痕。睡蓮的葉掌沒有池荷那麼大，疏疏落落的幾片葉兒，像幾隻大小不等的碧色圓盤，烘托著三兩朵初放的絳色蓮花。

有一枝初茁出水面的蓮葉，還沒有展放開來，尖尖的葉角上頂著一粒晶亮的水珠。那些金魚，就像大表姐的彩繡，牠們並不怕人影和人聲，悠悠漾漾的浮游著，活潑自如。

俯身在缸緣看望牠們，不像在玻璃缸中，看來那麼奇幻，有時小而清晰，有時大而朦朧；牠們的凸睛，鰭和尾，腮和鱗甲，都顯得那麼清晰，牠們有時啣尾嬉逐，有時浮至水面上來，張口吐出一串透明的水泡。

「上面那幾尾大些兒的呢？三表姐。」我朝著水面上的三表姐的影子說。

「放到側院的池裏去了。」她伸手攬著我的肩，臉貼著我的臉說：「牠們大了，缸裏游不開，隔些時候，總要換幾尾小的進來。」

我們說話時，有一隻喜歡嬉水的綠色的麻蜻蜓飛過來，掠過那一圈兒水面，大模大樣的，用尾巴點著水，仍戀戀的繞著荷花旋舞。

也許牠也戀著睡蓮花朵特有的那份清香罷？

我戲著伸手進水裏去，用水掬著牠，沒掬著那隻蜻蜓，卻掬亂了水面上我和三表姐的影子，一浪一浪的，一浪縮短，一浪伸長。可憐那些小小的金魚，都嚇得匿進水底去，長尾掃起縷縷的浮泥，把水面都攪渾了。

「三表姐，妳幹嘛哄人家來？」

也許我問的有些沒頭沒腦，她怔了一怔說：

「我哄妳些什麼？」

「我看大表姐，她就沒生什麼病。」我說：「她的臉紅紅白白的，跟這荷花一個樣兒，……她還說，還說過幾天，她就為我們吹簫呢。」

「是嗎？」她說：「她的病，妳怎能從面上看得出來？——她發病也不只發過一回了，可要數這回發得最重，一連幾天夜晚，她都在咯血，妳知道嗎？」

「咯——血！」我驚叫說：「她真的咯了血？」

「嗯。」她說：「妳二表姐服伺她，她咯血都咯在痰盂裏，一口一口的鮮紅。……我把這事說妳聽，妳可千萬甭傳揚，小么妹兒，妳該知道，她一病，外間風言風語業已夠多的……了……」

「咯……血？……咯……血！」我重複著這兩個嚇壞人的字眼兒，心裏有著說不出的痛惜和惶亂。

好像聽誰傳講過，說是少年人千萬不能咯血見紅，說是一咯血見紅，不是虧，就是癆，虧病還能慢慢兒的療補，癆病只有等著進棺材了。又說癆病分上好幾種，少男患這病，叫做童子癆，少女患這病，就叫美人癆。……城裏有個擔水伕，他兒子就生童子癆，瘦得像隻拔光了毛的病雞，那張三角臉，一塊青一塊黃，只見兩支黃黃撐起的顎骨，一雙大而無神的眼睛。老袁媽不許那孩子進屋，也不許我們接近他玩兒，說那種病會染給別人。

老董說過一些關於美人癆的故事給我聽，說是年輕的姑娘們一患染上那種病，就會變得比平常更美麗動人，越到後來，越顯得溫柔嫵媚，甚至臨死前，都非常清醒，會說些哀婉的臨別的言語，讓人永生永世記在心上。說是這種病，也沒什麼特別的徵候，除了有些輕咳和微喘，但等到吐血見紅，也就像枝頭一朵花似的，快到

「落花時節」，是留也留不住的了……

我這樣想著，越想越覺得心寒。

不會的，碧琴表姐這樣一個慧心人，怎會染上這種不治的絕症呢？假如真的是患了美人癆，倒不如當她被狐仙迷住還好些。碧琴，碧琴，多美的一個名字，老天若夠公平，就不該讓她像春花般的早謝，像小姨姨那樣的，留下一場哀感的夭亡……

「三表姐，」我手抓著荷花缸的缸緣抬起臉：「三表姐，大表姐她……她不會是得了美人癆罷？」

「美人癆？」她說：「甭亂講，么妹兒，妳小小年紀，從哪兒聽來的這稀奇古怪的病名兒?!」

「人說的，人說……只有癆病才會吐血呢。」

她低下頭，用尖尖的指甲點弄著水面：

「醫生說，她不是那種病，她患的是鬱火，平常想的太多，愁的太多了！發起病來，看上去來勢洶洶的，其實，只要平平靜靜的養息些日子，自然而然的就會好的。么妹兒，聽妳三姐的話，這些時，妳甭再去打擾她，妳年紀小，不解事，有時說話，會觸起她傷心的。」

「好，」我說：「這回也不是我要進房去的，是大表姐叫我進去的，——人家只打起門簾兒望一望，大表姐她就叫人家進去了。」

「還說呢，」她用指尖蘸了一點水，點在我的鼻尖上，笑說：「這叫不打自招，誰叫妳去掀簾兒的呢？她見著妳，哪還有不叫的？」

「唷，怪涼的！」我叫說：「這荷缸總放在廊下的陰涼裏，金魚不愛照太陽？」

「金魚太嬌了，」她說：「寒天要替牠們放在風和日暖的暖房裏，夏天要使牠們得陰涼，不使日頭直射在缸裏，水溫太高，太低，牠們都會生病的。籠鳥、蘭花，也都是這樣……」

「連表姐們也都這樣，」我說：「小舅這個人也真怪的慌，——偏偏愛養些嬌貴的東西，生女兒，也都這樣嬌慣，是不是？三表姐？」

「瞧妳，」她抱起我打了半個圈兒，笑著：「才把抓大點兒的小人兒，就會取笑人了？」

三表姐不懂我的心意，我說那些話，全是真心的。真心的疑惑，疑惑著這園子裏的一切，都彷彿經不得一陣風吹，一陣雨打。我沒有一絲取笑的興致，更沒有一絲嘲弄誰的心腸。

實在的，大表姐這一病，其餘的兩位表姐，無論做什麼事情，也都失去原有的興致，莫說去園子裏拔草，就連每天早晚照例的澆花，也都懶得澆了。沒高沒低的蟬聲，反反覆覆的梭織著炎炎的長夏。

薄荷一朵一朵的開，金魚一分一分的長……

這種反常的沉靜，真夠使人難受的。這些時，連歌本兒也沒翻弄過，儘管我心裏想唱些什麼，喉嚨卻像掛了一把鎖，鎖住了心裏的聲音。

回到媽身邊去，能低眉不語的坐半晌，呆半天，恍惚想些什麼，又恍惚什麼也沒想，可就有一份說不出的癡迷……

「幼如這孩子，成天跟幾個溫柔文靜的表姐在一道兒，耳鬢廝磨的，竟連性子也變了。」她說：「看起來，比早先乖多了呢！」

這樣就叫乖？——天曉得。

我呢？自覺這並不是乖，卻是愁。誰說：少年不識愁滋味，更上層樓……呢？我七歲那年，就握著一把柔柔軟軟的愁情，撒在自己的心田裏，更容它在迷惘中生長著了。我知道，這把愁情的種子原不是我的，它們係從我大表姐微鎖的眉尖，二表姐無聲的笑靨，和三表姐零碎的瑣語裏擷來的，等它在心頭一茁芽，再想拔除它，可是怎樣也拔除不掉的了。

你不信麼？愁情真的那樣在我心裏生長著，我能用長在心頭的那隻靈目看見它，看見它，像一株生長在園角上的花，在冷黯的苔色映照中，生出一片葉又一片葉，開出一朵花又一朵花來。夢意的迷離中卻有著無比清晰的透視，一片葉的脈絡，一朵花的容顏，都那麼星星閃閃的亮著，亮著……即使這樣，我卻無法探掌去摸觸它們，愛撫它們，一任它們生長起來，再一朵一朵的萎落，一片一片的從我心上凋零……那是愁，我知道，只是當時形容不出它來罷了！……更上層樓，為賦新詞強說愁，你看，我不是那樣強說愁的人罷？

說來真覺臉紅，遠夢如煙，連自己也覺恍惚了，自己也想不出：在那樣的年歲，心裏哪會裝下那麼多飄忽的情緒的？……也許常在做著白日夢罷？夢見心裏的愁情幻成的白花，無聲無息，緩緩徐徐的脫了蒂，那樣的飄落下去，飄落下去，在無邊冷濕的黑裏，疊成一角花毯。我所解得的愁，就是那樣，那樣的一種關心，一種擔憂，一種說不出的愛顧。

這在沒來綠楊村作客前，從沒有過的。

也並非總在愁著什麼，我急切的想在三位表姐和我之間，把那面由各種傳說構成的神秘輕紗揭去。我發現半年來，我的努力都算白費了精神，連三位表姐在內，那些成人們總把小孩兒撇在一邊，你就是存心想從誰的嘴裏掏問，也甭想掏問出什麼來！

表姐們一向都不說什麼，另一些人，專會噓呀噓的，把伸出的

指頭豎在嘴唇上，顯出滿臉神秘的樣子，把人朝更濃的霧裏推，甭說看旁人，只怕連自己的影子也要迷失了。——我關心的根本不是有沒有狐仙，只是碧琴表姐的病。

沒忘記小舅宅裏那個光頂廚師的告誡，我決心要偷偷兒的，獨自一個人，找機會溜進那座西屋去，去看看小姨姨生前所住的屋子，跟碧琴表姐的病，究竟有什麼奇妙的關聯?!

也就在我想去西屋的時辰，小舅家的宅子裏來了個不速之客，——那個被二舅媽形容為走江湖混嘴，被大表姐形容為北地聞名才子的道人。

他這一來，可把我的注意力全都吸引去了。

初次見著他，印象非常的鮮明。那天是個晴朗天，我經過中院前面，二進屋子中間的通道時，遇著那個專愛嚇唬小孩的光頂廚師，他伸手捏住我的辮子，硬要問我：天天跑後屋，看見狐仙沒有?我正難著，叮咚的門環叩擊聲替我解了圍，光頂廚師鬆開我，跑去開門，進來的，就是那個道人！

他是個身材高大的老人，寬大的布袍並不能掩住他那健碩的體魄；他的頭髮全都花白了，臉孔卻紅奕奕的，兩目矍矍有神，看上去並沒有一點老態龍鍾，反而有另一種懾人的魔力。——很和善，說不上是可親。

「你的主人在家罷？」他笑著，顯出很熟悉的神態，朝光頂廚師說。

「在，在……在側院水閣裏。」那廚師在他面前變得又矮又小。說話也卑謙起來：「您這一向可好？石老。」

「還是老樣子，」他說：「你把馬車上我的行李拎下來，——這份車資交給趕車的，要他三天後放車來接我，這回我不能多留，三兩天就得走。……幾個女娃兒，都還好罷？」

「嗯，都還好……」光頂廚師說：「只是大姑娘她，她這些日子又發了病，如今還在吃著湯藥呢。」

「噢，又……發了病？」他自言自語的，抬臉望了望天，便邁開步子朝側院走，邊走邊說：「等歇把行李替我送到水閣來，我先到那邊去了……」

好奇心是每個孩子都有的，我對於這個白髮道裝，被稱做石老的人，更懷著一股強烈的好奇的衝動，一心想聽聽他跟小舅見面時會講說些什麼，所以，眼看著他的背影在圓門那邊消失之後，就跟著追躡進去。

側院佔地要比後園更廣，單是荷池就佔了將近半畝地，一經過圓門，就是連綿不斷的假山，夾著一條盤曲的光敞的石塊鋪成的小路，或左，或右，或高，或低的通向水閣去，假山上填有泥土，種植了很多的花木，有西府海棠、垂絲海棠、白石榴、灑金石榴、天竺、杜鵑、月桂……還有些飄帶般的蘭草；假山背後，植滿了成林的綠竹；我放開石路，竄到竹林裏，直朝水閣那邊走，一路都有高高低低的山石擋著我，不怕被誰發現我的蹤跡。

水閣三面臨池，一面掩在竹蔭間，我不用費力，就摸到了閣外的一扇窗腳下面，窗緣離地很低，無需踮起腳尖，就能從明玻璃窗格中，看見閣裏的情形。

看樣子，那個叫石老的老人跟小舅已經見面寒喧過了，他們兩個人，正分坐在臨水的長廊上，面對著一池荷花，像兩個木偶人兒似的，半晌也沒說什麼話。

風從池面來，拂動池荷的花朵，也拂動了來客花白的鬚髮。

「一晃眼似的，又是一年的日子。」來客感嘆的說：「這……池上的荷花……又開……了……」

「您出門在外，總嫌日子匆匆。」小舅說：「像我，多年僻處在這樣的荒鄉，反覺得日子太慢太長，止水樣的，連點兒波痕也沒有。」

「何止是波痕？」來客說：「大風大浪還在後頭。」

兩人又沉寂下來，各自嘆息著。

這樣過了一會兒，來客提起了碧琴表姐的名字：

「適間聽說，我那大姪女兒又病了？」

「嗨，碧琴那孩子。」小舅說：「自幼就是抱著湯藥罐兒長大的，咳咳喘喘，終年沒斷過，跟她母親，她小姑姑，是同一個類型，——心裏總想些什麼，望些什麼，身子卻嬌弱得禁不起風吹，……這叫我怎麼辦呢？耽心還不能放在表面上，她是絕頂聰明的女孩兒。所以這些年來，我培花養鳥，讓她活著歡快些，醫生說：她眼前的日子，也……沒有多久……了……」

「我不忍再指責你。」石老拂拂袍袖說：「也許你替孩子們安排，全跟她們心意左著，……消閒無事自多愁，這話是不錯的，千百年前，女孩兒家若不是那麼嬌弱，哪會留下那麼多哀感頑豔的書來？籠鳥，是越養越嬌的，你早該讓她們飛出這園子，讓她們知道，地有多闊，天有……多……高……」

小舅沉吟了一忽兒，抬眼望著千百朵池荷，緩緩的嘆噫著，說：「我是個恬淡人，石老，您知道的，能隱著，就隱著，不再去想世上的利祿功名。內子辭世後，把三個女兒交給我，那種秋水江湖，我望著都生寒怯，怎能放她們去飛翔，去經風歷雨去？……李義山錦瑟一詩，寫的正是我眼下的心情，……錦瑟無端五十弦，一弦一柱思華年，……一片灰燼，餘溫未失而已。」

「太消沉了，太消沉了！」石老說：「這也該是你在園子裏關出來的，不合時的想法。實在說，你的年紀，比我還差上一大截兒呢！……如今亂局方臨，天下滔滔，哪能談得一個『隱』字？——今年，這一池荷花咱們看，也許到明年，這園子，再不是你姓孟的私產，荷花，要讓給東洋人去看了！你能隱到哪兒去？哪兒還有竹林？還有桃花源？還有輞川？」

「局勢會有這等壞法？」小舅有些失措的說：「您是旅歷很多地方的人，您看，有這麼嚴重？」

「嚴重極了！」石老說：「我這次來，就是為了告訴你這點。——綠楊村變不了避秦的桃源，你該早些打點打點，帶著姪女兒們到後方去，俗說：留得青山在，不怕沒柴燒，你會想得到的。」

小舅又沉默了好一會兒，才說：

「您說的不錯，咱們族裏的弟兄也都先後走了！我呢，也並非捨不下這片經營半輩子的園子，只是碧琴和碧雲都像是弱質的盆花，移不得的。承平時日，旅途的顛簸尚且受不了，何況逃難呢？……這些時，我也為這事苦惱著，總想情勢不會有這麼嚴重，能等一時算一時，至少要先悉心把碧琴的病給穩住，再想法子逐段逐段的朝西移。我不能眼看著她們在外鄉叫活活的折磨，那樣，她們會枯……死的。」

「你的顧全是不錯的。」石老說：「只可惜時日無多了！最遲到明春，日軍就會拉起封鎖線來，那時再想走，只怕難上加難。這段日子留給你，再打算打算，我臨走前，自會再來的。」

「好，」小舅說：「就這麼辦罷。即使碧琴她們很柔弱，風雨來了，吹落了窩巢，我也不能不盡力，讓她們學著飛了。」

「也甭替孩子們過份耽心，」石老說：「年輕輕的人，很快會適應很多事情。也許她們沒有你所想的那麼嬌弱，她們就是嬌弱，也該是你寵出來的！……你的那些早該燒去的柔詩、豔詞，和那些淚漣漣的書本兒，把姪女兒們都磨成了林黛玉，你叫她怎樣去跋涉長途？去忍飢挨餓的搭乘擠成人山的火車？……那些書裏的情境，承平年代裏，甩膀子的消閒人，會把它當成一種美，亂世一來，卻會變成一場無法收拾的夢……」

話是這麼說的，至少大意是這樣子。可是當時聽來，有幾分似懂非懂，只覺得石老這個假道人有點兒怪氣，一見面就講那些枯燥無味的言語，而且還講了林黛玉的壞話，好像他進過大觀園，認得葬花的黛玉似的。

我一點兒也不覺得碧琴表姐她們的日子有什麼不好，哪一種姑娘，就該有哪一種的日子，不是嗎？人全按照自己的心意，溫柔的活著，亂局會從天上掉下來?!

趁著光頂廚師送行李來的時刻，我遁離了水閣，跑到後大園子裏，找三表姐，讓她替我剪畫片兒去了。

那組從香煙盒兒裏抽出來的畫片兒，是我心愛的寶貝，逃難來時，鎖在媽的小提籠裏，不知怎麼的，竟忘記了，一忘忘了那麼久，才叫媽收拾東西翻撿出來，重新交在我手上的。

媽交給我的，並不只是那一疊兒畫片。還有一段在城裏時生活的記憶。家宅裏也有好些大我兩三歲的小姐姐們，她們都是畫片迷，專門蒐集各種各類的畫片兒；其中有些兒七彩的影星像片，她們把它當成畫片裏的珍品，用剪紙花的小剪刀，幾乎是笨拙的，把那些美人的頭像剪下來，再用針線盒兒裏的零頭碎布，或是小團的絨線，替它剪衫子，縫裙子，織毛衣，打毛褲，做小鞋小襪兒，衣襪裏塞上紙片和棉球，讓它們能夠在桌面上站著。

差不多每位小姐姐，都有幾個打扮得很漂亮的小布人兒，她們替它分別的取了些好聽的名字，替它們安排了舒適的紙盒兒做成的房子，鋪上棉絮，彩紙屑兒，連小桌小椅等類的傢俱，都是成套的。

她們常常各抱著紙匣兒，聚在長廊邊玩兒，起床了，穿衣了，吃飯了，縫衣了……玩起來也是成套的。誰的小人兒生了病，旁的小人兒也捧著花，帶著果點來看視。

小姐姐們像演戲似的，在一旁說著道白，更把那些道白和動作配合著，使得那些小布人兒神氣活現，彷彿是真人一樣。

最有趣的，該是替小布人兒攀親了；妳的秀英，拜給她的張大媽做乾女兒，她的桂花跟妳的福生結婚，也騎馬，也坐轎，也披紅，也插花，還要若有其事的吹嗩吶，放鞭炮，忙嫁妝，擺酒席啦！

但我只學會了收集畫片，卻不會剪，不會縫，只好用一些畫片兒，跟別人換一個跟班的老二，人家扮結婚，湊過去抬轎子，說著道喜的話，分點兒糖來吃。無怪這回重新撿起畫片來，就想著找三表姐幫忙剪人頭，縫衣裾，做小布人兒了！

十四 西屋疑雲

我在繡房裏找著三表姐，告訴她，央她縫布人兒的事情，她見我那種認真的樣子，就笑著擰擰我的腮幫兒，跟我說：

「妳說的畫片兒呢？」

「在這兒。」我拍拍衣兜說。

「好，」她說：「妳先告訴三表姐，妳要我縫些什麼樣的小布人？年輕的還是年老的？我好還著人頭剪下來，讓妳自個兒取名字。」

「還要縫鞋，縫襪，縫衣裳！」

「好，」她說：「什麼都帶縫的。妳選什麼人罷，什麼人該穿什麼樣的衣裳，是不是？」

我點點頭，想了想說：

「我要縫三個表姐，先只縫三個，再縫一個我。」

她聽了，話也不能說，只管咯咯咯咯的笑，把俏生生的臉全笑紅了，紅得分外的好看。

「小小人兒，真有意思，」她彎著笑駝了的腰說：「拿畫片來罷，看看哪個明星像她們，哪個明星像是我，妳這樣，差點把人笑死了。」

她笑，我並沒有笑，反而哭出聲來說：

「還笑呢?!——人家畫片沒有了！」

「甭哭，甭哭。」她蹲下身抱起我說：「不哭才是乖孩子，妳跟三表姐說，妳的畫片是不是真的帶在衣兜裏玩丟了，還是忘在那邊屋裏了？」

「人家……明明是帶在衣兜裏的。」我抽噎著，閉上眼，讓她替我擦著眼淚。

「妳來時，在哪兒玩過沒有？」她又說：「是不是在哪兒玩丟了？……想想看，妳在哪兒玩，就會丟在哪兒，三表姐抱妳去找就是了。」

「在側院水閣外的竹林裏，」我想了想說：「妳還不知道罷？——那個白頭髮的老道人，叫石老的，他來了！正在水閣裏，跟小舅說話呢。」

「真的？」她說。

「當然，——他為什麼叫石老呢？三表姐。」

「他嗎？他姓李，號叫石齋，他字畫的落款，題名叫石齋老人，人就管他叫石老了。」

她一邊解說著，一邊抱我越戶穿房的朝前走，珠串簾子在人頭髮上滑動，有些癢酥酥的，一直癢進人的眼裏去，使我兩眼也瞇睎瞇睎的。

經過後天井時，太陽光射在潔淨的方磚地上，一片輝亮的黃色光刺，像一地的繡花針，刺著人眼。

我闔了闔眼皮，從暈染的幻黑裏，看得見許多變幻無定的虹彩，縱的、橫的、斜紋的，佈成一些方格，一些網眼，那些虹彩，在每一方格，每一網眼裏來回跳動著，絳紫的、鵝黃的、石青的、墨藍的、赤褐的、桃紅的……彷彿是些抖開的印花布，又彷彿是夢中的彩繡，被一群紅紅綠綠的火花圍繞著。

再睜開眼，一切都變得更新鮮，更明亮了。

從三表姐飄動的鬢髮那邊，我正好看見小小月門鎖住的西屋，月門裏也有一方很小很小的天井，叫一架吐鬚的葡萄掩覆著，西屋的前廊石階上，綠蔭蔭的，都映著葡萄鬚和葉的影子，一半黯黑，一半透明。

要是我的眼睛沒看花，我確信自己看見了一個白色的人影，極像是二表姐的樣子，她穿著白色的衣裙，低著頭，背著臉，站立在門前的石階上，手裏還抱著一柄雞毛帚兒。也許是院子裏陽光太強的關係，打亮處望暗處，很費力氣，好像被一層光霧遮掩了似的望不真切。

三表姐抱我朝前走，月門旋轉著，一枝葡萄藤遮住我的視線，等我再仔細看過去，她的影子消失了，只有西屋門上的一雙銅門環兒，還在微微的晃動著。

我沒講話，心裏卻一直在奇怪著，——二表姐一個人，跑到闃無一人的西屋去做什麼呢？管她哩，先讓三表姐帶我去找畫片兒去罷。

畫片兒確是丟在林子裏，很容易就找著了，但當三表姐抱我進水閣，去看望那個石齋老人時，一宗使人極端驚駭的事情噤住了我。

因為二表姐她，竟先坐在小舅身邊的一把椅子上。

三表姐和那石齋老人講說些什麼，我一點兒也沒聽進去，只緊緊的抓著三表姐的衣角，愣愣的瞧看著二表姐，瞧著，想著，怕著。

我又不是常愛看花了眼的老人，剛剛明明看見她抱著雞毛帚兒，站在西屋門前臺階上的，她怎會又像施什麼五行遁法似的，跑到這水閣裏來呢？她就是跑了來，也該走在我們的後面，穿過兩進院落和通道，說什麼也逃不過我的眼呀?!

我這樣疑惑地看著她。

不錯，她真真實實的是碧雲二表姐，和我剛才看見的影子一模一樣，她的長髮也那麼披散著，鬢邊是不是攏著銀卡攏兒，我沒能注意得著，但那影子穿的是月白衫裙，跟她穿的一樣，這是一點也不錯的。那麼，哪兒會來兩個二表姐呢？

「小么妹兒，妳今兒真有些怪的慌，」二表姐她找著我說話來了：「妳怎麼不言不語的好半天，儘盯著我瞧看來?!」

我沒敢答什麼，只抿了抿下唇，用牙齒咬著。

「真是怪了，么妹兒，」她說：「妳看二表姐今天跟往常有什麼不一樣？」

「妳……妳……」我囁嚅地說：「二表姐，妳剛剛抱著雞毛帚，去西屋幹什麼？」

「去西屋？」她離開椅子，過來蹲在我面前，認真的跟我說：

「妳當真看見我抱著雞毛帚兒進西屋了？」

我點點頭，仍帶著驚怯說：

「不是嗎？剛剛三表姐抱我過來找畫片兒，走過後面的大天井，妳不是抱著雞毛帚兒，站在葡萄架下面的嗎？——西屋門前的那架葡萄呀?!」

「不是我。」她說：「我到前院找老陳媽，替妳大表姐拿藥，聽說石齋老伯來了，我就一逕過來了，妳也許是一時看花了眼了罷？」

「才沒有！」

我說，其實，說話的嗓子越高，心裏越覺得害怕，經她這麼一解說，更讓人怕的不得了，不是嗎？……那就是說，我剛剛看見的，根本不是二表姐，後院子裏，又沒旁人，那麼，那該是誰呢？……早先聽老董講說過，說是幽魂女鬼，不是穿著一身紅，就是穿著一身白，難道我看見的，會是那一類的白衣女鬼？再想想，這是不可能的，人都說「人行白晝鬼行夜」，又都說「半夜三更鬼出墳」，這卻是太陽朗朗的大白天呀?!

既不是鬼，那就該是孟家族裏傳說的狐仙了；我在眨眼的時刻，這樣的胡思亂想著。

「妳甭再疑神疑鬼的了，么妹兒。」三表姐說：「我適才沒留神，也許是妳大表姐，她也許自覺身子好了些，就拿著雞毛帚兒去西屋去撣塵。」

「這小人兒是誰家的？」我聽見那個石齋老人向著小舅說：「白得像隻細瓷人兒似的。」

「城裡韋家的么女兒。」小舅說：「你過晉南，沒見著她爹？」

「只在風陵渡停了一宿。」石齋老人說：「我沒能去運城，我想，日後總有機會去池神廟，觀賞觀賞那隻舜帝彈過的石琴的。這回，我走的是隴海線，經鄭州，轉平漢路，繞彎兒上來的……」

他們又談起天外的時局來了。

「走罷，么妹兒。」二表姐說：「我跟妳三表姐一道兒帶妳去看大表姐去，這兩天，天色晴和，她的病也許真的好些兒了。」

辭出水閣時，我的心仍忐忑的跳，我就扯著兩個表姐，問說：

「那西屋不是老早就空著的嗎？又沒有人住，好好的要撢什麼塵？」

「嗨呀！」二表姐又笑，又皺眉：「妳這個小人兒也真夠麻煩的，妳窮追問這些幹嘛呀？」

「罷呀，二姐。」三表姐幫我說：「小孩兒家，沒有不好奇的，她既追問，妳就老實跟她說了罷。」說了又轉朝著我問說：

「小么妹兒，妳曉得西屋當年是誰住的屋子嗎？」

「我曉得，我曉得。」我搶著回答說：「是小姨姨她住的。」

「妳聽誰講的？」二表姐怔了一怔說：「是聽妳媽講的嗎？」

「不是！」我說：「是前屋裏那個光頂廚師，是他跟我說的。他還說，那屋子不乾淨，小姨姨，她……就在屋裏吐血死的。」

「算妳耳朵長。」三表姐輕輕擰擰我耳朵說：「不聲不響的，卻把很多話全聽著了。」

「不錯，」二表姐說：「妳小姨姨確是在西屋裏吐血死的。老屋子，年代久遠，也不能說死過人，就是不乾淨，妳甭聽光頂廚師老王他亂講。妳小姨姨生前最喜歡妳大表姐，常在西屋裏教她唸詩，填詞，背字塊兒，教她各種細針線什麼的，她會的都教給妳大表姐，連那管簫，也是妳小姨姨留下來的。

「她死後，妳大表姐哭得三天嚥不下飯粒兒。那時她就這樣——要是心眼兒裏對誰好。她就愛誰一輩子，戀誰一輩子。要是她迷上哪一樣，她就孜孜不倦迷著它，直至她完全學會了，練精了為止，絕不半途而廢，或是見異思遷的變了卦。」

我們在高高低低的石徑石級上走著，三表姐在假山彎曲處的一塊光潔的條石上鋪下汗帕說：

「二姐，在這兒歇著講罷，益發把這事說完，免得小么妹兒疑疑惑惑的不定心，又去相信外間傳說的話，把這兒看成鬧狐鬧鬼的地方。」

二表姐她摟著我，在條石面上坐下來，背後有假山遮了一半的蔭涼，不足的，又經修竹的竹影補足了，只是竹葉還不夠密，空留下許多太陽光的金圓點兒，在人肩上臉上顫晃著。

「外間傳說宅裏鬧狐仙，就是從妳小姨姨身上起的。年輕輕的姑娘嘔血死掉，在鄉下很少聽說過，人就疑心有什麼鬼狐在作祟了。一直到如今，連前院裏的老陳夫妻，連光頂老王，都還把西屋當成鬼屋看，妳三個表姐，哪怕發了點兒寒熱呢，他們也都以為是西屋狐仙祟人的，他們要這麼疑心，又有什麼辦法?!」

陽光的金球滾在二表姐的眼睫上，黑瞳仁兒更黑得亮，黑得深了。

「西屋不是封了嗎?」

「誰說的?」二表姐又說：「西屋從來沒封過，只是他們都不敢踏過那月門罷了!……自己宅裏人都這樣兒，族裏面，那些一向膽小的伯媽，還有不疑神疑鬼的嗎?跟妳說，么妹兒，妳大表姐常到西屋去，那屋子叫她收拾得窗明几淨的，沒有什麼好怕人的地方。」

「不相信。」我說：「二表姐，妳準是哄人家的，那個老王就告訴過我，說：小孩不能去那屋，去了，大表姐就會發病了！」

「妳太認真聽旁人的話了，」三表姐在一邊笑起來說了：「這話，是當初妳大表姐，她交代老王五說的，為的是要哄小銀兒他們那夥野孩子。」

「為什麼要哄他們呢？」我有些迷惑的說。

「這話，說來又長了，」二表姐緩緩的伸伸腰說：「妳小姨姨是個最愛清靜，最講精細的人，就在她生時，也不喜歡誰闖進西屋去打擾她，或是亂碰她的書本兒，亂扯她的針線……

「她臨死時，是在秋天的夜晚罷？那時她已經好幾天不進飲食了，姑媽——就是妳媽——日夜陪著她，替她預備了好些補療的東西，她都不要吃，只央姑媽把臥房的窗子開著，她要看天上的月光，要聽風吹落葉的聲音……她的眼，還跟平常一樣，黑亮黑亮的，神智比平常顯得更清醒，說出的那些話來，叫誰聽著了，都一生一世會記著，就有那麼濃的情意。

「姑媽要她不要多講話，閉上眼，歇著養精神，她搖頭說不要，說她就要走了，心裏有好些話，都要講出來。她說：『人都說短命夭亡的女孩兒命不好，我說「不」，我能在世上活夠十九年，儘夠了。真的不要為我掛心什麼，只盼我死後，能把西屋留給我，容我從野地上回來躲躲風露，避避霜寒……另外，請能在我墳邊種些柳，墳上種些花，看看柳綠花開，就像看見我一樣……』

「她說了很多話，斷斷續續的，一直捱至四更天，就去了。一塊月光落在她臉上，她的臉很白，很平靜，一點兒也不像是死，就像睡著了一樣的安詳。」

她說著，輕輕的噓了一口氣，彷彿被什麼樣沉重的心緒壓出來似的，不知在迷迷惘惘的追想些什麼，把話頭兒悠然的勒住了。

太陽的金色光球，在她額上滾來滾去，像兩隻貪嬉的幼鼠，就差沒發出吱吱的叫聲來。還是假山後探過頭來的修竹顯得老成些，懂得聽人講話，也像懂得二表姐講些什麼，一聲遞一聲的，跟著她嘆氣。

有什麼好嘆的呢？死亡的黑洞，已叫她這番言語沖淡了！頭一回聽她描述小姨姨的死，竟是那麼美，那麼寧靜，好像白天通向夜晚一樣。她描出了一片黃昏，小姨姨只像一隻翅托著晚雲的歸鳥，穿過那樣絢爛的光和影，落進遠處暮色迷離的林子裏去了！

「妳小姨姨死後，西屋一切都沒變動過。」二表姐她又接著說了：「她的紗帳仍然掛著，被褥都疊得整整齊齊的，書架裏的書，牆頭掛的畫兒，……但凡她生前用過的筆、硯、紙鎮兒，全照老樣兒放在她的桌上。西屋裏每天灑掃除塵，都是妳大表姐跟我做的，我們心裏時刻記罣著她，就像她還活著一樣。」

「西屋沒有封，」三表姐說：「只為著妳小姨姨生前愛整潔，愛清淨，妳大表姐她就藉著外間傳說宅裏鬧狐的事，告訴前院的下人，不讓那些粗鹵的孩子闖進屋去，胡亂的翻騰。」

謎底像是揭開了，但還隔著一層紗；要照兩個表姐所講的那樣，倒真是怪美怪美，也怪淒清的。不知道我那位死去多年的小姨姨，是不是從露冷風寒的野地上回來過？撫過她生時睡過的被褥，

坐過她生時攬鏡的妝台？她是不是捻暗案頭的煤油燈，推開葡萄架下的窗，放進一些伴她多年的月光？是不是擷過那些落有她淚痕的線裝書，壓放在枕底？或是靜聽聆聽，聆聽著簷前的鐵馬，在雞啼破曉前的長夜裏，一共響了多少次叮噹？

怪美，怪美，也怪淒清的，可不是？

她只是野地裏那麼一個幽幽忽忽，飄飄漾漾的游魂，月光是她銀色的紗衫，火螢兒是她點路的燈，她的臉和心，都只是一團空寂透明的，白白的冷，她能夠在十里煙迷的綠楊叢中，辨得出回家的路徑嗎？（那天上墳時，我在馬車裏走過的。）她不怕祖塋的松林上凜凜的松風流咽嗎？（彷彿冤魂的嘆息呢！）她敢提起衫裙，橫涉過那些波流的溪水？或是步聲沓沓的獨自走過溪上的木橋？曠野上的夜風會不會吹亂她披散的長髮？仲夏夜的濃露會不會打溼她的衣裳？更有一些孤墳野塚，會不會出現一些粗野的鬼魂，欺凌她那樣一個冒著風露夜行的幽弱的鬼魂呢？……想想罷，想想罷，多使人耽心，多使人入迷啊！

但我從怔忡裏醒過來時，那些那些，原都是空的，只是一場極為短暫的白日夢罷了！我仍然不能相信她們所說的，至少至少，我還沒有到西屋裏去過，也還沒親口問過大表姐，問我在天井裏看見的，那個站在西屋門前葡萄架下，手抱著雞毛帚兒的白影子，究竟是不是她?!

當然，我就要親手去揭這層紗了……

十五 石齋老人

我們掀簾子進屋時，碧琴表姐穿著素緞的平鞋，正坐在床沿上，手拿著一把剪子，細心的修剪著一盆她新插的盆花呢。

看樣子，她是剛從後園裏回房來，有一大束新剪下的花枝堆放在平几上，她的鞋尖上沾著溼沙，臉色紅潤，又帶些兒激奮的微喘，全是剛走動過的樣子。

「今兒覺著好些了，大姐。」三表姐說。

「好得多了。」她笑著。

一排帳簾上的流蘇的影子，叫天窗的光摘落下來，漾在她的額際眉間，使人產生一種她是戴上了鳳冠的新嫁娘的幻覺。

「大姐妳還該多歇些日子。」二表姐說：「妳再怎樣，身子也還太單薄，病剛好些兒，不宜跑進跑出的，過分操勞。」

「一病這多天，沒踏出房門檻兒。」大表姐說：「沒有事情做，成天和衣倚在床頭，妳就不知有多悶氣。今早上，看著天窗上的一片藍，喘咳得好些，便想去園子裏走走。……後大園子裏，花倒開得盛，只是乏人修整，枝葉亂蓬蓬的，我就找把剪刀，剪下些亂枝來，把它們分插在水盂裏。妳們帶么妹兒去哪兒了？」

「去水閣呀。」二表姐說。

「看荷花嗎？」

大表姐一邊問著，一面隨手撿起一枝碧桃來，舉著花枝端詳端詳，漫不經意的下剪刀，剪去冗枝和多餘的葉片，把它插在水盂裏。看上去平平淡淡的幾枝花，經她隨心所欲的那麼一調配，修修剪剪的一插，無論是枝影、花容、顏彩的配襯，立刻就顯出不凡來，叫人不得不嘆服她的手巧心靈。

「倒不是看荷花，」三表姐說：「小么妹兒不知在哪兒找到一疊香煙紙的畫片，裝在荷包裏，央我替她剪人頭，做小布人兒，我問她：要剪些什麼樣的人，才好縫製小衣裳，她說要縫三個表姐……臨到我伸手向她討畫片，她一摸口袋哭起來，說畫片兒丟到水閣外的竹林裏去了，我只好抱著她去找。」

「真疼人的小精靈，」大表姐放下剪刀，伸出雙手接著我的手，笑問說：「畫片兒找著了沒有？」

「找著了。」我說。

「告訴妳大表姐，三個表姐不都在這兒嗎？妳為什麼還要縫三個表姐呢？」

我心裏很早就裝著一個小小的秘密，被她這一問，恰恰的問著了，不知是講出來好，還是不講出來好？心裏這樣一躊躇，便自覺忸怩起來了。

「說呀，么妹兒，妳大表姐問妳話呢。」二表姐把我腦後的小辮兒，捧在掌心抖動著。

我叫催促得心慌意亂的，只好側過臉去，拿眼瞅著三表姐，眼裏透出乞援的意思，誰知三表姐也順著她們倆，不但不肯替我解圍，反用眼神鼓勵著我。

「講嘛。」她笑說：「不要緊的。」

「人家……人家……」我也不知怎麼的，心裏有話，就是講不出口來，嘴唇兒剛一動，就連著嚥吐沫。——不知你在小時候經沒經歷過？要從心裏挖出隱藏的秘密來，可真是難極了！

「又是『人家』『人家』的，『人家』怎麼樣？」三表姐她最愛取笑人，經她這一笑，我愈是吞吞吐吐，不知要怎樣說下去了。

我又嚥了一口吐沫，鼓起最大的勇氣說：

「媽不是說，我們就要去晉南嗎？我要用一隻紙匣兒，把三個表姐一道兒帶了去。」

「好新鮮的事兒！」二表姐說：「妳要把三個表姐帶到晉南去做什麼呢？」

「大表姐做新嫁娘，」我背著說：「二表姐做伴娘，三表姐牽

紗。……在城裏，我們玩兒小布人兒，都是這麼玩兒的。」

我這樣一說，說得三位表姐都笑起來了，笑的時候不覺得什麼，及至笑聲寂落之後，我才發覺大表姐的兩眼有些兒溼，臉上的暈紅也有些兒異樣。

「對了，大姐，妳剛剛有去西屋？」三表姐這才想起什麼來，問說：「剛剛么妹兒一口咬定說，她看見她二表姐，手抱著雞毛帚兒，站在西屋門前的台階上，一晃眼，那白影子就不見了。……我說：怕是大姐，她始終不肯相信，要來找妳問個明白呢！妳剛剛是不是到西屋去過？抱著雞毛帚兒去撣塵？」

「是的。」大表姐跟我說：「她剛剛看見的該是我，不是妳二表姐，——妳怎麼總愛認錯人？」

「妳去西屋做什麼？大表姐。」我問說。

「撣塵呀……」大表姐說了：「妳三表姐沒告訴妳？……妳小姨姨生前是個愛整齊，愛乾淨的人。」

「我能到西屋去玩兒嗎？」

她用潮溼尚沒隱退的黑眼望著我，隔了一會兒，才緩緩的說：「朝後妳要去，就讓妳三表姐帶妳去，只是不要亂翻弄那兒的東西，翻亂了，不好整。」

「其實妳還是不去的好，么妹兒。」三表姐說：「西屋跟這邊一個樣兒，沒什麼新奇的好看。妳不是要我剪畫片兒，縫布人的麼？……跟我到繡房去，我這就替妳找些碎花布，替她們縫妥。」

「縫妥了，我還是要妳帶我去西屋。」我又纏著說：「我要看一看，小姨姨她住的地方，究竟像什麼樣子？」

大表姐承認那抱著雞毛帚兒，站在葡萄架下的白影子是她，我心裏那份疑懼，那種神秘，一下子都消失了，未免有些索然無味的感覺，但仍不肯死心塌地的就此作罷，非纏著三表姐帶我去看看不可。

「石齋老伯剛剛到宅裏來了，」三表姐牽我站起來，朝大表姐說：「我們才在水閣裏見過他。……他聽說妳發了病，說是等歇兒要到後屋來看妳。二姐她陪妳，在這兒等著他，我先帶么妹兒去繡房，替她做小布人兒去，——我這『牽紗』的不要緊，『新嫁娘』是要快些嫁的呀！」她說著，說著，又手捂著絹帕笑起來。

「瞧妳，總這樣瘋瘋傻傻的，」大表姐說：「怎能把正經事跟說笑牽在一道兒！——石齋老伯是尊長，又是上了年紀的人，我知道他來，自該先去看他，哪有讓他來後屋的道理。」

「不要緊的，大姐。」二表姐說：「適才我替妳說了，說妳正在病著，爹說，石齋老伯要來看妳，還要看看妳的彩繡呢。」

「來罷，么妹兒，」三表姐招喚我說：「她們兩個等石齋老伯，我們先來剪畫片，縫布人兒罷。」

跟三表姐來到碧光掩映的繡房裏，在繡架的罩布上攤開那些畫片來，逐一檢視那些平素認為異常美麗的美人兒像片，想找出三張能跟三位表姐相比的人頭來。

也不知怎麼的，自從見過了三位表姐，這些美麗的畫片兒，就都顯得灰沉敗落，黯然無光了。

我這才發現，人世間的美，全都是比出來的，要是不經過細心的比映，誰也說不出美像什麼樣兒？……那些影星的像片，在我眼裏雖很美，鼻子像是鼻子，眼像是眼的，可惜處處都還留著濃妝豔抹的痕跡，好像是用畫筆照著一個模式脫出來的，怎樣也沒有三位表姐這種天生的靈秀。

「妳自個兒挑呀，么妹兒。」

「我挑不出了。」

「那就讓我來，」三表姐挑著說：「喏，我們就挑這三張長頭髮的罷。」

她把挑出的畫片放在一邊，逐張剪下人頭來，便在針線籃兒裏找了些零頭碎布，拼拼湊湊的替她們剪下衣裳樣兒，一邊縫著，一邊教我怎樣縫，怎樣綴，怎樣挑花邊，怎樣盤扣兒。

一件衣裳剛縫完，那個石齋老伯宏亮的笑聲，就一直盪進後院的天井裏來了。

「噯，三表姐。」我說：「這個石齋老伯是個什麼樣的人呀？」

「一個頂有趣的人。」三表姐說：「他終年在外面旅行，到過很多很多奇怪的地方，他更會講說些有趣的故事給我們聽。——他嗎？要比我們家的五叔強多了，五叔只是愛講妖魔鬼怪亂嚇人，他講的，都很正經。」

「妳瞧，他來了。」我說。

隔著珠串簾子，我看見小舅、大表姐和二表姐，都陪著那個石齋老伯走進後屋來了。

正像三表姐所講的，那個石齋老伯確是個有趣的人，他那紅潤發光的臉孔，花白稀疏的頭髮，炯炯的眼神，宏揚的聲音，使得一向沉黯無聲的後屋，也跟著光輝起來，煥發出一種歡悅充盈的氣氛和光彩。——也就是說，他充實了這座古老屋宇中一向缺乏的什麼，他為這屋子帶來了一股新的力量。

「出門在外的人，看過了山川湖海，經歷了長路上的風霜，辛苦怎能說不辛苦呢？惟其辛苦，才曉得窩巢是好的。」他坐在一張太師椅上，拾起在外邊沒講完的話頭說：「我說這話，也不是標榜『在家千日好，出外一時難』，我是勸人多出門，才比得出老窩老巢的好處來。本來嘛，鳥雀總要到處飛，人出遠門，自會多長見識的，妳們平時要是多出門，臨到兵荒馬亂的時辰，也就不會手足無措了……」

「石齋老伯，」二表姐說：「我們三個姊妹都算是關在園子裏長大的，那些天外的事情，真比天上的雲還遠，一聽說外間亂了，只懂得生發愁。……您還是多講說些遠地的故事給我們聽罷。」

「去年您說去西南，是去西康罷？」大表姐說。

「不錯。」石齋老伯說：「我曾經翻越過川康邊界的大諸葛嶺，到過大雪山。不過，這之後，我怕再沒有機會，也沒有那種心情去遊玩……山……水……了！逃難跟旅行，全是兩回事情。」

「當真都要逃難嗎？石齋老伯。」二表姐問說：「連我們生在鄉下的，也要逃？」

「但願不要波及到妳們，誰又敢料得定呢？」

石齋老伯像是有意避開這個不愉快的話題，開始講起他在西康旅行時的經歷來。

他用那樣的言語，刻繪出當時的情境，那情境離我很遠很遠。從來沒到我的夢裏來過，它們不是花，不是柳，不是灰沉沉的高牆，綠離離的苔跡，它們是那樣的荒涼冷落，遼闊無邊……全是屬於高牆之外的新天新地。

我們隔著那道珠串簾兒聽著，聽著，我簡直聽得沉迷了，三表姐呢，也空抓著針線，忘了替我的小布人兒縫衣裳啦！

「大小諸葛嶺，傳說是三國時諸葛武侯征南蠻翻越過的，後世人就管它叫諸葛嶺了。我翻它的時候，正是春季多霧的天，近山的地方，霧更濃，整個山嶺都蒙在霧裏，也不知山有多麼高，澗有多麼深，路有多麼盤曲？……我們根本看不見五步以外的東西……

「說它是霧，它也並不是霧！說它是雨，它又不像是雨！它該是雲、霧、雨融在一起的潮溼，嶺腳下的小賣鋪裏的土著告訴我：甭看雨霧濛濛的不怎樣，轉眼就會把人全身的衣裳浸得透溼，嶺上風尖氣寒，凡是過嶺，都得在鋪裏買些應用的物件——雨衣、草鞋什麼的。

「雨衣哪算是『衣』呀，只是一大張浸過桐油的油紙，草鞋倒編得蠻精細，繫耳和絆繩都很柔軟，不易傷腳；當時有位川中的朋友陪我越嶺，我就跟他說：

「『我看，這些玩意兒不用買了罷?!——也許是小鋪主人的生意經，我身邊帶著油紙傘，用不著再買這種的油紙雨衫，草鞋雖編得很好，可惜我穿不習慣。』

「我那位朋友聽了，笑說：

「『您沒有越這種峻嶺的經驗，那就難怪您了！惟其這片霧濛濛的東西不是雨，您張著雨傘也沒用，它照樣把您的衣裳浸溼，上嶺後，天氣極寒，所以，非得用這種看不上眼的土玩意兒裹住身子不可，它既防潮溼，又擋得尖風，保得身上的暖氣，真是其妙無窮！……看，這些越嶺的人，誰不裹著它？』

「我瞧瞧，有好幾個越嶺的人，真的都裹著那種油紙，高高捲起褲管兒，把鞋子別在腰裏，腳上都穿著一式的草鞋，就又說：

「『就算這油紙有那麼多的妙用罷，那麼草鞋呢？——何必一定要穿草鞋？』

「他聽了，哈哈的笑說：

「『這嶺很陡，又都是光光的石路，——一塊塊斜升的整石頭，由於常年陰雨，不見太陽，石面都長了苔，又黏又滑，只有這種草鞋，鞋底兒粗糙，最是把滑，穿著它，走起來方便，不致於摔跤……』

「人都說，出門長見識，這些小事都該算是見識了！……我們趁著清早登山，在那種迷眼的霧雰裏朝上攀爬，前後都看不見人影兒，抬頭只看見山徑邊的石崖，齒棱棱的，崖腳下是一片茂密的植物的影子，流水在耳邊潺潺的淌著，光是聽見，卻看不著。……最奇的該是腳步聲了，除了我們自己的腳步聲之外，我聽得見另一個人的腳步聲——溼了水的草鞋滋呀滋呀的，好像就在我們頭頂上響著，最多不超過十丈地的樣子。

「我跟我那位同行的朋友說：

「『你聽見前面的腳步聲嗎？』

「那位有經驗的朋友聽了聽說：

「『不錯，在我們前面，有個人在趕路。』

「『這就奇怪了?!』我大惑不解的問他說：『前面要真是有個人在趕路，離我們最多不過十丈地，那，為什麼我們趕了半天，還追不上他呢？……攀這種荒寂的高嶺，多個人做伴兒也好。』

「我那位朋友聽了，又笑說：

「『不錯，他離我們只有十丈地，但中間卻有一條深澗隔著，我們要想走到他那兒，還得要三個鐘頭的時間，至少要繞上四五里路的一個大彎兒呢！』」

石齋老伯把玩著裝茶的蓋碗，一口氣把他冒雨攀登大諸葛嶺的事情講完了。其實他並不像五舅那樣，要講就講一個有頭有尾的故事，他所講的，並不是什麼故事，只是零星的、片段的經歷。可是，卻讓人能清清楚楚的摹出那種情境來，閉上眼就能看得見那山嶺，那危崖，那雲霧，就像一張墨畫一樣。

他講完那經歷之後，進到繡房裏來，細心的看了三個表姐很多幅彩繡，極為滿意的說了好多誇讚的話，才由小舅陪著他，去後大園子裏看花去了。

臨離開時，他叮囑表姐說：

「碧琴，碧雲，妳們兩人的身體都夠單薄的，千萬要注意多保重，多調養，要把自己練成不怕風吹雨打才行。……我最近見過戰地有好些女學生，一個個全強似男孩兒，揹著背包在身上，一天能走百里路。其實，她們也不是天生如此，都還是長期磨練出來的。看了她們，再看妳們，就不得不為妳兩人耽心了……」

看樣子，他心裏還有很多話要說，但想了又想，終於沒再說下去。

我要說的是，這個石齋老伯到小舅宅裏來，雖然只住了兩三天，可是，在這兩三天裏面，他卻講了很多遙遠的經歷，使大表姐的病輕了許多；我不知道表姐她們是怎樣想，至少，他所講述的那些情境：從西北到西南，從黃河到金沙江岸，從古老潼關到常年積雪的大雪山，給了我一個又深刻、又鮮明的印象，那就是——

在廣大的土地上，有著更多的新鮮事兒，等著我們去經歷，告訴我，出遠門並不是一宗可怕的事情，只要練好身體，有不怕吃苦的心，到哪兒都行！

他也許存心用這些話，來安慰病中的大表姐的罷？誰知道呢？

那總是太遙遠的事情了……

十六 秘密

一輛輕便的小馬車，把石齋老伯——這個從天外來的人，又送回天外去了，他的那些言語，並沒能改變綠楊村梢的任何一棵楊柳。

因為貪聽他講說那些看趣的經歷，我沒能夠到那神秘的西屋去，好像根本把它忘記了。

只是石齋老伯所講的那些事，一直在我心裏沉澱著，興起好多好多難解的問詢；黃河急流裏為什麼會旋起磨盤大的水漩渦？為什麼晉北吃油麥（麥之一種）的人要吃酸醋？大雪山上的雪光，怎會刺盲人的眼，使那山原上的人，都要戴上有色玻璃片做成的鏡子？……這些情境使我聯想到，也許在不久的將來，我也會跟著母親，離開綠楊村，去到那些陌生的地方去的。

但那只是一剎癡迷時所生的幻想罷了。這裏仍是綠楊村——一隻翡翠色的魔瓶，和天外的世界隔絕，很少什麼風吹來什麼樣的消息。

究竟是湯藥生了效，還是石齋老伯安慰的言語生了效呢？總之，碧琴表姐的病，看上去好得多了；離秋來還有一段日子，小舅家的宅子裏，又回復了往日那種止水般的平靜。

總也是消閒，三表姐最愛翻弄黃曆本兒，從清明起始，立夏，端午，夏至都叫她翻過了，翻著翻著抬起臉，眼望窗外一朵浮雲，提起嘴唇怔忡的想，下面是什麼節令？該怎樣消磨？——大伏天，又熱又長，夠苦人的。我知道，知道她在想些什麼。

即使是病剛好了些，碧琴表姐也不願意閒著，記罣著後大園子裏的花草呢！有些夏季裏的花朵，都在悄悄的盛開著了，鮮豔的芍藥和刺牡丹，有著一絲早來秋意的垂絲海棠和粉團龍爪兒，大朵的虞美人和成簇的楝樹花，開成了一片新的織錦了；還有些梔子花，孩兒菊，一丈紅和石竹花，也到了初放的時候。人在長廊間眺望時，嗡嗡的蜜蜂兒能碰上人的臉。

「三表姐，妳允了的，妳替我縫的小布人兒，到如今還沒替我縫好呢?!」

「小小人兒討債了，」三表姐笑著，親親我的小手說：「妳甭急，么妹兒，三表姐替妳慢慢兒的縫，縫得粗糙了，縫出來的就不像三個表姐了呀！」

「那妳還說要帶我去西屋的。」我急於得著那三個小布人兒，偏偏得不著，便換了個花樣磨她。

「好嘛，」她又說：「等兩天，等到二伏時，我們到西屋搬書出來曬。這兩天，妳大表姐要我們照看著秋花了。來，我們來看珠蘭跟茉莉打苞了沒有，牆蔭的百合要鬆土，那一圃的雞冠花也發芽了！」

為了秋來時的園景鮮豔，三個表姐成天為花忙。二表姐錯把我也當成心思纖巧的愛花人，那樣費精勞神的教我辨認那許多應季的草本花和木本花；要我認出它們的根鬚，種子的形象，花朵的樣子，葉子的樣子，這種花和那種花，在花形、花顏、莖態、葉態上，究竟有哪些不同。她還說：

「么妹兒，妳只要時常接近花，花神就會在妳做夢的時辰來會妳……花神嗎？花神也是花變的，……不，不，妳甭怕，花神跟花妖不一樣呀。」

「怎麼不一樣呢？」

「花神是受過天女娘娘冊封的。」

「花神來會我幹嘛呀？」

二表姐瞟了我一眼，一臉溫存的笑容：

「來教妳很多很多的事情，教妳精細的針線，教妳調顏配色，教妳解音律，會唱歌兒……總之，誰要是得到會見花神的機會，她就會用香氣吹開妳的心竅，讓妳變成一個巧慧的女孩兒。」

她這樣說話時，一面用花鋤鬆開一塊空圃，要我抓著小小的玩意兒葫蘆，把一些鳳仙，波斯菊，矮雞冠的種子，撒些在那鬆開的土裏，她用鋤頭將浮土撥均勻了，三表姐再在上面蓋了薄薄的一層草灰。

「全是哄人家的。」我一邊撒著花種，一邊轉著眼睛說了：「人家才不信，人家不要花神。」

「不要花神，要花妖？」三表姐在一邊調侃的說：「花妖是會迷人的呀。」

「才不要花妖呢！」我說，玩著手裏的玩意兒葫蘆：「人家只要三個表姐。三個表姐加在一起，任什麼都會，是不是？……妳們才都是花變的。」

「那妳也該是花變的。」三表姐說：「要不然，小嘴兒怎會這麼靈巧！」

真個兒的，並非是我的嘴靈巧。我說的話全是真心的，一直到如今，我還沒遇著什麼樣的人，比三個表姐更懂得花，更愛花。二表姐當初教我認過的那些花，究竟是什麼樣兒，我已經依稀記不分明了，只是那一大堆奇怪的花名兒，我差可數得出來。

人全說「百花生日」的時辰，女孩兒為了迎花朝，賀花節（**按：北方多以二月十日為花朝。**）早起剪了綵條兒旛，紛紛繫在花樹花枝兒上，或是剪下五色綵紙，黏著那些花枝，任人來「賞紅」，像我那種年歲的小女孩兒，要跟著姑姨們，學背「百花」名兒，我那三個表姐，就是這樣學過的。

可是，如今這些做姑娘的大小女孩兒，提起倫巴、扭扭、阿哥哥，人人都無師自通，要是提起那些花來，甭說百種花，只怕連十種八種也數不出來了……要說當初表姐們那種纖柔的生活，是一種承平的病態，如今這些女孩兒的放蕩生活，何嘗又不是反映了另一種病態的承平?!

該說到正話了，真箇兒的，二表姐她真的有那麼耐心，教我反覆背過那些花名兒，不但是背空的，還按照季節，領我到園子裏去，一面觀賞它們，一面複誦著那些花草的名字，說是這樣更容易記得。

怎麼？——你說你要抄錄下它們來，那麼一大堆，我看不必了罷！……你既認真，我也只能按照春、夏、秋、冬的次序，按我所能記得的，為你略略的說上一些。也許日後出現在你的文章裏，讓那些對北方記憶已經朦朧了的人，勾起一些煙樣雲樣的回想罷。

有一些在春季裏開的花，像：木桃花，粉白的李花，緋紅的大桃花，開有好幾樣不同顏色的大小月季花，還有杏花、牡丹、木香、丁香、玉蘭花、梨花，這些花都是為一般人熟悉的。另外像：西府海棠、繡球花、寶相花、種田紅、剪春蘿、薝蔔花、石巖花、滇茶花、碧桃花、紫荊和謝豹，七姊妹和長春花，怕只有像小舅家的園子裏才能樣樣見得著罷？

夏季是花開的盛季，那，花就更多了：放開旁的花先不說，單說那種漫天飛舞的柳花罷，你可以想像得出來，在綠柳成林，迤邐十里的綠楊村，楊柳飛花時節的那種景象，那種情韻，真是說多醉人有多醉人呢！

……唉，說著說著的，平白惹起鄉愁來了。

你當真追憶不起楊柳飛花的情景了麼？

也真的難怪呀，在漫天烽火中離家東渡時，我們都還太年輕，在這滿眼不見垂楊的地方，飄浮著長大，十七八個年頭，我們又都是為父母的人了；這裏偶爾也看得見綠柳或是垂楊，但很少見著那種飛花的景象呢。

古人形容柳絮飛花，有「楊花點點入硯池」的句子，可是在楊柳飛花前，柳花看來並沒有那樣輕。它們叢生在柳葉的間隙裏，原是一串串金黃帶綠的苞粒，但，一等它們放苞飛舞時，真個是輕如絮，白如雪了，再好的春景，也會被那種終天飛舞的雪絮帶走的。

總該記得宋人楊萬里的詩罷？

「梅子留酸軟齒牙，
芭蕉分綠上窗紗，
日長睡起無情思，

閒看兒童捉柳花。」

尤其是在綠楊村那地方，只要楊柳飛花時分，無論是道路上，天井裏，廊下或是階前，幾乎全是白的。二表姐跟我說過，說柳花並不好看，只是在它飛花的時刻，正應著春殘，那種柔柔軟軟，無聲無息的飄落，映著窗外的殘春，會給人情緒上一種悒悒的感染。

在楊柳飛花前後，夏季園子裏，該有著：粉團龍爪、刺牡丹、垂絲海棠、石榴花、番萱花、蜀葵和夾竹桃、洛陽花、午時仁兒、梔子花、孩兒菊、珠蘭、山丹、錦葵花、一丈紅和石竹花、玉簪、百合、山礬、仙人掌、雞冠花、蓮花和荷花，當然還不只是這些，我已經記得夠多的了。

大部份的秋花，除了木本花之外，都是緊跟夏季的花卉落種的，不過發花發得晚些兒罷了。

有些先開來搶佔秋容的早秋花。有：

成架兒的紫薇花、高大的秋海棠、姣麗的水木香、大朵的波斯菊、盤狀的向日葵，此外還有蕙花、朱瑾、重台、矮雞冠等類的。……臨到露冷風涼，月魄生寒的仲秋時節，像丹桂、水紅花、剪秋蘿、秋牡丹、山茶花、楊妃槿、瑞菊和鶴蘭、寶頭雞冠，都會相繼開花，不讓秋容寂寞的。

等到深秋葉落的時辰，大多數的花都凋謝了，我知道，還有些傲霜的花類在開放著。月桂的繁花很經久，從仲秋一直要開到晚秋，落的儘管落，開的自管開，二表姐她說，那不是花經久，而是花季長。

除了月桂，我只知有菊花，像捲心菊、金絲菊、螃蟹菊之類的，二表姐她又跟我說：

「這些都算是正菊，正菊多至百十種，不是培菊賞菊的人，誰也數不清它的品種來。」

「還有別的菊嗎？」

「當然有嘍，妳去翻看書齋壁上的小葫蘆罷，么妹兒，看你能認得出幾種來？」二表姐說：「有些菊花，比正菊發花要晚些，天

交十月小陽春，才正是它們發花的時候，像甘菊花，齒形的野菊，花朵略小些的寒菊，都是的。……霜後的秋花不單是菊，算起來，還有好多種，所以殘秋論花，不單是菊花的天下呢！」

「還有哪些呢？」我就追問著說了。

「像老來紅、葉下紅。」二表姐說：「像茶梅花、白寶珠和秋芙蓉，都該算是當令的花，老了的芭蕉也會發紅花，萬年青也會結出紅菓兒來。」

關於一些冬天的花，我也問過二表姐，她說：

「通常，人要一提起冬花，就會想到蠟梅來，其實，蠟梅在冬天，正跟菊花在秋天一樣，佔盡了風光，不知還有很多別的花，也一樣的當令。像南天竺，楊妃，耐得霜雪的山茶花，大金盞兒，案頭的水仙，都是的。……我們的園角花壇上，就種的有山茶和南天竺呢！」

「花都要當令才會開嗎？」也抱著好奇心，這樣的追問過。

「說是這麼說，」二表姐說：「那也得看土質怎麼樣，水份夠不夠，施肥宜不宜，陽光缺不缺，培護得精不精了……像我們園子裏的那些玉簪花，就比別處放花早，花季也長些。」

「可是，可是……在城裏，冬臘月裏賣『唐花』，什麼花全有呢。」

「哦，妳說『唐花』麼？么妹兒。」二表姐嘆口氣說：「妳可懂得什麼叫『唐花』？那全是花鋪裏用暖窖兒澆灌栽培出來，應年景的。地窖兒裏原就夠暖了，再熅上火，就把那些春花催發了。他們顛倒天時，不是愛花，全是為著生意眼兒，說來也夠可憐的了。」

我不敢說我是個愛花人，至少，我被三個表姐和那一園子錦錦簇簇的繁花迷過。也許我迷著的並不是花，而是那串細緻玲瓏，卻又無聲消逝，不再重回的歲月罷？

我對於任何新鮮的事兒，都最容易入迷，但也缺乏長性兒，迷得深，卻迷不久，總愛抛開一樣換一樣，覺得那樣才夠有趣。

來到綠楊村之後，我迷過古老的鬧狐的傳說，迷過五舅講說

的那些恐怖怪誕的鬼故事，迷過養八哥兒，習字畫畫兒，學著刺繡，學著唱歌，又迷過石齋老伯的那些經歷，這如今，又迷起種花經來了。

未來這樣日子還能有多長，還有多少新鮮事兒使我好沉迷？我一些兒也不知道，更沒有費心去想它。當二表姐成天教我種花經的時刻，三表姐卻要把我從那樣的癡迷裏硬拉出來。

「二姐，妳甭把么妹兒逗迷了罷！」她跟碧雲表姐說：「妳教她這許多，她哪能一樣樣的記得住？只怕連花名也背不周全呢！」

「我不想欠下小小人兒的債。」二表姐說：「該教的，都教給她了，她大表姐欠她吹簫，妳欠她的小布人兒，總有一天，她會討的。」

「妳是想要咱們么妹兒日後也開爿花店？」

「倒不是。」二表姐說話時，手撫著長廊上的朱漆廊柱兒，兩眼凝望著園子裏那片五顏六色的花，彷彿受到什麼感觸似的，語調有些幽幽的：「我只是想，我們種花的日子，……也許不會長了，臨到么妹兒長大，那時刻，誰知世局怎麼樣？她就是有心過這樣的日子，怕也做不到了，能讓她記住，有過這麼一片園子，有過這些花，……有過這三個表姐，也就……夠……了。」

「妳甭空想得這麼遠了，二姐。」三表姐說：「妳千萬甭學大姐這樣，儘空想，妳真要愛花，就是局勢亂了，我們離開家，又怎樣？——小葫蘆裏的花種，身邊帶著，地上有土，妳眼前就有花……這些花朵，是長在土裏，不光是長在咱們家園子裏的呀！」

二表姐輕輕搖搖頭，笑出些兒寂寞，沒有說什麼。

廊間的空氣有如一片初停的蝶翅，短短的靜默裏，有著細碎的微顫。

「明天交二伏，」三表姐說：「大姐她說該曬書了，她如今還在西屋理書本兒，我們還是趕去幫她罷。」

我成天等著去西屋，這總算等著機會了。兩個表姐牽著我的手，牽我走過那月門，通過那架葡萄茂密的藤蔭，那片黯黯的綠光，使得我眼前的屋子不神秘也有些兒神秘起來了。

二表姐推開那扇虛掩著的半截玻璃門，我就兩眼溜溜的，打量著那屋裏的各種鋪陳。乍看起來，那屋子的裝飾和陳設，好像跟後堂屋是一個樣兒，只是氣氛更古老，光線更沉黯些罷了。

一樣是一明兩暗的三間屋子，比起後屋來，要顯得小巧些兒，一應傢俱擺設，也顯得小巧精緻，當真像有些傳說裏的狐味了！

我說的狐味，純是一種直感。其實，那屋子一點不像是久無人居的樣兒，反而弄得太整潔了，整潔得失去了人間的煙火氣，使人以為那簡直不是生人住過的地方。

兩個表姐一進屋，很自然的，就把腳步放輕了，生怕驚動了什麼似的，我的心裏也凜了一凜，跟著躡手躡腳，連呼吸也受著了一股莫名的壓迫。

「大姐，大姐，」三表姐輕聲叫喚著：「妳在哪兒呀？」

「是碧鳳？」簾子那邊傳出大表姐的聲音，也輕輕的：「我在這廂的書房裏，整著書呢。」

「我們來幫忙來了。」二表姐說：「妳的病剛好些兒，怎能爬上爬下的勞累！……取書，讓我來取罷。」

明間靠北的那間房子，是小姨姨的書房，房裏起著一面鑲有地板的考究的磚匠，靠牆放著兩隻很大的紫檀木的書架兒，滿架全是齊齊整整的線裝書，有些還加了絹裱的書匣兒，別著象牙籤，有些在書背上用娟麗的楷書，標著書名兒和卷數。

「這都是些什麼書呀？」

「甭翻弄，小人兒。」三表姐牽住我說：「小姨姨的書，小人兒是不興亂翻弄的。……說了，妳也不懂得，這匣裏，裝的是關漢卿寫的戲曲，一套十多本，像拜月亭、金線池、西蜀夢、玉鏡台、竇娥寃、蝴蝶夢……全寫的是古人古事兒。……這匣裏裝的是『梧桐雨』，也是元代的戲曲，寫的是唐明皇和楊貴妃的故事。……這一堆書，全是戲曲，有『燕子箋』、『長生殿』、『桃花扇』、『酷寒亭』、『瀟湘雨』，好多種呢。」

「這邊這堆是什麼書？」我問說。

「是小說。」二表姐在疊著架上取下的書說：「這是玉梨

魂，這是廣陵潮，……來，妳幫著打簾兒，我跟妳三表姐把它們搬出去曬去。」

「這房子沒人住，再是護養也不成。」大表姐站在圓凳上，一邊抽取架上的書本兒說：「樟腦囊兒在每個架格兒裏放著，只是缺少生人氣，蛀蟲兒還是有，再不曬它們，怕真的要遭蛀了呢！」

聽她話裏那種惋嘆的口氣，好像書本兒遭了蛀，也像園裏的花朵兒遭到風吹雨打似的，我能跟二表姐一樣，愛著那些花朵，可無法領略這一架一架的書。

我不知道這些書裏，究竟寫著些怎樣迷人的事情，怎會深深迷住了死去的小姨姨？書裏的故事，書裏的情景，當真會比滿園子的花朵更可愛嗎？一個十九歲就夭亡的女孩兒，就是沉迷典籍罷，又哪能看得了這麼多呢？……事實上，小姨姨書房裏的那些書，真嫌太多了，怕總有上千冊。兩位表姐折騰了一早上，才把它們搬到天井裏去，攤開來，曬在大張大張的舊涼蓆上。

曬書整整曬了三四天，我儘有機會在西屋的沉黯世界裏逗留著，從這間屋竄到那間屋，覓寶似的瞧著，看著，也用心的記著。

書房對面的暗間，是小姨姨生前的臥房，也是放置著一張雕花帶架頂的大木床，和大表姐的睡床沒有兩樣；床楣也垂著幾道流蘇橫走的帳簾兒，帳紗是稀網格兒，荷葉綠的輕紗，透明透亮，鬆鬆的分攏在閃亮的銀鉤上；床上也置有一方小几兒，几面放隻佛手盤兒，一隻半乾的大佛手，飄出奇異的濃香。

木床的護架外面，從地面直至承塵頂兒上，有一面枕被櫥，下層疊放著巨大的，嵌有銀星銅角的箱子，箱面咬住一把把大鎖，我很難猜想得出，那些箱子裏裝的是什麼東西？

我能夠拖著表姐們，一起進入那間房子，在裏面走動著，談說著，不會覺得什麼，可就是不敢一個人，獨立站在那房裏發呆。

我說不出來，那房子有什麼異樣？

那是很雅靜，很清潔，鋪陳得精美的臥房，一派大家閨閣的氣氛。紅柚木的梳妝台，橢圓形的大鏡子，鏡邊全是晶晶的玻璃條兒鑲嵌成內，熠耀著光輝，小圓椅上，鏽著紫紅絨鑲黃穗兒的軟墊子，有風無風都起浪。牆角上，立著一隻人高的大膽瓶，碎紋斑駁的磁面上燒著荷花圖，多情的荷葉，在風雨中側起葉面，護著荷花。

你望望哪一樣東西，都是古老的，精緻的；純銀鏤花的煤油盞，黃銅帶環的煮物架，胭脂缸和粉碟兒，描眉的炭枝，雕花黃芽木的梳匣兒，一樣樣井井有序的放列著；床榻上，紅綾被和蘭花枕，也齊齊疊放著，床頭還放有幾本夾著紅葉的詩詞。

你就會覺得，小姨姨她並沒有死，並沒真的埋葬在那座圍著綠柳，開著繁花的野墳裏，她該去書房裏翻書填詞去了，或是到後園子裏看花去了！……你會覺得，曠野上的那座小墳中，埋下的只是一些美麗的謊，美麗得有些哀感的夭亡，那不是真的，不是真的！

而那起自心底的抗拒的聲音，在一剎寂默裏，逐漸的微弱下去，也像積雪遇著還軟的春風，融解了，無跡無痕。小姨姨在傳說中影立著的那形象，和大表姐的實體形象，變成一種透明的重疊，我永也無法分得清她們，愈朝深處想，越覺得她們原是一個人。

至少，我有著這麼一種空空茫茫的幻覺。

不是嗎？她們有著同樣美麗的容貌，同樣平寧的生活背景，同樣春華正盛的年齡，卻又患著同樣悒悒輕愁化成的軟軟的小病呀！……幻覺消隱時，我知道我那小姨姨真的已經死了！只是她的這些遺物在作祟，使人更加想念著，並且刻意描摹她的生前罷了。

沒有什麼樣的秘密藏在這屋子裏。

也許有，但我無法找得到它……

說著說著的，就快到七夕了呢！

十七　七夕

在眾多關於神仙的傳說裏，最使人沉醉的，就該是七月七夕，銀河兩岸上，牽牛郎和襯女星相會的傳說了。早先也曾聽老袁媽她們講說過，那種零零碎碎，嘮嘮叨叨的絮語，並沒能把天上那美麗哀淒的情感傳進人心去，還是七夕前一天，三表姐跟我講得最真切、最動人。

伏天到了尾，黃昏時的晚風，自然就有那麼一絲溫寂的涼意，我們坐在長廊下，共守著黃昏，高而微藍的天上，像畫兒似的畫著些晚霞。

我不想在這兒跟你重述七夕的故事，你知道那人盡皆知的故事有多美，有多淒傷……三表姐一面跟我說著那故事，一面幫著大表姐、二表姐她們，準備著過巧夕用的巧花和巧果兒。

那些巧花巧果兒，全是用麵捏成的，有的是花是果，有的是鳥是獸，有的是些魚蟲之類的形狀。兩個表姐細心的捏，捏妥了，由執著彩筆的大表姐，點花蕊，加翎毛，添鱗甲，畫眼睛，捏也捏得精，畫也畫得巧，全做得活生生，像是真的一樣。

「每年七月七，妳們都做巧花巧果兒嗎？」

「當然囉，」三表姐瞟我一眼說：「七月七，是女兒節呀！我們不單捏花果，還要作一番乞巧會呢。……搗鳳仙花汁染指甲呀，搭鵲橋呀，拋彩絨呀，點荷燈呀，焚檀香燒課紙呀，搭七巧板兒呀……妳問幹嘛拋彩絨麼？傳說牽牛郎和織女星，終年隔著天河對望著，只有七夕是他們相會的日子，銀河上無橋無渡，怎行呢？人人都盼著雙星相會，就備些彩絨，高高的拋上屋頂，讓多情的鵲鳥啣著，飛上天去，搭起七彩的虹橋來，讓這雙神仙眷屬，有個相會的機會……」

多美的想像啊！不神往也該神往了。

捏完了巧花巧果兒，三表姐牽我到園子裏去，採擷許多鳳仙花，好搗花汁兒。

「鳳仙是秋花，新鮮的花汁，只有秋間才有。」她跟我說：「要是把這些花汁，調進些兒蜜，用小磁缸兒盛著，蓋嚴了蓋子，它就不會乾，一直能用到來年。……來，讓三姐先把妳的指甲塗上。」

帶有蜜汁花香的氣味，嗅進人的鼻孔，不由使人閉上兩眼，飄飄的醉了。三表姐她不但把我的指甲染紅，更用一支短短象牙筷兒，替我眉心、兩頰都點上紅紅的梅花點兒，牽到廊間給大表姐和二表姐去看。

「碧鳳，妳甭再施促狹，擺弄小人兒了。」大表姐說：「妳取火把宮燈點上，我們趁著晚涼，且把七層彩樓紮起來罷。」

竹篾兒是用書齋前的青竹竿兒剖成的，削得又柔又薄，配上一些硬竹條，紮成橫的長方形，疊塔似的，一層疊著一層，竹架外面，糊上金紙的瓦脊，銀紙的牆壁和透明白脫紙的窗，前一面空著，只繃了一幅又輕又薄的絳紗，巧樓的四面簷角上，全都垂著花串兒鈴，那樣子，真像是織女的仙居呢。

「糊上巧樓，就怎樣乞巧呢？」

「我們每個人去捉一隻蟢子來，放在巧樓裏，各佔著一層兒，」大表姐說：「明兒晚上，放在後園裏，焚香拜織女，看誰的蟢子先結了網，誰就乞得了巧了！——蟢子，妳懂罷？」

「我知道，」我自作聰明的，歪著頭說：「妳說的是蜘蛛，是不是？」

「小傻子，」二表姐用她纖纖的手指按著我的額頭，笑說：「蟢子就是蟢子，怎會成了蜘蛛呢？蟢子又叫壁蟢兒，是種身子扁平的壁蟲，常在老牆上，做成圓圓扁扁的白窩，又有人叫牠作『壁錢』，我們卻管牠叫『巧蟲』。牠結成網，比人織的綾羅還要細柔，聽人傳說：說織女娘娘紡紗織布時，沒人看見她怎樣用梭，怎樣織，只有在她織機的機架兒上，伏著一隻機靈的壁蟢兒，偷偷的看著，學著，後來，傳給一代一代的壁蟢兒，就都會織布了！因為牠們的織法，是跟織女學來的，所以人工織的布，怎樣也不能勝過牠們！」

「嗯，我知道了，」我說：「在那邊，大舅媽她們花廳的牆角上，就有很多蟢子做的小白窩，上回小銀兒爬樹劃破了手指頭，那個趙媽就揭下一張白網來，替小銀兒把指頭裹著，說那樣就會止血，——蟢子就是那種長長扁扁，頭上有短鬚兒的小蟲是不是？身子灰黑色，還有些小小的白點兒。」

「嘿嘿嘿，」三表姐聽了直是笑：「誰說我們小小人兒是小傻子的來？妳略為說一說，她就知道了，明天，準該是她先乞得巧。」

「我要去捉一隻蟢子來嗎？」我說。

「不，明兒早上才能捉，」大表姐教我說：「妳捉牠的時刻，手腳要輕些，不要用力撕破牠的網，妳一撕一擰，就會把牠擰傷了，最好把牠連網撕下來，拿來這邊，我替妳用剪刀輕輕剪開網口，把牠倒在巧樓裏。」

「好，就聽妳。」

「光是這樣，把蟢子放在巧樓裏，還不成。」大表姐她又教我說：「妳還得要誠心誠意的禱告。」

「禱告些什麼呢？」

「妳要先閉上眼，合起手掌說：

壁蟢兒壁蟢兒，巧巧的蟲，
紡紗織布要趕工，
卻莫成天貪睡覺，
一睡睡到太陽紅……

壁蟢兒壁蟢兒，快醒來，
去向織女借梭兒來，
織布不織凡間的布，
織塊彩雲迎織女，

織一道虹橋渡牛郎……」

大表姐這樣的說話——不是說，而是徐徐緩緩，幽幽寧寧的唱著，一面假裝真心禱告的樣子，虛攏起她的兩眼，把合起的手掌放在她自己的鼻尖前面，黑黑長長的眼睫毛一眨一眨的閃動著；飄曳的宮燈的黃光，閃閃亮亮的，把她額髮和鬢髮的影子，依樣描在她的臉額上，一絲絲幾可亂真的髮影，和深深的睫毛的影子，更在晃動不停，彷彿被天風吹刮著的樣子，那情境，真是美極了，也動人極了！

她那樣的唱著，黯色的晚空，宮燈的黃輝，珠串的簾子，迴花的欄杆，園裏的花朵，浸著她的吟誦聲，全都被浸軟了，浸柔了，連人的心，人的思緒，都像被一層似有似無的細網，在不著邊際的虛空裏裹著，兜著，只有一片朦朦朧朧，迢迢遠遠的空靈，說不出是牽向雲朵中，還是牽向籠霧的銀河兩岸去了。

我如果是一隻巧蟲像蟢子，她就該是那位閃閃發光、銀輝熠射的織女星，那帶著質樸的童謠風味的禱歌，就該是一支兩頭尖尖的織布梭，往覆的穿織著，織出一道細密無形的柔紗來。她的語音，是那樣清越，那樣柔和，那樣圓潤，聽著了，就使人發呆。早先，我雖也學會過一些很好的兒歌，但沒有一支能跟這支相比的。

「妳慢點兒唸，大表姐，」我急於要學會那支對蟢子禱告的歌兒，便說：「唸得太快了，人家記不得，明天，那蟢子就不肯結網了呀！」

「這樣罷。」她掠掠鬢髮說：「我唸一句，妳也跟著唸一句，一會兒功夫，就會背得熟了。」

大表姐她這樣說著，果真一句一句的教我吟誦起來，不但教會我吟誦，還教我在禱告時，該用怎樣的表情。頭一句，要帶著誇讚的意味，讚牠是隻「巧巧的蟲」；二一句呢，就要帶著叮嚀的意味，叮嚀牠「要趕工」；三四兩句是善心的輕嘲，我唸著它們時，卻又像嘲笑自己似的；而末尾那三句最感人，大表姐每唸著它時，都微微仰起頭，真心的，祈盼什麼似的凝望著晚空。

我想：她也那樣深盼著天上的情愛，能以團圓美滿，不願眼見著那遙遠的銀漢雙星，常年隔河相望罷？——那似乎已不是單為著自己乞巧了。

我看得出她的心願，在她微微睜眼望著晚空的時辰，玄黑的瞳仁中，流露出她無語的心聲……

這樣反覆唱了三四遍，二表姐和三表姐一面在旁邊摺著銀色的紙課兒（**即箔紙摺成的元寶**），一面也跟著用鼻音輕哼著，配合著她的吟誦和我的複誦，在長廊下，造成一種極為美妙的和吟的迴音。

「妳這該學會了罷？么妹兒。」大表姐帶著輕輕的疲態，伸伸腰說：「我唸都唸累了呢。」

我點點頭說：「已經學會了，不信我背妳聽……」

「不用了。」她說：「學會了，待會兒妳回去睡覺的時刻，要悄聲的靠著枕頭說：夢公公，夢婆婆，我跟大表姐她學的歌兒，請替我一句一句理順了，摺摺收著，等明早我睜眼時，再拿來還給我。……妳這樣禱告了，夢公公，夢婆婆，他們就會替妳把要記的話收妥，明兒早上，再一字不漏的還給妳了！」

「真的嗎？」我反問說：「妳小時也這樣求過？」

「也求過。」她說：「百靈百驗的，有時候，好心的夢公公，夢婆婆，怕妳真的忘了，半夜裏，還拿著夢本兒來找妳，一遍又一遍的提醒妳呢！」

也許夢公公，夢婆婆，真的很靈驗，但我覺得，有什麼事情，來求三個表姐，會更靈驗。她們無論做什麼，說什麼，教什麼，我沒有學不會的，她們都有著教會人專心的本領——也許說氣質，要更確當些。

七月七那一天，我一早上就捧寶似的，捧著我從花廳壁上撕下來的蟢子窩，讓大表姐她替我剪開網口，把那隻蟢子放在巧樓裏。

長廊下面，雖只有三個表姐，連我不過四個人，可在感覺上，要比平常熱鬧得多了。

「今天天氣好晴朗，」三表姐把手招在眉額上，抬頭望著廊外的天空說：「黃昏一定有巧雲，夜來看銀河，也能見著牛郎、織女星。」

「來，來幫二姐架鵲橋來，么妹兒。」二表姐她在那邊叫喚我說：「不用妳費力搬條凳兒，妳只要把彩絨替我牽著，牽緊就行了，我們幾個，趁早涼，先要把乞巧會的各式東西，在廊前佈起來。」

多彩的鵲橋是由大把的五色彩絨牽成的，二表姐找來一些圓形的筒子瓦，外面包上銀紙，做成一排好看的橋孔，用硬布骨兒剪成帶花紋的橋欄，再理開那一紕一紕的彩絨，把它們綳在瓦上做橋面，她按著紅、橙、黃、綠、青、藍、紫的順序，綳緊後，真像是雨過天青時，天邊斜掛著的絢爛的彩虹。

鵲橋前面，磚鋪的通道上，放著三張方几兒，排成彎彎的馬蹄形，當中放著小小的雕花銅鼎爐，架上一些檀香塊兒，一邊放著綵紙絳紗的層樓。樓前供著幾盤兒新鮮的瓜果和花酒，另一邊放著一隻盛水的藍磁淺盂兒，繞盂放有各式巧花巧果，一盞好大的荷花燈。

「這樣可好？大姐。」三表姐招呼碧琴表姐過來看，累得喘喘的，滿頭沁汗臉發紅，嬌媚直能從她粉色的兩頰上滴出來。

碧琴表姐在廊下看了看，說：

「鵲橋邊，還得散黏些棉絮做雲彩，雲上頂好再插幾隻飛翔的啣絨鵲鳥，看來會更有意味些……」

我抬眼看看天，疑心天上為了迎七夕，昨夜把它用水洗抹過了，沒有一塊瑕斑，也沒看見一塊雲。

「大表姐，妳看看！」我認真的指著頭頂上水洗的空藍說：「看這天上，怎麼會沒有雲彩？雲彩呢？都躲到哪兒去了呢？」

「七月七，人都爭著看巧雲，」大表姐說：「雲彩怕都回去梳妝打扮去了，到了黃昏時，它們自會手牽手兒出來的。」

清早既沒彩雲看，就等日頭升上來時，圍著方几，借著太陽影兒，在生了水膜的盂水上漂針試巧，這是往年七夕，我在城裏也玩過的。老袁媽講說是：把花針浮在水面上，看著水底下的針影兒像什麼，要是像雲彩，像花朵，像鳥蟲，像剪刀和鞋子呢，就算是得巧了，要是只像木槌，像髮絲，像蠟棍兒呢，那就算是拙人兒了。

漂針的結果，三個表姐都得了巧，偏是我得了拙，便沒心再玩了。大表姐她安慰我，說拙有拙的好，人長大了，能勤勤懇懇的守著拙，要比得巧有福氣得多。誰肯信那個？我在想：也許躲在巧樓裏的蟢子，會替我爭個巧回來的，我已經禱告過好幾遍了。

太陽朝西斜，把碧汪汪的高天讓給雲，那些梳妝打扮過了的秋雲，真的手牽手兒出來了，又像是走著，又像是跑著，又像是飄著……我們在廊下拼著七巧板兒，等著黃昏來，好看那滿天巧雲的新衣裳。

三表姐摟我在身邊，熱切的教我用七巧板兒拼這拼那，又拼鵲鳥，又拼小人兒，又拼衣裳，又拼褲子，也不是我學不會，只是學也無心，總愛抬頭去看雲。

「還是早些兒焚檀香，化紙課兒罷，」大表姐跟三表姐說：「妳沒見小人兒等急了麼？」

檀煙走著篆，在廊前嬝嬝的飄散到青空裏去，沒到黃昏呢，滿天都叫雲彩佔著了，一片一片，一朵一朵，浮著，變著，一忽兒像是一朵花，一忽兒變成一頭牛，一忽兒又變成了生著雙翅的仙女，飛進白白的雲山裏了，再也看不見了。

「手把彩絨高處拋，鵲鳥啣去架鵲橋！」大表姐一面朝廊頂上拋著剪碎的彩絨，一面喃喃地這樣的唸著。

在遠處的彩雲下面，我真的看見了大群鵲鳥的影子，抖動翅膀，在那兒打著盤旋。

「大表姐，」我叫喚著碧琴表姐說：「天上的巧雲，怎會這樣變來變去的，變得這麼快呢？人家指著一朵雲，說它像是一朵花，眨眼它就變成一隻羊了！」

大表姐抬眼朝著天空，癡迷了一陣兒，輕喟說：

「變得快的，不光是天上的巧雲，人又何嘗不是這樣？一年年的，都不知會有什麼變化來呢！」

一陣碎碎的淒迷如濛雨，從她微瞇的眼瞳裏撒出來，人沾著，不覺有一些兒寒冷。虧好在這時，二表姐把那盞荷花燈給點燃了，亮出些粉紅馥馥的溫暖，沖淡了那一剎淒迷的氣氛。

「大姐，妳甭總這樣，」三表姐在一邊燒著紙課兒，低聲的說：「看雲就是看雲，想那麼遠幹嘛呀？……七夕原是好節氣，為雙星相會，也為小小人兒，試著吹一曲簫罷！……我這就替妳把簫給拿的來。」

說著，她真的跑回書齋去取簫去了。

「妳看，大表姐。」我驚喜的指著巧樓說：「看，我的蟢子，真的結了網呢。」

三表姐取了簫囊來，大表姐說：

「妳三表姐說的不錯，今晚上是雙星相會的好節氣，為了賀天上的雙星，也賀妳得巧，我就試著吹一支短短的曲子罷。」

如今，無論是時隔多麼久遠，甚至很多記憶都已變黃變黯了，而那一年的七夕，卻是我永生難忘的。在朝後許多年飄泊離亂的日子裏，我從沒度過像那樣美好的佳節，身在人間，心在天上，……在銀河，在霄漢，在牛郎織女的星座旁邊，為傳說裏的那份至情鼓舞歡欣。

我這樣的說了，雖說不盡那份光景來，但你一定會想得出當時那種美好光景的。——由滿天多彩的巧雲安排成的黃昏，有著琥珀琉璃的寶光，條條光影熠射下來，由一園子的繁花烘托著。還是天光淒豔呢，還是花顏如錦呢？簡直的，簡直就難分了！

銅鼎爐裏旺燃的檀香和花香融和著，飄浮在長廊間，早出的火螢兒，拖著碧色燐燐的光尾，這裏那裏飛，那縷縷上昇的檀煙，好像是一條連接著天和地的魔索，把一條長廊——不！該是那一整座的園子，都繫起來朝天上浮騰。

黃昏逐漸轉黯了，銀河由浮雲托現出來，慢慢的，在羅列的星群裏，三表姐指出了銀光璀璨的兩顆星，——織女星和牽牛郎。我自覺跟著檀煙朝上浮騰、浮騰，同時也覺出，天，從來沒有像這樣被接近過。——我像伸手就能摸著那兩顆星。

三位表姐，也許都是這樣想著的罷？

微風初初的拂動了，巧雲也都逐漸的羞隱了，只留下那兩顆璀璨的銀星，不知在高天上談些什麼？說些什麼？……有什麼疏疏落落的沁寒，一點一滴的，隨風拂在人的臉頰上，我伸手去摸，好像是浮雲帶來的雨。

「是落雨了呢，大表姐。」

手拿著簫囊的大表姐正抬眼看著天，彷彿也覺著了，伸出掌心試著，輕聲慢語的說：

「不，這不叫雨，么妹兒，這是織女淚呢！（民俗：七月七夕前後，天如落雨，都叫做織女淚。）我們到廊下去罷。」

「雙星都相會了，就該歡喜才是，」我疑問的說：「那，織女為什麼還要落淚呢？」

「也許她心裏太喜歡，」她說：「太喜歡了，也會落淚的。」

回到廊下來，大表姐半側著身子，倚著一支圓廊柱，坐在欄杆上，打開囊口，取出她的簫來，無限珍惜的輕輕撫摸著，兩眼仍星星閃閃的凝望著天河；黃輝搖曳的宮燈，在她髮上輕旋輕盪，幾綹勃勃的流蘇，差點兒吻上她鬢際的那束海棠。

「我……我該吹一支什麼樣的曲兒來賀節呢？」她像是喃喃自語，又像是跟織女星在問詢，她兩眼一直在凝望著橫斜的河岸旁的那顆星。

「旁的都可以吹。」二表姐在一邊椅上說：「只是不要再吹那闋妳平素愛吹的〈江城子〉了，秦觀的那首詞，作得恁幽怨，曲兒也譜得太悲咽了，……既是快快樂樂的賀節，就不用再吹它了。」

「嗨，也真難說，」碧琴表姐有些黯然的樣子，低下頭來，沉吟著說：「我想的沒有錯，不是嗎？就像我剛剛說的——人生太多變，世事都像浮雲似的，飄忽變幻著，人生太短促，人的情呢？偏又是那麼天長地久的。也正因這樣，妳看罷，古往今來，但凡是純情的曲子，難得有幾首不帶著些哀遲味的。輕了呢？又覺太飄忽，重了呢？又覺太淒清了，太美的東西，多半也是哀淒的。……七月七夕長生殿，夜半無人私語時，在天願作比翼鳥，在地願為連理枝，白居易描寫明皇跟楊貴妃，當年在長生殿上，指天為誓，指地為盟的情景，該夠美，夠歡樂了罷？可惜還

『恨』著天長地久『有時盡』呢。」

「可也有些純情的詞曲，比較溫寂些兒的呀，」二表姐說：「像寫江南的『十里明湖一葉舟』。像徐鉉詠柳的『水閣看來乍減寒』，詞曲都美，又不感嘆太過，那不是要好些兒嗎？」

「妳說的並沒錯，」大表姐說：「但妳得弄清楚，我吹的不是笛子，是簫管啊！那些太溫寂的曲子，不合簫的性兒，簫聲，本就有些空洞，縹緲，淒涼……」

「嗨呀，甭再空議論了。」三表姐插口說：「大姐，這又不是在談詩論詞呀！么妹兒等著妳吹簫，妳最好選支她會唱的曲兒吹，就吹杜牧的『秋夕』罷。」

「我忘了說了，」二表姐也說：「當著秋夕，吹秋夕，唱秋夕，才算是應時應景呢。再說，杜牧的那首詩，配上那樣幽婉的曲兒，無論是吹，是唱，都再好不過了！妳先試試吹著看。」

「好，」大表姐說：「我就吹秋夕好了。」

她說著，摘下襟間的絹帕，略為抹了抹簫管的管口，抱起那支紫光瑩瑩的洞簫，纖手分按在定位上，潤了潤唇，便徐徐的吹奏起來。

儘管我不解音律，也一樣聽得出那種聲音，是如何的幽美動人，一個聲音滑動著，引出另一個聲音，它們彷彿都是些生著蝶翼的小精靈，成群成群的從她指尖下面飛出來，顫顫的，抖抖的，在長廊下，在花園裏，那樣逐舞著，跳躍著。一忽兒繞著宮燈旋轉，一忽兒圍著荷花盞低吟，一忽兒又成群的停落在花蕊間沉睡，一忽兒忽又飛散了，紛紛散進碧空，無影無蹤……

再一次吹奏時，我們都跟著輕聲哼唱起來：

「銀燭秋光冷畫屏，
輕羅小扇撲流螢。
天階夜色涼如水，
臥看牽牛織女星。」

那真是一個從頭到尾，氣氛都非常快樂的佳節。怎能怨我時常在夜來時反覆追憶呢？大表姐那樣的吹著洞簫，簫聲飛越出長廊，散向沉沉微碧的高天，也許牛郎織女都聽見她的賀祝了罷？

我實在臨摹不出她吹簫時的神態了，她蔥白尖長的手指，極為靈巧的在簫孔上跳躍著，染著鳳仙花汁的紅指甲，是它們的小小紅冠，彷彿它們天生就會舞蹈的樣子。一陣晚風吹盪過來，廊前的荷花燈讚嘆似的點著頭，宮燈也舞盪起來，人影也舞盪起來，連廊前的花朵也都跟著舞盪起來了。

她吹著簫，風拂著她的衫子，她的長髮，她的兩眼是那樣黑，那樣亮，寶墨似的，直能蘸著它寫出字來。她把秋夕反覆的吹了三遍，夜色被她吹成一片玲瓏的冷，連一彎眉月，也加了件雲衣。

曲已終，人還沒散呢，三表姐端來巧花巧果，和一些新鮮的瓜果，我們圍著方几吃著，風送雲紗如錦帳，把天河上的雙星遮住了，不知怎麼地，我開始想起很多零碎的事情，也問說了許多稚氣的傻話。

我真心的愛戀著三位表姐，尤其是碧琴表姐，真使人一時一刻也不願離開她，既然小時候，大哥跟她兩小無猜的要好過，怎會能耐得這迢遙的遠別的呢？他把這宗親事延擱下來去晉南，許是別有隱情，絕不是嫌碧琴表姐困居在鄉間，沒唸什麼洋學過的。在我心眼兒裏，大哥還不是那麼俗氣的人。

可惜我不是那種啣絨的鵲鳥，不能飛在迢遙的兩地之間，架起一座多彩的鵲橋來，讓他們也有相會的日子。看樣子，只有等著晉南的來信，或是那個石齋老伯，能說動小舅，帶她們離家出遠門了。

那夜，我記得就是倒在大表姐懷裏睏著了的，媽第二天跟我說：

「一個小人兒，惹動了兩個人，妳二表姐打著燈籠，妳三表姐一路抱著妳回來，喊都喊不醒。」

我只是瞇瞇帶笑的睞著眼，有一個新的秘密藏在我心裏，——在昨夜的夢中，我真的變成過一隻會飛的鵲鳥，啣著彩絨，架成一道閃光的虹橋。

不過，這秘密，我真的不想讓任何人知道。

十八 鄉野世界

鬼節前兩天，我從小舅家夜晚回宅的時候，穿過中院的穿堂，黑裏不知有什麼東西落下來，落在我的前額上，我也沒看清那是隻蜘蛛，蜈蚣，還是一隻毒蠍？只知道有什麼螫著了我，奇痛一直刺進腦門去，抱著頭，一路哭回宅裏，見著媽，除了哭喊外，連話全說不出來了。

媽也著了慌，去找大舅媽，大舅媽來時，連二舅媽，和那愛多事的馬臉女傭趙媽，也都跟過來了。

「姑奶奶，幼如這孩子究竟是遇著什麼了？」趙媽的嘴舌尖，話總搶在人前頭。

「她……她也沒說清，進門只是哭。」媽兩眼發紅說：「她只說是在她小舅宅裏回來，穿過穿堂，黑裏不知撞著了什麼，她的頭就登時紅腫起來了！」

「許是風邪！」趙媽說，她的臉古裏古怪的扭歪著，更長得像是馬了：「妳想想，姑奶奶，這該是什麼節令？中元前後，陰氣最盛的！」

不容媽開口，二舅媽就論斷起來：

「我也早說過，那邊宅子生人少，慣惹風生邪，么妹兒又是個火燄弱的女娃兒，原不該常常過去，又一留留到那麼晚的！……這準是惹著什麼，犯著什麼了！還是趁早抓把香來，燒一燒罷。」

真的是遭了風邪嗎？只怕是說給鬼聽，連鬼也不會相信的。

頭疼疼得我眼淚漣漣的，躺在床上不能認真想什麼，至少，我自己不能相信那是什麼風邪！她們也不先過來看看我紅腫的頭，就那樣瞪大眼睛，好像活活的看見什麼似的，在那兒自說自話。

說她們說的是真話嗎?其實明明是假的;說她們是大睜兩眼在編謊嗎?她們偏又說得那麼認真!也許我沒有長大,還不懂得大人們的心罷?

同在這隻翡翠色的魔瓶裏,那邊宅子和這邊宅子,全是兩個截然不同的古老世界。後來我才認真想過,一邊該是古老的知識的世界,文弱而優柔的小舅就是那種典型的人;歷史流傳的那些山水畫兒,使他安守在綠楊村這一角安閒寧靜的園子裏,書櫥裏的那些又柔又軟的書卷,又使他沉進了那離合悲歡的情境,無力的吐著些唏噓。……這種樣的生活,落在女孩兒家頭上,難怪會有小姨姨,會有碧琴表姐那種柔如弱柳的人了。

另一面呢?就該是混沌愚懞的鄉野世界了,許多真假難分的傳說,許多多彩的板印的年畫兒,帶給她們一些不甚連貫、但卻能保守千年,一成不變的知識——缺乏真正思考,非理性,全憑直感的假知識——她們把生命浸化在裏面,全憑著這些兒鄉野知識,來斷定浮象,每個人都固執的相信著她們自己的論斷,並且愛用些久久衍傳的原始方法，來處置一些事情。

我在綠楊村活過，至少我知道綠楊村是被圍囿在這兩種世界裏面。如今，我只是記憶著它，懷想著它，讓當時的感受，當時的印象活著，卻從沒興起過認真評斷是非的念頭。

那一次飛來的小災殃，對我來說，真是夠重的；整天昏昏迷迷的直嚷疼，疼痛裏，又帶著些微的麻木，雖然沒照過鏡子，也猜得出自己的前額是腫起來了，腫處擠著人的上眼皮兒，再怎樣用力睜，也只是兩條細細的縫，好像兩扇半掩的門。

還能說不是風邪嗎？睜開一遍眼，看見那趙媽，若有其事的手捧著一把燃著了的香，嘰嘰咕咕的唸著咒語，把香火在人臉上繞來繞去的，腫處本來就夠疼的了，哪還經得住香火的熱氣燒烤？虧好她只繞上三兩圈兒，就捧著香枝走開去，這個牆角拜到那個牆角，好像是在哪兒丟掉一支花針。

再睜一遍眼，天色灰灰黯黯，不知是不是向晚的時辰了？屋裏還沒點燈，大舅媽端著一碗碎米，二舅媽端著一碗水，在木榻的前面撒著，一面一和一應的，唸著些辟邪的話。

「擋路的幽魂，擋路的幽魂你聽著，你要是家宅亡魂呢，就請退罷，么妹兒她半是孟家骨血，小孩兒家衝撞了你，也都是無意的……」

大舅媽說一句，就從碗裏捏出些碎米來，撒在地面上，令人想到幽魂的樣子像不像是雞？大媽說完了，接著就該是矮矮胖胖的二舅媽了。

「你要是孤魂野鬼，趁著中元求佈施，就不該擋在人家宅裏的過路上！」二舅媽那種重濁的聲音，像是一把揪住誰的衣領，跟誰論道理：「陽宅原是生人地，陰陽有分別，她一個孩子撞上你，是你的理虧，怎好魔魘壓著她，要她滿頭暴腫，發寒發熱的不安靜？……你窮了，外頭燒的有紙箔，拎你的一份兒，你飢了，這兒撒的有米和水，吃飽了，就退去罷！」

她們就這樣，一路撒著唸著的，唸出去了。

而我卻傷心的哭起來……

媽也沒在屋子裏，不知她到哪兒去了？一整座古老灰黯的屋子，像是一座寂默無聲的大墳，把我一個人埋在裏面。

我仍然昏昏沉沉的，很想睡，可又不敢闔上眼，一闔上眼，就有噩夢來驚我。有無數光箭來射我，有許多會變化的鬼臉，像線牽的面具似的在黑裏晃盪著嚇我，只有嚶嚶的哭著，才會覺得好受些。

就在前兩天，表姐們還在談著中元節的事，二表姐還紮了好些盞紅白相間的紙燈，說是那天夜晚，要把它們點燃了，放到園後不遠的溪面上去，讓它們一路隨水飄流，好替溪兩岸的游魂照路。如今，中元節來了，我卻被埋在這座沉黯的活墳裏，好像變成一個嚶嚀的幽魂怨鬼了，傷心就傷在不甘願上。

久沒修葺過的花廳，蜘蛛在樑間張了很多的網，那些平常不為人注意的網，都在我的幻覺中放大起來，變成一座一座陷入的迷宮，那樣怪異的張著。那些留在牆壁上的雨跡呢，又都活動著，化成一條條遊竄的綠蛇，朝上吐著火信兒，望著牠們，又駭怕，又有些兒作嘔，媽！媽！……媽怎麼還不來呢？

時辰從沒這般慢過，一分一寸的時辰，都像針尖兒似的戳著我，分不出疼在額頭上？還是疼在心裏？

媽怎麼還不來？還不來呢?!

風搖著窗外的芭蕉葉子，沙沙的，屋子裏已暗得分不清人的眼眉了。燃在我心上的，那一小堆希望的火，越來越暗，都快化成一片片的灰燼了，我這才聽見屋外的石路上，響起一陣急促細碎的腳步聲。

「媽，妳這半天到哪兒去了？」

「嗯。」媽應著說：「我去妳小舅家，替妳把八哥兒的籠子送過去，托妳碧鳳表姐替妳餵養幾天。妳病了，媽要服伺妳，顧不得鳥蟲，怕把牠們餓煞了。」

「門外還有誰？」我問說。

「是我，么妹兒。」三表姐掀起竹簾兒進來說：「聽說妳病了，三個表姐好著急，要我先來看看妳呀！妳說，么妹兒，妳是怎麼了？」

「前晚上呀，我打那邊回來……走過穿堂，不知什麼……落在我額上，我一摸，又沒摸著什麼，頭就疼了，我……我就哭了。」

「這怎會是風邪呢?姑媽。」

「說的是呀，」媽在一邊搓著手：「她大舅媽她們，都一口咬定是中了邪，我有什麼辦法?!幼如她人太小，說又說不清，趙媽還待去替她討符水來喝呢！」

「妳有沒有細看紅腫的地方？」三表姐說：「看像不像蜘蛛爬的?蜈蚣咬的？」

「她疼成那個樣子，」媽說：「雙手死捂著頭，掰都掰不開，我心疼，也不敢看，只替她用熱手巾敷過，她哭說越敷越疼，真把人磨慌了手腳了。」

「您先點上蠟，端過來我看看，我帶了外敷的藥來了。」三表姐說：「也許是遭毒蠍螫著了。」

媽點上燭火，端了過來，三表姐側身垂在床沿上，伸出手指，就著燭光，點了點我腫脹的額頭；我閉上眼，心裏就覺著有一份說不出的寬鬆。

說來也真怪，三表姐一開口講話，我聽著她的聲音，那份兒柔，那份兒軟，那份兒甜甜脆脆的嬌憨，疼痛立時就減輕了一半，即使她用手指點著我額上的傷處，我也不覺著太怎樣疼。

「是毒蠍。」三表姐說：「妳瞧，姑媽，牠螫是螫在這兒，正在眉心上方略偏半指。……您找根針來給我，容我替她把鉤尖兒從肉裏挑出來。」

「我的眼不甚好，」媽說：「看也看不清了。……碧鳳，接著蠟盤兒，我來找針。」

「要是當時看出是蠍兒螫著了，把鉤尖兒挑出來，擠去毒汁兒，再替她敷上藥，我們么妹兒也不會受這許多的苦。」三表姐用手掌摸著我的臉頰說：「如今毒汁兒滲進肉裏，眉眼腫得平塌塌的，罪可受大了！」

「針在這兒。」媽說：「碧鳳，當初我跟么妹兒差不多年紀時，那時見了蠍兒不認得，把牠當著好玩的蟲子，伸手去捏牠，也叫螫過指頭的。——疼是疼，腫是腫，可沒如今她這麼重法兒。」

「那得看是什麼蠍兒，姑媽。」三表姐說：「初生的小蠍兒毒液少，螫著人，也輕些，大蠍兒就重些。妳沒聽說有一種毒蠍，尾巴上有著九個節兒，俗說叫『九節樓』，牠的毒汁兒極多，螫又螫得深，據說會螫死人的……么妹兒被什麼樣的蠍兒螫著了，挑出鉤尖兒就知道了！她不巧叫螫著了頭，又靠著命門兒，要比螫在手指上厲害得多呢！」

「真是的，」媽嗨嘆說：「我是人沒怎麼老，也會慌亂得糊塗了。么妹兒叫毒蠍螫了不知道，還以為當真惹著了風邪，白讓孩子吃這番苦。」

「做媽媽的人，十有八九都是這樣子，」三表姐說：「只因太疼愛孩子了。……姑媽妳替我把燭盤掌得近些，我來替她挑掉鉤尖兒。——么妹兒乖，」她又轉朝著我說：「妳甭怕疼，閉上眼，三姐我只消用針尖兒輕輕一撥就好了……怕嗎？」

「不。」我說。

「那妳就閉上眼呀，」她笑了笑說：「我把針尖兒在燭火上燒一燒，燒了替妳挑。」

我閉上眼，燭光是一面垂下的彩簾子，簾前仍映出三表姐她甜甜淺笑的影子，她的臉湊得那麼近，使我能嗅著一股沁鼻的髮油香。她一面替我挑，一面輕聲的問我疼不疼，那份關切的柔情煮軟了人，即使真的有些疼也說不出口了。

「毒蠍螫了人，鉤尖兒怎會留在肉裏呢？」疼起來，我就換個題目打打岔兒，引著她說話，好像多聽她說話的聲音，疼就會疼得輕。

「好了，么妹兒，妳看，這不是鉤尖兒？」三表姐說：「毒蠍每螫一次人，就會換一次毒鉤兒，凡是螫過人的蠍兒，再螫著人，就會分外的疼。……妳甭動彈，三姐來替妳搽藥水，搽了藥水，就不疼了。」

「什麼藥水，會這麼靈法兒？」

「妳甭管，」她笑說：「先塗了，試一試。」

那真是一種奇妙的藥水，她從精緻的小瓶裏傾出幾滴來，滴在我火燒的額頭上，再用手指搽搽均勻，幾乎立時就覺出一陣極為舒適的清涼，把麻麻木木的疼痛全給驅走了。

「靈不靈？」她問說。

我點點頭說：「真好，搽上去，就好多了！」

她把小瓶兒塞在媽手裏說：「這是大姐她自己調配的，把薄荷片、樟腦末兒，浸在冬青油裏，專搽湯火傷、毒蟲兒螫的，留給么妹兒用，早晚用溫水潤一潤傷處，薄薄的塗上一層兒，最多三兩天，就會消腫了。」

媽接著藥瓶，寬慰的晦嘆了一聲，半晌沒說什麼，她手裏托著的蠟燭盤兒，卻有些兒哆嗦，使蠟淚滾滾的滴落下來。

「怨不得么妹兒這樣戀著妳們，」媽終於說了：「妳們三姐妹，待她太……好了。么妹兒上面哥哥多，姐姐少，有個唸師範的姐姐，卻早就遠離家門，去了貴州，這回住到綠楊村來，她算是享盡了姐姐的關注了！……只是……只是……時局這樣的亂法兒，怕我們相聚的日子，不會太長，只等那邊一有信，我就得帶著么妹兒動身了！」

「媽，妳不是說過，說要走，也帶著碧琴表姐一道兒去晉南的麼？」

「嗐，甭亂插嘴，」媽朝我瞪了一眼說：「小孩子家，要學著靜靜的聽話。」

她又轉朝三表姐說：「碧鳳，我們姑姪女，不是外人，我這做姑媽的，有話也只說給妳聽。上回妳爹送了碧琴的庚帖去，我就覺得她跟幼如她大哥，自幼就投契，真是天造地設的一對兒，她爹說是局勢亂，主張把她哥的婚事緩一緩，誰知這一緩，真的就耽擱下來了……這回，我帶么妹兒來綠楊村，跟碧琴見面不便說，心裏總覺不安，又有些虧欠。」

「姑媽這是妳先提起的，」三表姐說：「不然我這做晚輩的，當然也不好說。大姐那個人，我最知道她，甭看她身子單薄柔弱，心性夠強的，病了，悶了，這些事，她從來沒講過一個字，苦也苦她自己一個人！連我爹也拿她沒辦法……」

「我在她五舅出門時，業已托他帶過信。」媽又說：「問她哥究竟有什麼打算？要是那邊有信來，我就打算……帶碧琴一道兒過去。千里迢迢的，又在難中，總不能用花轎抬，這事，早些時，也當面跟妳爹說過了。」

三表姐急切的搓著一方小手絹，朝媽旁邊挪了挪身子，接著問道：「我爹他怎麼說呢？」

「他說是時局不同了，他心裏也亂的慌。」媽說：「他說碧琴的身子太弱，一直在病著，不能讓她走長途，冒風霜，也不怕婚事再生變化，傷了她的心，主要趁這段日子，先養好她的病，等那邊信來，一切弄定了再說。我呢，也只好等著了……」

「媽妳就不要走，要走，就把三位表姐全帶著。」我忍不住又插了嘴：「只帶大表姐她一個人，路上就不熱鬧了呀！」

「傻孩子，」媽這回沒嫌我多話，反而笑笑說：「逃難了，還顧著熱鬧呢！難不成把綠楊村也裝在行囊裏呀?!好在妳小舅也有朝西去的意思，也許我們湊得巧，會一路去晉南的。」

「妳這陣子有說有笑的，當真不疼了？」三表姐轉過頭，輕輕拍拍我的臉頰，逗我說：「剛剛妳哭過，耳邊的眼淚還沒乾呢。」

「妳們有去放河燈了嗎？」我悄悄的問說。

「放了。」她說：「也替妳放了六盞燈，三盞紅的，三盞白的，也替妳禱告過了。」

我癡癡地望著她的黑眼，一下子就像掉落進深深黑黑的井裏，那裏面有著一扇虛掩的門，推門後，開展著早秋晚上的田野，螢飛著，蛙叫著，楊柳夾岸的溪水在流著，波上漾著星芒兒，碎著銀樣的月光。

我也看見那些紅紅白白的紙燈，一盞一盞的像是浮在月光下的水蓮花，閃閃搖搖的迸出一溪光彩，把三個素心的女孩兒對中元夜的關心和對幽靈的祝禱，收在那光影裏，飄飄漾漾的去遠了……

「甭癡癡迷迷的，儘看我，」三表姐搖了搖我的肩膀，笑著的甜臉越加湊近我說：「告訴妳三姐，么妹兒，妳在想些什麼了？」

「病了，可不好，」我說：「躺在床上，真悶氣死了。三表姐，我明天會好嗎？我的八哥兒鳥，牠們怎樣了？……妳明天還會看我嗎？」

「當然會。」她說：「八哥兒鳥，三姐會替妳按時添食、換水，養得好好兒的。妳瞧，我把什麼替妳帶的來了！」

她從衫子下面，取出一隻小木匣兒，不知是什麼香木做成的，還沒打開，就有著一股撲鼻的木屑兒香。

我把臉朝外微側著，抽開匣蓋兒，裏面赫然出現了三個縫製得極為精美的小布人兒，她們是那樣的小，最多像是成人的拇指，但是衣、帽、鞋、襪都是佔全了的，一件件不同顏色的小衣裳，虧得三表姐她能縫得出，一樣的繡上襟花，鑲上狗牙齒形的滾邊，盤上五花扣兒，脅下還別著小汗帕兒呢！

除了從畫片上剪下的小人頭，從她們的衣裳打扮上，我一看就能分出誰是大表姐，誰是二表姐，誰是三表姐來。我真的從沒看過比這更精緻的小布人兒了，有了她們，我也擁有了一份難得的驕傲。

「喜歡嗎？」她說。

「怎麼不?!」我不停地眨著眼，高興得快要哭出來了。把小布人兒，連同那隻木匣，緊緊的摟在懷抱裏，久久的，久久的，捨不得放開。

「朝後我們也許會分開，不在一起了，」三表姐說：「我想，妳身邊有了這三個小布人兒，沒事打開匣蓋看一看，就會想起三位表姐來的罷？」

「人家才不會忘記妳們呢。」我說，親一下她伸來的手，把滿心的感謝都交給了她。

「我不信。」她低低的說，又緩緩的搖了搖頭：「么妹兒，妳說的只是孩子話，說都是這麼說呀。其實，人要跟人分開了，開初雖然彼此都會記著，日子過得越久，對方的影子也就越淡，到那時，甭說是三個表姐，只怕妳連綠楊村像什麼樣兒，全都會給忘了啦！」

「才不會忘記呢！」我說：「妳偏不信，叫我有什麼辦法？」

「妳要真能不忘記，那就更好了！」三表姐說：「這隻毒蠍兒欺負了小小人兒，讓她中元節沒能跟表姐們一道兒去放河燈！……好在中秋又快到了，我們在一起好好兒的過罷。今夜晚，妳摟著小木匣兒，好生睡一覺，明早上，三姐我再來陪伴妳。」

「妳就要走嗎？」

「不。」她說：「三姐一直坐在這兒，唱眠歌妳聽，直等妳閉上眼，真的睡熟了，我再走。」

我閉上眼，打開心上的瓶塞兒，用來裝著她輕輕哼唱的眠歌。

風濤在遠處響著，線牽的面具似的鬼臉，也不能靠近我，一切的噩夢和驚疑駭懼的幻覺，都躲匿得遠遠的。無波無浪的夢河是一面鏡子，她的歌聲是一條載著花朵，載著星月，也載著甜笑的船，咿咿呀呀，緩緩徐徐的撥著櫓，把我引渡到一片安靜的黑裏去了……

七夕的美麗還沒能消化呢，轉眼又是明月如盤的中秋，綠楊村，以及繫在柳梢上的三個表姐的名字，我真的會忘得了麼？

即使在夢裏，我也曾這樣的反覆自問著呢！

十九　摸秋

早年為了巴望中秋，每夜仰頭看月亮，把頸子都仰得酸酸的，口口聲聲叫著月亮，月亮！妳快些兒胖起來，那月亮是個不怕人催促的慢性子，不到發胖的時候，再喊她也是彎彎的一痕蛾眉。

今年的桂花蒸（中秋前後，有幾天天氣盛熱如溽暑，俗謂桂花蒸。）日子長些，蒸得人有些懶懶的，怕動彈，成天和表姐們躲在廊下的蔭涼裏，看著丹桂開了花，也不覺得秋在哪裏。

「么妹兒，妳甭急，」三表姐說：「中秋早晚會來的，桂花蒸一過，天，說轉就會轉涼了。」

「說給二姐聽，」二表姐也拉我過去說：「妳在城裏，中秋是怎樣過法兒？」

「看月亮，吃供果，」我說：「在院子裏設著供桌兒，供著月餅、菱角、瓜果、黃實仁兒、雞頭和芋頭，還點著好高好高的斗香，一夜全點不完呢！妳也說給我聽，在鄉下，中秋是怎樣過的？」

「也一樣，」二表姐說：「只是花樣多些兒，在花園裏玩月賞桂花，小時候，我們燒完月光紙，也跟著村上孩子們出去，到野地上去摸秋。」

「摸秋？」我說。

「怎麼？妳沒摸過？」三表姐在一邊吃吃的笑。

「她們到哪兒去摸秋呢？」二表姐說：「城裏孩子過中秋，情趣上總不及鄉下，街巷裏人多太熱鬧，反會冷落了天上的團團明月，摸秋叫她哪兒摸去？……我說給妳聽，么妹兒，摸秋才真有意思呢！……」

聽她說起來，真是怪迷人的，一群孩子們，踏著皎潔的月光，她們都穿著新縫製的夾衫子，佩著繡了圓月的汗帕，每人頭髮上，都簪插著一兩枝噴香的桂花，手牽手兒，穿過夾道的綠楊林，到野地的瓜果園裏去偷瓜摘果；中秋正是瓜果大熟的季節，各處的瓜果園裏，都有很多誘人的好瓜果。

按照農村裏世代相沿的古老風俗，平時看守瓜果園的人，為了歡度佳節，讓孩子們滿嚐偷瓜摘果的快樂，都喝得醉醺醺的，睜一隻眼，閉一隻眼，聽任孩子們摸秋作耍，他們並不是一些兒也不管事，只是在和這些偷瓜摘果的小賊，扮演捉迷藏遊戲，互相比賽偷瓜摘果的本領和捉假賊的本領。

「妳明知道看園子的人是跟妳鬧著玩兒，妳也得機伶點，不能讓他們真的捉著。」二表姐說。

「捉著了，會怎樣？」我探詢說：「快講嘛！」

「捉著了，一不打妳，二不罵妳，」二表姐說：「只是妳衣兜裏的瓜果，就不再是妳的了！那看園子的人，還會把妳牽到場子中間，拍手打掌的，把其餘的躲在暗處的小賊們全請出來，罰妳當眾唱歌啊，說故事啊，說顛倒話啊，唸繞口令啊，真夠害羞的。」

「妳看，小么妹兒，妳看妳二表姐臉上泛紅了！」三表姐打趣的說：「當初她帶我去摸秋，一摸摸到後村李二拐子的園子上，那李二拐子原就是個孩子王，事先和他的孩子商議妥了，設計要捉住我們這些賊，還跟他孩子說：『這回定要捉個小女孩兒，唱得好聽些！』……妳問他們捉住了誰？還有誰？……就是妳二表姐！」

我們拍著手一笑開來，二表姐不但是臉，連粉白的頸子和耳根都紅了，嗔著白了三表姐一眼說：「還好意思笑呢！不都是妳害的。」

「二表姐，妳怎會被他們捉住的？」

「問她啊！」二表姐說：「我們也是初次摸秋，不知道選園子，也不知李二拐子父子倆最會捉人，就結夥兒拔開籬笆爬進去了，我一路交代碧鳳，要她閉上嘴，莫出聲，……那時她比妳還小，最愛惹麻煩，帶著她，比帶著秤鉈還要累贅。人家進了園子，都忙著摘瓜果，她卻嘀嘀咕咕，一股勁兒說話，一忽兒，說頭上簪的桂花掉了，一忽兒，說襟上別的帕兒丟了，給些瓜果給她，她不要，伸手指著大月亮，鬧說要回家吃月餅……就因她這樣，李二拐子的孩子聽著了，就戴著紙糊的羊角帽子，扮成一隻大白羊，咩咩叫的跑過來，別的孩子一嚇，都跑掉了。我拖著她，跑不動，才叫捉住的！」

「那妳一定被罰唱歌了罷？」

「她不肯唱。」三表姐說：「李二拐子把她牽到麥場上，挑起一盞柿子燈籠，大聲的喝說，捉住摸秋的小小人兒了，好多人都圍來看熱鬧，她怕羞，怎樣也不肯開腔，最後叫人逼不過，才說了顛倒話。」

「顛倒話是怎麼說法兒？」我問說。

「就是把話顛倒著說。」二表姐說：「記得那天，我說的是——

八月十五月黑頭的晚上，
滿天的月亮一顆星，

我們趕了五里黑路，
到李二叔的張家瓜園摸秋，
乾葫蘆灌在風裏，
狼喊鬼叫的說人話，
聾子聽見有人在園裏，
瞎子說他看得真亮亮的，
推跛子跑去捉人，
跛子跌一跤被瓜給拖住了，
他摘了瓜說是人頭，
說那被摘了頭的嘴張瓢大的哭
——在那兒喊疼呢！」

她說的越是正經，我笑的越是厲害，腸子笑得在肚子裏打滾，吸氣好像吃涼粉，直等眼淚笑出來，嘴裏不笑了，渾身還在笑，笑得一抽一抽的。

「真有趣！」我說。

「有趣的事情還多著呢！」三表姐回憶地說：「那時候，我們摘了些老荷葉戴在頭上，在月光下，賽著疊瓦塔，看誰疊得美，看誰疊得高？——玩這些，我們都玩不過大姐。疊好了塔，就在塔上點起瓦子燈來，一盞一盞的映著月亮光，飄逸得像在雲上似的。那時刻，沒唸過什麼愛月夜眠遲的詩句，只會唱一些有關月亮的童歌，像什麼：月亮走，我也走，我跟月亮提花簍……月爹爹，月奶奶，給幾錢，給我們小孩兒作買賣……」

「夜深人靜的時候，」二表姐說：「送月的鞭炮響了，這裏那裏響成一片，又有鑼聲鼓聲夾在裏面，我們一聽，就知鄰村的孩子們舞草龍來了。」

「跟城裏舞龍不一樣嗎？」我說。

「不一樣，」三表姐說：「城裏舞獅舞龍，全是為替新春添熱鬧，好些成人聚成班子，鑼鼓喧天的耍著；舞草龍呢，是鄉野地上孩子們，賀月才玩兒，最富童趣了。妳想想，碧水似的天上，一輪明月滿照著，村路邊，麥場頭，到處全嗅得著一股成熟的秋氣，三五個赤著腳的孩子，大的才十來歲，小的五六歲，他們拎著拜月的圓燈籠，打著一兩支火把，帶著一條用麥草紮成的龍，他們沒有全班鑼鼓，也沒穿什麼綵衣，他們有時候，敲打的是人家不用的破鑼舊鼓，有時候，只敲打著小銅盆和粗碗……」

「有時候什麼都不敲打，」二表姐說：「他們只是用嘴唱出敲鑼打鼓的聲音，把草龍舉在月亮地裏，哈哈笑著的走來走去。」

「哎，二姐，」三表姐突然想起什麼來，說：「這有兩三年了罷？……再沒見過耍草龍了！」

「嗨，」二表姐嘆說：「也不知怎的，只覺節氣越過越不如前，慶節的氣氛也淡了！早年摸秋，疊瓦塔，耍草龍的孩子，早都長大了，……也許近年內年景差，局勢亂，如今的孩子們，都比不得當年了……！」

嘆是這樣的嘆著，表姐們慶節的興致，卻一點兒沒減淡。早幾天，管家老陳就騎著牲口出門，到幾十里外的鄰鎮上去，備辦慶節的東西，買來比人還高的斗香（**大盤旋如螺殼狀的一種粗支長香**），兒臂粗的大蠟燭，成袋的芋頭、菱藕，和新鮮瓜果，茶食什麼的。

三表姐捏了許多麵兔兒，用紅豆和黑豆嵌成眼睛，可愛得使人只願意把玩，卻不忍心吃牠們。

「每年慶節，供桌兒都設在後園裏，」二表姐跟我說：「今年中秋節，難得姑媽跟妳都在這兒，我們自己做了桂花糕和月餅，那晚上，也請姑媽來這邊，……我們來把花園打掃打掃罷。」

二表姐拖著竹掃帚，我端著細篾的小筐籮，筐籮裏放著修花的剪兒，一隻小畚箕兒。穿過條條花徑，走向花海深處去，從沿牆的剪秋蘿開始修剪，她剪修花木，我打掃剪下的花葉兒，傾在筐籮裏。

這朵花又開了，那朵花又落了，二表姐她就有這麼細心法兒，攏起裙子蹲在花前，彷彿那些花朵都是她所熟悉的人臉。

「年怕中秋，月怕半，」她細聲的自語說：「眼看著，秋色一天一天的老，這一季花，過了中秋，又開過……去……了！」

「八月菊不又接著開花了嗎?」

「不是菊，」她說：「我是說這塊圃裏的秋牡丹和山茶，沒覺著似的，花季就快過了。……么妹兒，妳該是一朵『四季花』，打妳來後，我們愛花的心，全都分在妳身上了呢。」

她這樣說著，用她的黑眼靜靜的望著我，她眼裏，也有著看花的神情。那種沉靜的溫柔是醉人的，儘管我不能解得那眼神裏，究竟有多少關切，多少愛意?但我開敞著的童心，卻能容它流進我的心底來，化成如今的這一份懷想……

也正因當時不能解得，便任它像風似的拂過去了。

還是拿起掃帚打掃園子罷，半老不老的秋景夠使人留連的，秋蝶看起來也比春蝶老，牠們在花上翔舞的樣子，帶著些兒僵硬和沉遲，遠不及春蝶那麼活潑輕盈；蜻蜓呢?也老，牠們雖仍到處飛著，可是那翅膀，那顏色，都叫秋風吹得有些兒憔悴了。

天並不甚涼，風也是溫寂的，桂花蒸已經蒸過去了，一樣像是夏天，只不過有一絲秋的沁涼，躲匿在滿園子的秋色裏面。也許只有掃園子的人，和蜻蜓，和蝴蝶，才能知道罷？

掃著掃著的，掃到花徑旁的石鼓兒邊，我就橫著掃把坐下了，不是倦，不是累，也不是想坐著歇歇，不知為什麼，竟會呆呆的坐在那裏。

天，不知是不是被秋風吹高了，推遠了，連雲片也顯得分外的高邈，不光是雲白，天色也比早些時刻藍得多，像一匹新染過的藍布，飄飄飄飄的一片葉子，又一片葉子，黃裏帶著褐色染暈的圓斑點兒，游魚似的，不知從何處飄落下來。我認得出，那是細細長長的柳葉，最先打扮了迎春的楊柳，已經在脫去它們的春夏的碧綠衣裳了。

……中秋本是團圓節呀，這聲音從空空的藍裏滴下來，不禁使我想起城裏的老家來了！有幾年的中秋，是在爹的膝上過的，總用那種蒼老的聲音，講吳剛伐桂的故事，講的人耽心吳剛，聽的人卻耽心那棵桂樹，看那亭亭如蓋的影子，想像出它比後園裏的古木還要高大，恨不得飛上廣寒宮去，把它移下來，重植在庭院裏，也好讓它不受叮咚的斧伐，也好讓滿城的人都聞一聞天上才有的桂花香……好像每年每年，月亮都從東南角，小樓和南屋連接的缺口兒處露出臉來，——人和月，都是一般的露著久別重逢的笑容，接著是安慰的，又是慨嘆的！

「嗨，又是一年中秋月圓了！」

那餘音還在耳邊響著呢，情景卻依稀如夢了。我從來不知道晉南在哪兒，它只是一個勾不起想像的，空空洞洞的名字，一個空空洞洞的名子，竟能把爹和大哥裝在裏面？就算想不通罷，也夠奇怪的。

「么妹兒，這回可甭逞能了罷，」二表姐從我手上取過掃帚說：「瞧妳，累成這個樣！人小，力不足，虧妳能掃得這一角園子。」

「人家還沒累，真的。」

「還說不累呢，」她說：「妳還是去屋裏，找妳三表姐討盆水，洗臉擦手去，妳幫我幫得夠了。」

一離開秋色撩人的園子，我就把剛才那些積在心裏，像一堆落葉似的追念掃盡了，我在這兒度過最美好的七夕，當會能度過最美好的中秋。進到後屋，我就一路叫喚著三表姐：

「三表姐，妳在哪嘿？」

「嗳，」三表姐應說：「這邊來，我在這兒開箱子，取窗簾出來曬呢。」

她在繡房對面的屋子裏，打開兩隻包銅角的大木箱子，取出一些比較厚重些的深色的門簾和窗簾來，那是秋冬季節換用的。

「中秋還沒過呢，」我說：「妳就換上它們，不讓月亮進屋來麼？」

「我們這些屋子，每年總是中秋一過就換簾子了！」三表姐說：「月色也只中秋好，過後就會顯得又冷又淒涼，冷冷白白一層霜，望著了就有些兒輕怯，輕寒。……趁這節前好太陽，先抖出它們來曬一曬，過了節，就好把它們給換上。」

「三表姐，」我說：「妳也怕看又白又冷的月亮麼？看來妳是頂快活的人。」

「真的，」她說：「我倒不介意，妳大表姐和二表姐都怕看，也怕在寒夜裏聽見雁聲，有時大雁橫空叫過去，她們就會手捏著花針發起呆來。白天不怎樣，夜來時，總是拉起簾子，讓屋裏顯得暖和些。」

「好半天沒見著大表姐了，她去哪兒了？」

「哦，她剛剛還在這兒，是她告訴我要曬窗簾的。」三表姐說：「她說她這幾天忙節事，身子有些乏，約莫回房去歇著去了。」

「大表姐她……她不會又發了病了罷？」我怯怯的說：「這兩天，我聽她好像喘得厲害些。」

「不會的。」三表姐說：「中秋前後，正是天高氣爽的時辰，也不是發病的時候呢。」

也許是我想錯了，直至中秋那一天，大表姐都還是好好兒的。小舅親去那邊，把媽央了來吃晚飯，大表姐跟媽在一道兒，親親熱熱，有說有笑的，一點也沒有發病的樣子。晚飯後，三表姐忙著在園子裏設供桌，大表姐也在一邊幫著點香蠟，插瓶花呢。

那天一天都很晴朗，到了黃昏後，天頂卻積了一些沉重的，睡羊般的捲雲，晚風吹不上高天去，那些討厭的群羊，就一直睡在天上。

長廊下搬來好些張椅子，小舅家的闔家人——連平素不踏進後屋的管家老陳，光頂廚師老王，陳嬸兒，都聚在一道兒等著賞月。

花園右角上的那株丹桂樹，今晚上被好幾盞燈籠圍繞著，綠葉黃花，星星點點，有著傲視群花的味道，也不怪的，桂花的香氣，愈到夜晚愈濃，即使隔著那麼遠，長廊上仍滿浮著它的香息。

雖然沒能出門去摸秋，沒能疊瓦塔，點瓦子燈，也沒有看見舞草龍，只是坐在表姐們的身邊等著月亮，這中秋的氣氛，也已夠我品嘗的了。

我身上穿的新衫褂，新鞋襪，都是大表姐她不聲不響的替我預備的，事先我一些兒都不曉得，所以一換上身，從心眼裏就覺得從裏到外都新鮮。上身的夾襖兒是淡紫的碎花緞的面子，毛絨的裏子，有著一道粗粗的黑滾邊和精緻的盤花扣兒；夾褲是黑直貢呢做的，蹲下坐下全不起褶兒；白洋襪兒是她托老陳上鎮去買的，趕夜替我上了襪底，又繡了好些蝴蝶和花朵在上面；鞋是大紅素緞的，鞋頭綴著金橘大的黑絨球，穿上它，我簡直不願意多走路了！當大表姐替我換衣裳時，我高興得幾乎哭出來。

這也許就是她嚷乏的緣故了。

二表姐送我一支銀卡攏兒，一朵鵝黃的千層繭花，三表姐送我一方絹帕兒，繡一輪圓圓的月亮在帕面上，又著意的替我梳理打扮，搽得我遍身香，看來真像個小大人了。真個兒的，即使在城裏，逢年過節，我也沒這樣的打扮過，我想，等早年照過我的中秋圓月昇上來，也會多看我幾眼的罷？

月亮還沒有破雲昇上來，供桌上的斗香已落下好一截兒灰了，遠處有一些吠月的狗在叫著，也有一些零星的爆竹聲，恍惚遠在雲外似的。

「三表姐，妳看，」我跟坐在一邊的三表姐說：「天上的雲好厚，星星都不見眨眼了，月亮還會出來嗎？」

「風會把雲吹散的。」她說。

「妳朝東邊看著罷，」二表姐說：「隔不一會兒，月亮就要起暈了。」

我只好一本正經的坐在椅上等著，聽小舅跟媽在閒閒的說著家常話；說起很久很久之前的中秋，她沒嫁，小舅仍是孩子時，怎樣去摸秋、疊瓦塔、燃兔兒燈拜月的趣事，也說起死去了的小姨姨；有墨色的情境從他們的話裏流出來，點點滴滴的，展佈成一些暈痕，就好像夜空中的團團睡雲，有著一份抓不住的哀感。

管家的老陳夫妻倆，和微帶醉意的老王，都在月亮沒起暈的時刻就告退了。當媽跟小舅一經沉默下來的時刻，長廊上只有一片靜，使人聽見風和花葉的低語，以及欄杆外蟋蟀的蟲吟。

「月亮怎麼還不出來呢？」我又扭頭去問大表姐。

大表姐今晚上很少開口說話，悒悒的，也不知在想著些什麼？

斗香又落下一截兒灰，天上的雲越來越厚，連雲縫都快叫擠沒了。

「妳甭急，么妹兒，」大表姐她把椅子移過來一些，偎著我，握住我的手說：「天上總有雲遮月，要等雲散了，月亮才會放光呢。」

「這些雲，也真是惹厭，」三表姐說：「一整天，原都是晴晴朗朗的，偏偏到了晚上，弄了些雲來掃人的興頭，看樣子，月亮真的不會出來了。」

「月亮還是會出，」二表姐說：「只是隔著雲，讓人見不著月光罷了，我們先來燒了月光紙罷。」

月光紙是一疊疊半透明的水棉紙做成的，紙面上印著些不同的墨色板畫兒，有的是吳剛伐桂，有的是麋鹿啣芝，有的是玉兔拜月，有的是廣寒宮闕。二表姐就著燭光，點燃了它們，融融的紅燄飄騰了一刹時，寂滅了，紙灰化成一些撲逐的灰蝶，的溜溜的飛旋著，籠一份迷離，裹一份輕靈，真的飛上天去了。

我們等來的不是團團明月，卻是一場輕寒的絲雨。

不見明月的中秋夜，彷彿是一片壓在人眉上的黯影，忙著收拾燈籠，把供桌移至廊下來，將整個花園子都交給那場不及時的絲雨了。

「大姐真是想得周到，」三表姐說：「等明兒，天會轉涼，正該換簾子了。」

星光也隱匿之後，滿園都落在無邊的沉黯裏，連閃灼的老火螢兒也飛進廊下來避雨，風從雨中走過，也沾了一身寒意，珠串簾子抖抖索索的在身後拍擊著，不知又有多少朵秋花，將含著雨淚，落在這座園子裏，讓秋色老得更匆匆……

「有風，有雨，我們真的看不見月亮了！」我懷著一心的惋嘆說。

「有風，有雨，」大表姐用極細的聲音幽語著：「有風，有雨，也是中秋。」

沒有人回答她什麼話，連秋蟲的淒吟聲也逐漸的聽不到了，滴瀝滴瀝的簷滴兒，卻滾上了階前的冷石，大表姐緩緩的，無聲的嘆了一口氣，幽幽唸說：

「自在飛花輕似夢，

無邊絲雨細如愁……」

那語音，那幽韻，很像簫，我頓然明白了，不是簫聲淒切哀怨，空虛縹緲，原來碧琴表姐的心眼兒裏，本就有著這樣的聲音……十九年的繡閣生涯，只是那聲音的顏色，——愁愁悒悒的繽紛罷了。

二十　光和影

真的會忘記麼?碧琴表姐就是那天病的。

也是頭一回,我看見她嘔血……

那是雨冷風寒入更的時候,賀月的斗香燃去好幾圈兒,雲沒退,雨沒停,盤盤圓月再不會出來了。媽說雨屑兒霏霏的掃進廊下來,秋涼襲人,怕表姐們和我涼著了,要我們回後房去。

「時局說亂就亂下來,」媽這樣說:「今年暫住在家裏,團團圓圓的慶節,談談今,說說往,該是多難得?!……到了明年中秋,天南地北的,浪頭不知會把人打得多麼遠!……妳?妳怎麼了？碧琴……」

媽吐出這樣驚問時，碧琴表姐正手扶著繡房的房門框兒，在成串的珠簾前站著，一陣陣的蹙著眉尖，但她頰邊仍然掛著習慣的笑容。

「我……我沒怎樣，姑媽。」她徐徐的說，笑容更深些了：「只略略有些乏，歇會兒，會好的。」

「要歇，就讓碧鳳扶妳回房去，躺著歇，不要再像孩子似的，癡等著月亮了。」媽說：「妳身子太單薄，不該背著人，挑燈熬夜的，替妳么妹兒趕縫這套衣裳，敢情是累壞了！」

「我就……回房去，不用攙扶。」大表姐說：「姑媽，妳也該帶么妹兒，早些……歇了。」

「讓姑媽她再待一會兒罷。」小舅說：「外頭正落著雨呢。……碧琴，妳的臉色不甚好，自管先歇著去，碧鳳去取把紙傘來，等歇好送妳姑媽……」

碧琴表姐沒有動，她微張著嘴，嬌吁吁的喘息著，額角微沁著汗光，她的臉色是那樣的變幻不定，一陣白起來白如紙，一陣紅暈湧上來，又豔得像是霞，兩眼水汪汪的，泛出一種奇異的光彩；在這一剎的時辰，她有著難以描畫的美豔和醉人的嬌媚。

忽然地，她泛起一陣半痙攣的咳嗽來，咳得比往常要激烈，她閉上眼，嚥了一口什麼，強忍著沒吐出來，這樣定了定神，復又睜開眼，望著她面前的人，張嘴想說些什麼，但只動了動嘴唇，還沒發出聲音來，就急忙的摘下襟間的絹帕把嘴給捂住了。

誰都看得見，一塊逐漸擴大的鮮紅滲到帕背上來，兩個表姐急趕過去攙扶著她，媽也有些手足無措的，搶過她手上的絹帕替她擦抹餘血未盡的唇角，理開帕子就燈看，帕心裏赫然是一塊鴿蛋大小的血痰！

「這……這可怎麼好呢？碧琴這……孩子，」媽慌亂得流下淚來說：「年輕輕的，一朵花苞似的女孩兒，怎會的？怎會輕易嘔紅的?!」

「不忙扶她回房。」小舅說：「先扶她在椅上靠著。碧鳳，妳快回房去取個軟枕來，讓她靜靜的歇一會兒，緩緩氣。」

大表姐叫扶在一張太師椅上靠著，在那盞鏤花的大垂燈的燈光下面，她臉上的紅潮緩緩消退了，從額角到兩頰，呈現出一片疲弱的純白色，玉似的，找不出一絲斑痕。

她的兩眼仍然半閉著，眼窩略顯凹陷，從她不時眨動的長睫下，仍看得見一線星星閃亮的眼眸，使人覺出，在嘔血後，輕微的暈盪和過度疲乏之中，她仍抱有一絲清醒。

「枕頭，大姐。」三表姐抱來香花軟枕，這樣叫喚她時，她聽見了，發出模糊不清的嗯應聲，掙扎著略抬一抬頭，讓三表姐把軟枕墊平在她髮後的枕背上。

二表姐取來暖瓶，替她倒了半杯熱水，說要讓她嗽嗽口，去一去嘴裏漾著的血腥氣，但還沒端過來，就被小舅搖手止住了：

「先甭驚動她，妳還是去取床小褥兒來，替她掖上，不讓她受寒。」

二表姐臨動身，小舅又叫住她，叮囑說：

「妳順便拎盞燈籠去前院，關照老陳立即備牲口，到南鄉去接醫生，就說大姑娘她舊病又發了，央醫生帶藥箱兒過來，開方配藥，讓她服。」

「我曉得。」二表姐應著，挑簾子退出屋去。她急促細碎的腳步聲消失後，只留下一片沙沙沙的細雨，鎖著一屋子空空的靜寂。

條案正中的大八音鐘，恰在這時候噹噹的打了十一響，告訴屋裏的人，離開子夜只差一個鐘點了；八音鐘的鳴聲是很美妙的，精緻柔軟又空靈，但也帶著些無可奈何的悲涼意味，和雨聲、簷滴聲，廊間的風聲帶來的秋意融和在一起，壓在人的心頭上，有一種曠曠的寒冷。

究竟是那一口鮮紅驚駭著我了呢，還是自己太睏倦了呢？總覺得眼前的一切，無論是廊外的風雨，這古老沉黯．佈設精緻的屋子，小舅、三表姐、大表姐和媽的臉，甚至是條案上的帽筒、膽瓶、立屏、水仙盂、八音鐘、板壁上的字畫兒，房門間的珠串簾兒，頭頂上的雕花大垂燈，……都在飄浮，在飄浮，在飄浮……

也許那只是一剎癡迷的幻覺罷？

但那感覺一直盤旋著，鏤花吊燈的燈焰搖閃，被放大得有些奇幻的燈外護罩的花影，或左，或右，或上，或下，在壁上，在樑間，也在旋轉著，搖閃著。

我曾連連眨動眼睛，想把這些浮盪的，旋轉的，搖閃的光和影，人和物，——隨便哪樣我眼裏能見的，用某種深深的不瞬的凝視，把它們抓緊，把它們固定住，而那是徒然的。我非但不能抓緊它們，固定它們，而且越是睜大眼睛望它們，它們浮盪得越兇，旋轉得越快，搖閃得越烈，飄漾飄漾的遠了。飄漾飄漾的又近了，一忽兒變大變大變大，像扁扁的磨盤，一忽兒變小變小變小，像圓圓的豆粒。

它們，那些奇幻的光和影，人和物，魔似的牽著我浮盪，打轉，搖閃，在雲中，在風裏，在水上，帶給我從沒經歷過的怪異的暈眩。

雨聲是些食葉的秋蠶，八音鐘鳴響的餘音仍然嬝嬝的繞室迴

盪著，那是些什麼樣的，破空而來的聲音呢？它像是一些柔甜的輕語：

……我不是要葬花，是覺著這些花叫風雨打落了，爛在地上太可惜，要把它們撿起來，放在方磚地上曬乾，做香囊兒，填枕頭。

……乾花瓣兒做枕頭，比鵝毛、鴨絨的枕頭更好，又輕，又軟，又有一股子香氣，可就是很難撿夠那許多落花，妳想，要多少朵花，才能做成一隻枕頭呀?!

聲音寂落下去，又變成嬌婉的低吟：

……杜鵑無雨正黃昏，
荷鋤歸去掩重門，
青燈照壁人初睡，
冷雨敲窗被未溫……

不，那不單是這樣的低吟，那裏面還有一種徐緩的低咽的洞簫聲，吹的是秦少游的〈江城子〉：

……西城楊柳弄春柔，
動離憂，
淚難收。
猶記多情曾為繫歸舟，
碧野朱橋當日事，
人不見，
水空流……
韶華不為少年留，
恨悠悠，
幾時休？
飛絮落花時候一登樓，
便做春江都是淚，
流不盡許多……愁……

而最後的聲音又變成媽的了：

……年輕輕的，一朵花苞似的女孩兒，怎會的？怎會輕易嘔紅的？

我用力的搖著頭，從聲音展佈成的魔境裏走出來，兩眼在青黑色的幻影中一花，忽然又看見那一方染著鮮紅的絹帕，變成一隻那天引我攀到這邊園子裏來的大彩蝶，穿裙子的大彩蝶，美得迷人的大彩蝶，不知是什麼妖魔變成的大彩蝶，雙翅上馱著那一口綺紋漾動的鮮血，像紅琥珀一樣，招搖招搖的飛著。

忽然又覺那不是什麼鮮血，不是什麼琥珀，而是一個絕頂聰慧但又悒悒所愁的女孩兒的心，一朵由十九年青春拼成的紅花，那樣的，那樣的，在抓不著，繫不住的絕望中，飛走了！那柔語，那低吟，那隨風幽咽的洞簫聲，也都跟著飛走了！飛走了！……

這是怎樣哀淒的一個邈遠的傳言？怎樣悲涼的一個湮黃的故事？在那些街坊流傳著的水紅紙封面的唱本兒裏，什麼什麼記，什麼什麼緣，唱它們的人叼著煙，吐著霧，聲音也軟軟沉沉的，像害著一場小病，雖是那樣的小病，卻纏綿了若干若干代，若干若干年……也在那些人們總愛張貼著的五彩年畫紙上，祝英台和梁山伯，巧織女和牽牛郎……尋夫的尋夫，哭城的哭城，弔孝的弔孝，望門的望門，攔轎的攔轎，跪堂的跪堂……當然都是美的，美得哀淒，美得迷人。很多迷愛年畫的女孩兒，都會哼著梁祝哀史的插曲兒：

「春光明媚百花開
萬紫千紅遍瑤台
滿目穠華關不住
且趁春光品花來……

鞦韆架上祝英台
獨處深閨意難挨
描龍繡鳳心不定

且盪鞦韆暢胸懷……」

誰沒被這些傳說，這些故事，深深深深的迷過呢？焚起沉檀來，不懂在嬝嬝煙篆中找尋軟得生了病的歷史傳言的，不是中國的女孩兒；打開卷頁來，不為孟姜女、趙五娘、秦雪梅、林黛玉流淚的，不是中國的女孩兒；不替滾釘板的怨婦著急，不為攔轎呼冤的義女懸心的，不是中國的女孩兒；不懂得垂眼低眉繡花繡朵，不願意愛花惜鳥，伴柳玩月的，也不是中國的女孩兒！……

誰這樣說過的呢？是大哥！對了，大哥他就這樣說過的。我七歲，七歲就已經在這樣一隻翡翠色的魔瓶裏，在一片煙迷的綠柳叢中，在遍地花落的大園子裏，染上了一些些這樣的軟病了，我不也跟表姐們一樣的，迷著七夕？迷著中秋麼？

這不會是真的，怎會呢？這只是一個傳說，一個邈遠的故事，已經結束在曠野上那座花開柳繞的小墳裏。

我心裏知道，小姨姨就是小姨姨，大表姐就是大表姐，她們不但是兩個人，而且還是兩代人。但也沒辦法，兩個人的白白又透明的影子，總是在我眼前重疊著；那額髮，那眼眉，那笑容，那唇花，那牙齒，全都重疊著，分不出前後，也辨不清距離……甚至連她們的書齋和臥房，一切的東西，也都在我印象裏重疊著，——好可怕的一種重疊，彷彿真有妖魔在作祟，存心預示著什麼……。

那些光和影，人和物，仍然牽動著我，我再不是小么妹兒，也不是白磁娃娃，只是一陣穿簾的風，一片失重的雲，一彎生寒的流水，經過綠楊村，走向未來去，誰知在未來的日子裏，我將遇上什麼？學得什麼？

至少，在今夜，我心裏抱著一個祈盼，祈盼那些古遠的哀淒的故事，像小姨姨那樣的故事，不要再落在碧琴表姐的身上了！

媽問了小舅幾句話，全是關於大表姐的病情的：

「姑娘家，不過廿歲就嘔血，很危險的，她早先一有這樣情狀，你就該送她進城去醫。」

小舅嘆著氣：「碧琴這孩子，自小就嬌縱慣了，事到如今，我不得不說。打她的庚帖送出去，婚事耽擱著之後，她就發誓再不進城，這話她雖沒跟我當面說，我卻知道。……大外甥兒去山西，她才嘔血的。每回我跟她提，要她進城去醫病，她總搬出一堆話來，轉彎抹角的推搪，又說她只是牙花兒破了，再不就是喉管乾裂了，壓尾她說不信西醫，……她的性子是這樣，柔起來最柔，拗起來可真拗，說死說活，偏就不肯進城。」

「有你這樣放任的爹，」媽的話頭兒丟下來夠重的：「才會有碧琴這樣的拗孩子，她要是早進城，住進醫院去，絕不至把病拖成這樣子了！」她忽又頹喪的說：「如今還講這些做什麼呢？……城，已經在火裏淪……陷……了！」

「大姐她醒了。」三表姐在一邊說。

這一聲招呼，總算替受窘的小舅解了圍，媽也勒住話頭不再說下去了。

大表姐她真的醒轉了，兩眼雖然仍闔著，嘴裏卻發出一些夢囈般的呻吟來，彷彿仍在斷續的唸著方才她唸過的詩句：

「自……在……飛花……輕……似夢……
無邊絲雨……細如……愁……
細如……愁……」

「要水麼？碧琴，」媽又重新倒了杯熱水，端過來說：「喝口水，把嘴漱漱。老陳業已替妳去請醫生去了，不一會兒，醫生就會來的。」

又隔了一忽兒，大表姐才睜開眼，大夢初醒似的，望望這，望望那，最後才一直望著媽的臉，歉然的露一露笑容，虛弱的說：

「姑媽，……妳還是帶著么妹兒，回去安歇罷，……我……沒什麼，真的……沒什麼……」

她一面斷續的說著話，一面朝空裏抬了抬手臂，輕輕擺動著手，一隻翡翠的鐲子從她手腕間朝下滑，跟著她的手臂搖晃，這我才發覺，她雪白的腕子比夏天更加消瘦了，又顯得那樣虛浮無力，彷彿連她身邊沉凝的空氣都推不動了！

「碧琴，好孩子，」媽見著，又滴下淚來說：「妳是極聰慧的女孩兒，不要再這樣的要強，說話哄著自己了！妳心裏怎樣不舒坦，有什麼話，千萬甭悶著，該說，就說出來，若不是長年受鬱，絕不至嘔血見紅的。」

大表姐聽了話，又閉上眼，搖搖頭，黑黑的睫毛間，擠出兩粒晶瑩的淚來。

「真的……沒什麼，妳看，我這不是好了嗎？」

「全是傻話。」

「真的，我一直也沒覺著病呢。」

「更是傻話了！」媽伸出手去，無限輕憐的替她攏了攏披散的頭髮：「妳的病，該早些養好，前些時，我還跟妳爹提過，……照姑媽心裏的意願，實在想帶妳去晉南，妳……妳早該飛出這座園子的。」

媽只顧這樣誠心的絮絮的說著，不知何時，碧琴表姐的兩眼又睜開了，睜得很大，眸面上漾著一層潮溼發光的淚水，只是沒再流下來，這樣，使她美麗的黑眼，變成蓄著淚的池子。

她那樣眨也不眨的，望著鏤花垂燈飄搖的燈穗兒，又彷彿透過了燈穗兒，望著空裏看不見的什麼？過了好一會，她的眼神轉黯了，像是迷茫多雨的黃昏，逐漸地，逐漸地垂落下去，睫毛關不住又是兩行清淚。

「甭再為我操心……了，姑媽。」她說。

說完了這句話，她就再不說什麼了。……甭再為我操心……了！她說這話時，兩眼直直的凝望著媽的臉，沒有一個字，不是那樣冰寒冰寒的，透著一股不吉的暗示，彷佛暗示著，她也將歸入那一類的美麗哀淒的故事。

隨後，二表姐領著陳嬸兒進屋，大夥兒都動手，七手八腳的，把她連椅子抬回房去。

那一夜，我的記憶是零亂的，比渾噩的夢境還要亂。只記得，好幾盞煤燈點燃在她的臥房裏，都是有罩帶笠的那種，有著淺綠色磁笠的那一盞，放在她床頭方几上面，燈笠微斜，圓光籠在一隻方盂的盆景上，方盂清淺的水裏，昇起一座仙靈的白石山，山多奇峰怪石，孔窿玲瓏，有徑，有級，有橋，有塔，有廟宇，有人家，全是彩磁做成的，近水的石孔間，生長著飄帶似的夢蘭，和一些極為細小的藤鬚。

透過燈笠的綠光，包著些玄幻的磁水紋，灑在大表姐安靜的白臉上，她的眼偶爾會睜開，又像望什麼，又不像望什麼，那一池瀅亮的秋水，也不漲出來，也不乾涸，有時轉向窗外去，像在等著摘取雨後的圓月，雲後的星光。

另有幾盞燈，都捻得亮亮的，放在大表姐妝臺上，一忽兒端來，一忽兒端去，有一盞燈放上了煮物架兒，架上的一隻有柄的鍋裏，燉著何首烏，一直在細聲細氣的吟叫著。

我也記得，當時我是如何的睏乏，眼皮兒是那麼乾澀，眼睫毛上又彷彿黏了膠，睜著發疼，閉上又不甘心；媽和兩個表姐，裏裏外外的忙得團團轉，再沒有誰肯理會我；我呆呆的站在被櫥角落上，看著那些迸著七彩暈環的燈燄，和那些高大得伸到承塵上的黑黑的人影子，有一盞燈，就有一個人影，深淺顏色和遠近大小，都不相同，帶給人一種雜遝，混亂，渾沌的噩感。

「醫生來了！醫生來了！」

進來的醫生不像醫生樣，是個瘦猴乾兒似的小老頭兒，留著一撮七彎八翹的山羊鬍子，幾根白，幾根黑，又夾上幾根灰黃。

醫生替大表姐切著脈，屋裏，院子裏，又來了不少人，大舅媽、二舅媽、馬臉的趙媽都來了，剛捏熄了放在牆角的燈籠，吐出一股焦臭的油煙氣，很刺鼻，很難聞。

在木床的雕花護架外面，圍列著一圈兒人臉，有一些臉很沉重，有一些帶著擺不脫的輕恐和神秘，不時竊竊的議論著什麼。

醫生看完了脈，出來開藥方兒，小舅問他：

「碧琴的病勢怎麼樣？」

那個搖搖頭說：

「能熬過秋天，也許有轉機，先按著新方兒配了藥，多吃幾付

再說。」後尾兒他又說：「她體質實在太虛弱，平時不妨把鬚參、梨膏、何首烏和藕粉多備些兒，讓她補一補。」

要我怎麼說呢？碧琴表姐嘔出的那一口鮮紅，吐亂了那一年沒見月亮的中秋，夜越朝深處走，魔性跟著就越濃，把我深深的陷在裏面，許多腳步，許多人影，許多不同樣的鞋子，就那樣的，那樣的繞著她那張仍然是美麗的白臉。

究竟是什麼時候回去睡覺的，我已經很難記得了。三表姐拎著一盞燈籠，又拿著一把傘，媽把我扛在肩頭上走出去，雨已停了，天上仍看不見月亮，只有一絲絲透過雲縫的月光，像一灘打爛了的碎碗磁。

我躺到花廳裏的床上時，恍恍惚惚的，好像躺在一片寒冷的雲裏，摟住那隻小木匣兒，摟得緊緊緊緊的，什麼都沒有再想。

儘管什麼都沒有再想，眼裏卻熱糊糊的，滴著滴著，二天醒來摸枕角，一片溼溼的冷，才知昨夜自己曾經哭泣過。

二十一　嫦娥奔月

許是缺少雲片的高天藍得太寂寞罷？西風就常吹了些一成陣成行的大雁來，映影在晴藍裏，啼落下很多清越嘹亮的嘎嘎。

小舅家的園子裏，雖有些耐寒的秋花仍在吐豔，但也難掩得住秋深葉落時的那種凋零味兒，讓人看在眼裏，寒在心裏。

重陽，就這樣悄悄的來了。

碧琴表姐自打中秋晚上發病起，常常會咳著咳著的，嘔出些鮮紅的血來，成天懨懨的臥在床上。她的梳妝臺上，瓶瓶罐罐的補品，更多過胭脂花粉，什麼桂圓啊，紅棗啊，金栗啊，百合啊，還有醫生交代了常備的鬚參、何首烏、梨膏和藕粉啊！儘管細心的二表姐常催著，常問著，要吃這樣，還是要吃那樣，大表姐她總搖著頭，說是什麼都吃不下，也不想吃。

天氣轉涼了，白天裏，沒風也有些秋寒，三表姐早把各房各屋換上了厚重的簾子，一扯合那些簾子，屋子裏就會顯得更暗些兒，全靠一方天窗的光，井口似的畫出一小塊空藍，抬頭望著窗光，就好像是坐在旱井裏。厚厚的窗簾兒擋得住秋風和落葉，卻難擋得偷襲人心的秋情。我知道，像七夕那樣的歡愉，很難再來了。

大表姐雖然這也不願吃，那也不願吃，甚至於把煮好的蓮子羹、八寶粥放在那兒冷卻了，但是一天兩次湯藥，她還是皺著眉頭照喝它。

她在臥床不動的時刻，雖不像平素那樣有說有笑的，也還神智清清爽爽，輕言慢語的講些什麼，說些什麼，不像醫生所說的那麼沉重法兒。若照那乾癟老頭兒的說法，倒像她很難熬得過秋天似的。

重陽那天，她雖沒翻黃曆，也清楚的記得日子，早上就跟兩個表姐說：「碧雲，碧鳳，甭因我這點兒毛病，妳們就把園子冷淡了，我還沒有那麼重，要人成日的守著呢！秋風緊，落葉多，園裏該勤掃掃，花木也該修整修整了！今兒過重陽，么妹兒在這邊，也沒蒸糕？」

「廚上蒸了棗栗糕，老王他做的，」二表姐說：「妳這一病，我跟碧鳳，做什麼事都沒心腸。」

「我才不要吃糕，」我說：「只要妳快些好。」

「會好的，么妹兒。」碧琴表姐說：「等我好了，再跟妳織一頂壓風的絨帽兒，重陽一過，緊接著就會來霜，秋風，是會越來越緊的了！……跟妳三表姐去園子裏，摘幾枝山茱萸來插罷，不飲菊酒不登高，掃幾枝茱萸，好歹也應應節景呢。」

跟三表姐去園子裏摘茱萸，漫天的柳葉在風裏魚游著，飄來盪去的亂碰著人的臉，翡翠魔瓶遇上秋，一樣的變了顏色了。一排排成「人」字形的大雁飛過去，那字彷彿是我寫的，沒人把筆，心慌手抖，這一筆寫得太短，那一筆又寫得太長。

「妳看，三表姐，」我指著秋空的雁陣說：「人都說大雁會飛著寫字，怎麼總是寫不好？」

「不是牠們寫不好，」三表姐說：「是怪天風太緊，把牠們的字給吹亂了。妳瞧，么妹兒，秋風像是鬼爪兒一樣，東抓抓，西扯扯，園子叫它弄成什麼樣？每年每年，黃葉掃至園角上，都要燒上好幾天……我們怕聽它們蟋蟋響，這還是在地上，秋風就已這般緊，大雁飛在高天上，天風不把牠們吹散，算是不錯了！」

匆匆的摘下幾枝茱萸來，二表姐就喊我們回房去吃糕。棗栗糕，不甚大，一共有著九級，層層疊疊的，疊成一座惹人垂涎的小塔，大顆的棗栗嵌在級縫裏，加上瓜仁、松子和一些悅目的紅綠絲，級頂上，還插著一面斜斜的三角形的小彩旗兒，若是二表姐她不說，我真不信光頂老王還能做出這樣精緻的糕來。

「小小人兒愛記節，」三表姐把茱萸插在一隻小小的寶藍花瓶裏，大表姐倚在枕上問我：「告訴我，妳在城裏，重陽是怎麼過的？」

我想了又想，想了又想說：

「記不起了。」

二表姐遞給我一塊糕，我把它送給大表姐，央她也吃一點，她搖搖頭，又怕我硬塞，就伸出手來，用指甲在糕面上捏下一個蒸爛的紅棗，一點一點的咬著。

手捧著熱騰騰的一角糕，便勾回一絲絲關於重陽的記憶來了，不過彷彿隔著一層沾霧的玻璃，影影綽綽的不甚分明。……灰塗塗的清晨的天，壓著一層霜意。賣桂花糕的擔子背靠著深灰色的長牆**（長牆那邊，有棵落了葉的苦楝樹，朝天寂舉著，枝椏上，掛著些一尖細的風吟。）**，擔子的一頭放著缸，缸裏滿是白糕粉，另一頭放著炭爐兒，熊熊的炭火伸著紅舌頭，貪婪的朝上舐著，但它們只能舐著水吊兒的吊底**（水吊兒，即大的茶壺。）**，卻舐不著坐在吊口糕模兒裏的桂花糖糕。頭插茱萸的婦人好高好大，不笑的時刻像男人，笑起來又有點像女人，她又要把調了桂花糖的白糕粉裝進糕模裏去，又要傾出

蒸熟的糕來，換一付糕模兒坐上壺口的方洞，又要急匆匆的抓起扇子，攆什麼似的，驅打著貪饞的炭火，越打，炭火的紅舌頭伸得越長了！……

「來呀，娃兒們，好熱好熱的桂花糖糕來……」

她伸手揭開糕模的蓋兒，一陣小小的白色煙雲飄過她的笑臉，連霜天都叫那種熱霧蒸溶了，浮出紅核兒似的太陽，她的叫賣聲，要比糖糕更熱，煮得軟人心，煮得軟人的兩腿。

一陣小小的白色煙雲，在城裏，多遠啊！

我擦不亮那一方擋著我記憶的、沾著霧的玻璃呢！……冷風刮紅了人的鼻尖兒，手裏捏著的銅子兒也寒得逼手疼，半張著呵白氣的小嘴，總有那麼幾個孩子，圍在桂花糖糕的擔子前等著，等著那一聲：「喏，這塊給她，這塊給妳！」

多遠啊！但總還依稀看得見那些如煙如雲的影子。

看得見那坐在煙雲裏的糕模兒，外面的肚腹鼓鼓的，很像一家白俄糖果店的玻璃櫥窗中疊著的，巧克力糖的筒子。可是，傾出來的糖糕，卻像是吊鐘花呢，糕底兒上還黏著一枚方孔銅錢，賣糖糕的女人很小氣，總把它揭下去，再放回糕模裏。又彷彿覺得這樣太虧待孩子，每逢誰買糕，就回手摘一支小小的彩紙三角旗兒送給誰。

我一邊心不在焉的吃著棗栗糕，一邊在這樣的回憶裏飄遊著。

想這些做什麼呢？並不為什麼，只因為那是城裏，這兒卻是綠楊村。這兒的田野像巴掌似的平坦，沒有什麼地方好登高望遠。來時經過一些山，山上掛著紗帳般的雲，山會擋住我，雲會遮著我，不讓我再看見那座老家的城，這彷彿是很自然的，就像試翅學飛的鳥雀，飛離林裏的舊巢一樣，不過，那些幼鳥，將來是不是會再飛回老巢去，我沒見著，也無從知道。

綠楊村不是我的窩巢，只是一枝暫時歇翅的棲枝，也許日後在另一個遙遠的地方，我也會像今天想著城裏一樣的回想著今天的罷？

誰知道呢？那又似乎太遠了……

高高的天窗像井口，在這樣的一口井裏，我不會忘記曾汲取過多少溫柔，即使留在日後回想，也願意想些溫柔含孕的美，不敢想那美裏含孕的悲涼……那悲悲切切的故事，說的只是上一代的小姨姨，可不是眼前的碧琴表姐。霜後她會好起來，說不定一道兒去晉南，到那時，我就該改口，不再叫她表姐了罷？

「一句話，就把我們的小小人兒問愣了。」大表姐牽起我的一隻手說：「妳手裏捏著糕不吃，兩眼直直的，出神望著天窗做什麼？」

「大表姐，」我想著表露些什麼，又不知究竟該怎麼樣的說，躊躇了好一會兒，才一本正經的說：「大表姐，妳的病好了，媽要是帶妳去晉南，妳究竟去是不去呀？……妳要說，就說真話，不帶哄人的。」

我這樣的問出口，大表姐她還沒作聲，三表姐就不知為什麼，手捂在嘴上笑了起來，看她那模樣兒，原想極力忍住笑的，忍到末尾忍不住，竟從鼻孔裏衝出來；她笑著，笑成個傻子似的，前俯後仰又彎下腰，真有些叫人愕然了。

我回頭望望二表姐，想必她知道三表姐為什麼這樣笑！誰知一向溫存靜默的二表姐，也花枝招展的笑出了聲；大表姐呢？笑容掛在嘴角上，兩眼垂下去，望著被面上的織錦花紋，臉卻倏然紅至頸子根。

「三表姐，三表姐。」我扯著碧鳳表姐的袖子，追問說：「妳好好端端的，幹嘛笑人家？」

三表姐最什麼了，儘管笑，儘管笑，哧哧哧哧的笑個不停，明明聽見人家在問她的話，也不停歇下來答人家，真是最什麼了！三表姐，她……

「一笑瘋，二笑傻，」我想起一支俚俗的童謠來，就唱說：「三笑，四笑，嫁也沒人要……」

她彷彿沒聽見我在取笑她，幾次張口想說話，話還沒出口，就被她自己的笑聲吞沒了，還算二表姐能忍得住，勉強壓下笑聲來，跟大表姐說：

「妳不介意罷？——不帶哄人的，多有趣的問法兒？看妳怎麼回她！」

大表姐她仍然不聲不響的寂默了一會兒。等一屋子笑聲沉落了，才跟我說：

「不要再問我這些傻話了，小么妹兒，妳跟大表姐在一起，妳喜歡大表姐，大表姐也喜歡妳，日後，要是分開了，妳常想著我，我常念著妳，不是也很好嗎？」

「可是，可是，」我說：「人在一起好好的，為什麼偏要分開呢？」

大表姐微微的鎖著眉說：「妳沒見那天上手牽著手的雲彩，它們也有被天風吹散的時候，人，要比浮雲容易離散得多了。慢慢的，妳一天天長大了，自然就會懂了。」

「也不帶哄人的。」我說。

「不哄。」她拍拍我的手說：「妳三表姐，她不是送妳一隻小木匣兒嗎？三個表姐不是都在裏面？日後妳跟姑媽去晉南，一路上亂得很，帶著真表姐不方便，帶著小木匣兒多輕鬆。」

「可是，那不是真的呀！」

「跟真的一樣樣，」她的黑眼流盼著：「讓我來告訴妳一個法兒，妳坐攏來一點，我告訴給妳一個人聽，妳學會了，千萬甭告訴旁人，嗯，再坐攏來一點，也不要讓妳二表姐和三表姐聽去。」

她的聲音越變越小，到後來，全是用耳語說的。

「讓她們聽了去，會怎樣？」我也湊著她鬢髮絲絲的耳朵，用耳語說。

「這法兒，」她又銜著我的耳朵說了：「只能天知、地知、你知、我知，要讓人聽了去，就不靈驗了。」

我怕自己的聲音太小，她聽不清，便爬過去，俯在她的枕邊，伸手摟住她的頸項，把擋住她耳朵的髮絲理開，嘴唇一直吻在她耳上，神秘的說：

「是什麼法兒？妳講了，我就記著。」

等我一說完，把頭歪過去，大表姐她也同樣親暱的摟住我說：

「這是個千里喚人的法兒，誰要學會了這法兒，不管跟別人隔得多麼遠，到妳想念她，要見她的時刻，只要照著這法兒行，妳要見的人，就會在妳做夢的時辰來見妳，百靈百驗的，妳相信嗎？」

我點點頭，表示相信。她又說：

「讓我把兩個愛偷聽人講話的表姐支開，再跟妳講，——嗳，」她放大聲音，跟二表姐和三表姐說：「碧雲、碧鳳，沒有事，妳們該到後園子去掃落葉去了，甭在這兒站著，把不能聽的話偷聽去。」

「我們走，二姐，」三表姐朝二表姐擠擠眼，笑嘻嘻的說：「由她們兩人親親熱熱的說體己話去，誰也不要偷聽。」

等她們一路灑下的笑聲飄遠了，大表姐才說：

「妳記著，么妹兒，朝後妳不管到了晉南，還是到了哪兒，妳要是想起我，或是想起誰，妳只消找著一張血紅血紅、又沒有一點斑痕的紅葉，一朵碧綠碧綠、只有錢大的睡蓮花，把它們一起壓在枕頭下面，然後，用一張雪白雪白的白紙，寫上妳想見著的人的名字——一回只准寫一個名字，多了就不靈，——更在那名字旁邊，寫上『人來我自來』的五字真言，寫好了，摺成一個方勝兒，用蠟燭焚化掉，把紙灰放在一隻水碗裏，把水碗放在床下面，再然後，妳就躺在床上，癡癡的想著那個人，一面唱些妳會唱的歌什麼的，到夜晚，妳就會在夢裏，真的見著她，……我說了這半天，妳記住了沒有？」

「全記住了。」我說。

「那就好了。」她說：「只要妳學會了這個法兒，無論跟誰分開，無論那個人是不是……還活在世……上……妳只要想見她，全能見得著了。」

大表姐她說這話時，雙手緊緊的攬著我，兩眼深情款款的看著我，每一句話，每一個字，都是那樣溫柔得迷人。她的黑瞳仁兒裏，裝著我的影子，那樣憨憨傻傻，梳著扒角辮兒的人，要不然，當時怎會那麼認真的相信她存心編織出來的美麗的夢話呢?!

我後來不但去了晉南，去過在抗戰期間全國聞名的中條山區，也走過好幾個北方的省分。從繁華的都城，到荒涼的鄉野，更到處去尋找過那樣的紅葉和那樣的睡蓮，明知大表姐當時是哄著我，說了使我寬慰的謊，但我習慣的相信那是真的，不忍揭露那場空空的夢了。

那夢中，有一半是她的故事，另一半也是我的童年。時光波流著，真實的也罷，空幻的也罷，過去了的風，逝去了的雲，有誰能使它們一夕重回？

重陽過後沒有幾天，她的病就轉重了，嘔血再不是嘔上一口兩口，一嘔就是很多。但她的神智一直清醒著，也沒改平素那種愛整潔的脾氣；三表姐替她端了一隻藍花細瓷的痰盂來，放在她床頭的榻板上，她有時湧上一口血來，也強忍著不張嘴，一定要嘔在盂水裏，端著牙缸兒嗽罷嘴，才重新倚回枕上去，即使一天嘔上幾次血，被頭，枕角，總還是乾乾淨淨的，不會沾上一點兒血斑。

早些時，她愛在病裏看書消遣，枕下常壓著一些唐詩、宋詞、元曲和明清雜記之類的書本兒，及至病重了，不能再倚著枕，坐起身看書了，二表姐才把那些書本兒取開了。

取開也沒用，她看過的，全記得，從她常常凝視帳頂的眼神，連我都看得出，她心裏一直在想著什麼。她常常在癡迷的凝視中喃喃的說話，——也不是說話，是在唸著什麼。有時是一首詩，有時是一闋詞，有時是傷感的戲曲裏的一整段，唸著，唸著，自己笑，自己流淚。

最後南飛的雁群也掠過天空了，凝成碎冰狀的龜背雲，那樣的鎖住天頂，低低的壓在屋脊上，尖風也吹不動它們，要不是榆錢樹用一把亂蓬蓬的枯枝強撐著，我真怕它們會塌下一角來。

颯颯西風朝北轉，每天清早都降了霜，站在大門外朝遠望，滿眼肅肅殺殺的。綠楊村像被誰扔棄在這片遼闊荒淒的野地上，灰黃的地連著灰白的天，任什麼軟的、柔的，都看不見了！

小舅家的宅子裏，也像蓋上了一層灰，兩道天井裏的乾葉，雖經三表姐和陳嬸兒掃過一番，匆匆忙忙的沒掃乾淨，打著迴旋的小風終天逼著它們，那些可憐的殘葉，都縮聚在牆角和窗腳下，瑟縮著，每遇一陣風來，就發出一些微弱的、乞憐的哀吟。

在屋裏侍候著大表姐的人，誰能聽得見呢？厚重的門簾兒、窗簾兒，重重的垂掛著，到處都是靜悄悄、冷清清的，像是闃然無人的樣子。

真個是中庭地白，鋪霜的方磚院落中，除了有一些竹葉似的飢鳥的爪痕，很難見著一兩行人的腳印兒。

為了服侍大表姐，二表姐和三表姐兩人輪替的，熬夜守著她，累得眼下都起了淡淡的黑暈，媽見了心不忍，就跟小舅說：

「我在那邊也閒著，明兒就跟她大舅媽說一聲，把行李箱篋搬過來，暫在繡房鋪張床，也好就近照應她！」

儘管大舅媽、二舅媽、馬臉趙媽都極力勸阻，硬說大表姐是受狐魅太深，精血虧虛，患的是美人癆，會飛染給旁人什麼的，媽卻不肯聽，執意嘆說：

「當年她小姨姨染病，妳們也這麼說，我一樣抓著她的手，直至她臨終嚥氣，……我如今就要走了，不知道哪天再回綠楊村？碧琴她們三姊妹，我打她們出世，就疼愛她們，碧琴病成這樣，我這做姑媽的，不能因隔著房份，就不去照應她，論情論理都這樣，倒不是礙著什麼，怕人說我寡情……」

搬，還是搬過來了，但在這座灰沉冷黯的宅子裏，並沒因多了兩個人，就添了一些兒生氣，依然是簾幕深垂，依然有死一般的寂靜滲染進人心。

媽跟表姐們彷彿都很習慣那種寂靜的氣氛，難得開口講說什麼。只有藥釜上的湯藥罐兒時常鼎沸著，每隔一段時辰，八音鐘便會自鳴得意似的報出時辰來。

大表姐這一病，連日夕在一道兒的二表姐和三表姐，彷彿也都變得疏遠了，冷漠了，白臉上也像罩了一層霜，我不論問什麼，說什麼，她們都有些懶得答的樣子。

最後，還是三表姐好意的跟我說：

「小小人兒，甭抱怨表姐冷落了妳。這些時，妳大表姐她病成這樣兒，妳是看見的，妳二表姐跟我，裏裏外外的，光忙她一個人都還忙不過來，可再沒精神夥著妳玩兒了！妳要是想安靜，就到書齋去，自己寫寫字，仿影也是現成的，再不，繡架邊不是還替妳綳著塊白布嗎？學著繡點兒什麼也成。……妳要歌本兒，三姐拿給妳，妳一邊低聲去唱去，只是不要煩擾妳大表姐，等她病好了，我再跟妳好好的玩兒。」

你見到落霜天的大清早，孤孤單單的在霜屑兒上發呆的麻雀嗎？我就是那樣的一隻鳥蟲了！

不跟表姐們夥在一道兒，我就會覺得晃晃盪盪的，不知做些什麼好。寫字罷，懶得理硯磨墨，學繡罷，又怕舉線穿針，結果，任什麼都做不成！

心裏想著三表姐的話，儘量忍著，不去煩擾大表姐；就是進了大表姐的房，也都悄悄的站在雕花的木床護架最外面，眼貼著花格兒的孔隙朝裏看，不敢出聲說話。

碧琴表姐雖是左一付右一付的換吃湯藥，嘔血並沒見停，喘咳也沒見好。也不知怎麼的，她那張俏麗的白臉，並沒瘦下去，要是光看她的模樣兒，即使病成這樣了，也還不像個有病的人。

「碧琴，妳吃點兒什麼罷，」媽在床沿坐著，抓起大表姐的手說：「吃不下油膩的，清淡的也得吃一點兒，光這樣耗著，不成呀。」

「實在吃不下，姑媽。」大表姐說起話來，緩慢得一個字連不上一個字，聲音也虛虛浮浮的，像一串金魚吐出的水泡，剛吐出口，就幻沒了：「我心裏，總是飽飽漾漾的，好像塞著什麼。」

「喝盞梨膏汁兒也行，」媽又說：「我叫碧鳳替妳沖淡點兒，——燈點著，總要添油。」

「勸也沒用的，姑媽。」三表姐手攏著一把帳紗，悄悄的探頭說：「剛剛替她沖的藕粉，還是她要的，端著餵她，只嚐了半調羹，就搖手不要再吃了，如今還放著沒涼呢！還是暫時由她罷。」

「由她這樣熬下去，怎麼得了?!」媽著急說。

我再看大表姐，眼又閉上了。也許因為身體虛弱的關係，她常把眼閉著；閉著，並沒睡，仍常想這想那的，每逢想起什麼來，就睜開眼，跟人說話。

這一回，她想起後邊的園子，和園裏的寒菊。

「打病後，就沒踏出房門了，」她悠然的說：「也不知園裏開開落落的秋花怎樣了？寒菊放花了罷？碧雲，算日子，瓦上朝來該鋪霜了。」

「早降過霜了。」二表姐說：「今年天寒得早些，園子的菊花開得很盛，寒菊也提早放花了。」

「多好，」她說：「我多想看看那些菊花！」

「那好辦，大姐。」三表姐說：「園角有好些盆栽的菊，我去搬些來，放在妳房裏就行了。」

「不用了，碧鳳，」她無力的搖搖手說：「為我的病，妳們已經操勞得夠多的了，不要再去搬花盆，費那麼大的力了！」

「不會的，」三表姐說：「我們每人少搬幾盆，累不著，只要妳看著那些花，心能開朗些兒就好。」

菊花一共搬了十來盆兒，在她床前羅列，有紅，有紫，有白，有黃，那些怒張著的花瓣，和互為掩映的顏色，活化了她房裏的僵冷。三表姐費力搬來這些菊花，只贏得她一絲寂寞的笑。

她常常這樣，一時精神好起來，會詢問好些事情：鳳仙汁做了幾碟兒？花種還妥了收拾起來沒有？金魚缸用麥草包紮了沒有？……聽來都是些微不足道的小事情，難得她記的那麼真切。一時精神差起來，就像一塊冷石似的僵躺著，眼角噙著一層薄薄的溼光，走火入魔似的望著帳簾兒，也不問，也不答。

還沒有到燒匠的時候，屋裏夠寒的，夜晚來時，寒得更甚。到了該睡覺的時刻，大表姐反而有了精神，要披上衣裳，倚著枕，靠在床頭坐一坐。三表姐怕她遭了寒，就架起寬邊平底的銅火盆，燃上半盆炭火，讓屋子裏添一份溫熱。

「姑媽、碧雲、碧鳳，妳們都在這兒，」大表姐說：「我有幾句話，刺樣的鯁在心裏好幾天，不能不說了！……殘秋盡了，我的病還沒見好。我想，……我想……我的病，怕是……不會……好……了！」

「妳這丫頭，甭瞎說了！」媽說：「這話是從那兒說起呀？」

「不，姑媽。」大表姐說：「我的心裏很明白，我真的是不會好了。……也沒什麼好傷心的，不是嗎？我業已在世上活夠了十九年，活夠了小姑姑她那樣的年紀了。」

「快不要這樣想。」媽說：「醫生也講過，妳這病，熬過秋天就會好，如今，轉眼不就是十月朝了嗎？立了冬，地氣下降，什麼毛病都會消的。妳得要聽姑媽的勸，儘量把心放寬些，不要儘朝壞處想。」

「我的心冷得很，姑媽。」大表姐頹然的說：「再多寬慰的言語，也溫不熱它了。——么妹兒呢？」她轉問三表姐說：「怎麼這多天沒見著她了？我在這兒不要緊，妳跟碧雲兩個，千萬不要冷落了孩子。」

「喏，」三表姐指著護架外面說：「小小人兒，她不是兩眼叭噠叭噠的，攀著花格兒在望妳嗎？這兩天，沒人陪伴她玩兒，她自家也玩得一五一十的。」

「么妹兒，」二表姐說：「妳進來，妳大表姐她要跟妳說話呢。」

我撩起帳紗走進去，站在她床頭榻板上。

「大表姐。」我輕輕的叫了她一聲。

「我喜歡的么妹兒，妳這個疼人精。」她說：「大表姐我就要……『走』了。」

「去哪兒？」我說：「是不是跟我們一道兒去晉南？還是跟那個石齋老伯走？」

「都不是。」她說。

「那？妳要去哪嘿？」

「另一個地方。」她閉上眼說。

「遠嗎？」

「哦，很遠很遠，連大雁全飛不到。」一朵煙迷的笑，停在她的兩頰上，旋即飛走了。那笑容短暫極了，彷彿她根本沒笑過。

我寂默了一會兒。

「要是我真的自個兒走了，」她說：「真的去了另一個地方，妳會常常想我不？」

「當然會。」我說：「每天都會想。」

「也不帶哄人的？」她用我的話逗著我。

「不哄。」我說。

「那就好！」她彷彿寬慰的嘆著。

但我心裏卻有些酸酸的，一直酸到鼻尖上。因為，我已經想到了那個她所指的地方——那一方深深黑黑的土穴，是那樣冷，那樣溼！那不是她長住的地方，她就是不跟嫦娥一道兒住廣寒，也該跟織女並列在銀河岸上。不過，我一直相信著，大表姐她不會就這樣死去的，媽是這樣說，二表姐和三表姐也都是這樣說，我寧願碧琴表姐是對我說著謊。

我這樣發愣時，她一直把我的手放在掌心裏握著。

「這幾天，我一閉上眼，就會夢見雲，」她說：「夢見許許多多的雲，在我的腳底下飄著，在我的頭頂上飄著！有些，霧似的裹著我，有些，綿羊似的伏在遠處，虛虛的，軟軟的，那許多雲。」

「不是什麼雲，大姐。」三表姐說：「只是妳體質弱，神思太恍惚了。妳想想，妳有幾天沒吃什麼東西了呢！怎能不發暈?!」

「不，」她說：「真的，那是雲，我還聽見樂聲，絲、弦、管、竹都有，細吹細打的，好聽得很，我真忍不住，想吹簫伴和它們……」

「可憐的孩子，」媽說：「她想得太多，也太累了！妳們還是扶她睡下吧。」

兩個表姐過來要扶她，大表姐搖搖頭說：

「真的不用扶，我就這樣靠枕坐著還好些，聽聽講講，打打岔兒，我怕那些雲，它們太濕，又太冷。」

幾乎是每個夜晚，她都像躲避著什麼似的，扯著媽和二表姐、三表姐，談著，說著，不願意入睡。

她一陣子心血來潮，講起西屋裏小姨姨收藏的那些書，又提起那管洞簫，要三表姐去書房取了來，讓她撫摸著，一陣子又想起她那隻繡架上的鳳凰牡丹圖來，託二表姐把那幅沒繡完的幾朵牡丹給補上。

「為什麼要我補呢？」二表姐說：「我這拙手，再繡也繡不出妳那樣兒，弄到末了，反成了『遠望雁門開，近看雁門關』了。等妳病好，再自己補繡就是了！」

「二妹妹，」大表姐說：「我的病怎樣，我知道，要是還能好，我就不央托妳了。」

「大姐，」三表姐急忙截住她的話頭兒，怨說：「妳為什麼總愛咒自己呢？」

「不是的。」大表姐說：「日子一天一天的臨近，我知道，我真的，真……的……快走了。……妳們也甭傷心，我自己也不怕，不是嗎？人活百歲，總歸是要死的，我們做姊妹一場，臨去了，千頭萬緒的，不知該說什麼好。我也一樣的捨……不得妳們……」

說著說著的，她自己卻先滴下淚來，媽的兩眼也紅紅腫腫的，兩個表姐不願當著病人的面哭出聲，一個個全掉轉臉去，用絹帕去點眼角。

一連好幾天，她沒吃一口飯，連湯水和藥汁都飲不下了，但她的精神卻越來越好，有著顯然反常的樣子。

到了這時候，媽不得不告訴小舅說：

「早些時，她開口要走，閉口要走的，我總以為她是心裏鬱悶，一時想不開，……如今再看她，連湯藥都飲不下，喝一口，吐一口，實在是不成了！不管她日後是好是歹，人到這步田地了，棺木、衣裳，都得替她著手預備著，好防著萬一……」

棺材是找了匠人來宅裏打的，恐怕她聽著，便在前屋的側廂房裏打，木匠在作凳上刨木頭，刨了一地噴香的刨花兒和鬆鬆的碎木屑兒；她的殮衣是由二表姐趕夜縫的，上下一身翠藍色，全是珍貴的真絲料子，——按照當地的習俗，死人穿著的壽衣，不興用庫緞，說是「緞」和「斷」同音，犯忌。

這些，躺在床上的大表姐，一點兒都不知道。

碧琴表姐她當真就要這樣的，這樣的「走」了麼？打棺木的匠人，捲起衣袖，露出他們多毛的粗胳膊，若無其事似的，只顧擺弄那些木頭段兒，又是錘，又是刨，又是鑿，又是鋸的，打出那麼一隻木香四溢的長方匣子來，管它叫做香木圓心十合頭，我走近了數算過，整整的十塊厚木板，拼成這樣的一隻匣子。

我有些恨那幾個木匠了，也不恨別的，只恨他們那種刻刻板板、冷冷漠漠的樣子，他們都好像預知這口長方形的木匣兒是給誰睡的，但他們打得那樣快法兒，連半點哀憐的心腸都沒有，大表姐她才十九歲呀，花朵似的年歲，難道該睡這個麼？

可是大舅媽跟二舅媽來看棺材，還說太大了呢！

「按理是不該講的，」大舅媽說：「一個沒滿二十沒出嫁的女孩兒，命薄壽夭，該睡薄皮材，睡十八段，十五段已嫌太過了，怎還能睡十合頭？」

「十合頭，算是老人用的福壽棺了。」二舅媽也附和著：「年輕輕的女孩兒家，睡了要折來生福的。她爹讀書明理的人，怎能這樣做呢?!」

我弄不清大棺和小棺有什麼分別，值得她們大驚小怪的談論？

只知道碧琴表姐真的快死了！活生生的一個人，為什麼說死就死呢？這問題總在心裏盤旋著，沒有誰能告訴我，人死後，躺在棺裏，埋在土裏，會有怎樣的感覺？我相信有靈魂，靈魂一定知道的。死，也許並不是一宗太怕人的壞事情，碧琴表姐不會遇上壞事情的。她是個好女孩兒，天總會保佑好女孩兒的。

可是，二表姐和三表姐，連媽在內，都在哄著，騙著大表姐一個人。

棺材都雕了棺頭花，嵌上縫，刷了頭遍漆了，媽還在替碧琴表姐餵湯藥，問她想吃些什麼？想喝些什麼？三表姐在屋裏生起紅熾熾的炭火，替她用香草汁兒調成的熱湯擦抹身子，換上內衣；二表姐坐在床頭，打開那些書本兒，唸詩唸詞給她聽，沒有誰告訴她，她的殮衣連鞋襪都縫好了，長方的匣子正張著嘴，等著把她吞進去。

她究竟死在哪一天，詳細的日子我已經記不清楚了。只記得是那一年立冬的前一天，該算是秋季的最後一個日子，正像醫生所說的，她並沒能熬過秋天。

一直到她臨死的那晚上，她的神智都很清楚。她曾要三表姐把煤燈捻得更亮些，說她要好好兒的看一看每張在她眼前的人臉，她望著媽，指說：這是姑媽，望著我，指說：這是小么妹兒，然後她說：「我今夜……怕就要走了！這就算是道別罷，妳們放心，我愛這宅子，愛這片園子，也愛這些花，我會跟小姑姑她一樣，常常回家來的。」

三表姐雙腳跺著榻板響，哭說：

「大姐，大姐，妳當真就這樣，狠心的拋下我們，一個人先走了麼？」

二表姐也哽咽的說：

「趁妳清醒著，有什麼言語，就留下罷。」

「我要說的，好像全說了。」大表姐她微微喘著說：「我走後，小姑姑她那房子，也要常打掃，不要任它荒落了。妳們把我的書和畫具，枕和被，都移到西屋去，我好跟她一起住，也暖和些，熱鬧些。……這支簫，請隨我一道兒葬，那幾朵牡丹，碧雲有空的時刻，就把它補繡起來。啊，還有，——我花樣兒本子裏，還有表哥……他的一張像片，姑媽妳，妳把它收回去罷，我不該收著它這麼久的，我……我太……太……」

她並沒能把話說完，就側過身，用手指著痰盂，大量的嘔血，足足嘔有小半痰盂兒，一片使人驚怵的、觸目的鮮紅。

媽著了慌，趕急要三表姐去找小舅來，等小舅進屋時她已經暈厥了，只有手腳和胸口還有些餘溫。一直等到起更時分，她又醒轉過來，說是想吃些新鮮鯉魚湯，半夜三更的，又在寒天，哪兒去找鯉魚去？她看看我，招手要我過去，還摟住我，用耳語跟我說：

「我教妳的那法子，千萬甭告訴別的人……」

鯉魚沒找著，換煮了一碗金針蛋花湯，端來時正逢她嚥氣，那該算是二更天，那年秋季最後日子中的最後一個時辰。寒霜在落著，窗外邊，無風無雨，只有一片淡淡的月光。

二十二　離鄉人

靈棺停在中屋當間裏，棺上加了層松罩兒，罩上立著一隻白紙紮成的紅頂仙鶴，細長的羽毛飄飄刮動著。我相信大表姐教我尋人的方法是真的，當旁人哭泣的時辰，我並沒怎樣悲傷過，卻在盤算著，如何找到那樣的一片紅葉，那樣的一朵睡蓮花。

為了大表姐她下葬的事，族裏的一些舅媽們跟小舅起了爭執，小舅的意思是把她葬在後園裏，起一座家墳，他跟媽說：

「野地裏，那麼寒冷淒荒，就讓碧琴這個孤單弱質的女孩兒埋在那兒，她靈魂不散，也會不慣的。我想把她葬在後園裏，用她生前喜歡的花木護著她的墳，……這園子，本就是她姊妹三人的，我是決意這麼做的了！」

「我這嫁出門的人，不便說什麼。」媽說：「若是按照習俗呢，除非嫡系尊長，很少有人起家墳的。再說，女兒日後該是人家的人，不列入家譜的，碧琴又是夭亡，起家墓，極不相宜罷？」

小舅不聽信，還是找了起墓的工人來，在大園子的西南，掘土刨坑。

大舅媽聽著這消息，糾合了幾個房族裏的好幾個舅媽，來跟小舅爭理，她們都說是夭折的女孩兒起家墳，主凶，闔族都會不吉利，又說是宅子原已太空曠，缺少生人氣，後園添了一座墳，更會惹來幽魂怨鬼了！但小舅還是不肯聽信，碧琴表姐就那樣的葬在花園的西南角上了。

那是一座青磚砌成的拱形墓，墓前立著青石碑，墓腳四周嵌著燒花的磁板，有魚，有蘭，有鳥，有竹，也有好些神仙的圖畫。

營好了那座磚墓，冬天真的來了。我無法知道碧琴表姐在地下究竟是怎樣過冬天的？她是不是偶然也會吹她的洞簫——那支簫是隨她一道兒入殮的，——像寒冽冽的尖風吹著簷瓦，日夕流咽……我並不懂得悲哀是什麼，悲哀的顏色像不像灰鴿的翅？還像各日的彤雲？它又是什麼樣的聲音？會不會如洞簫的咽泣？還像瓦簷上的風吟？

日子總歸是日子，漠漠的日子，夠白，也夠冷的！那兩個活著的表姐，也變了，變成又白又冷的人。日子總歸是日子，那怕就是紙剪的呢，也得一分一秒的捱過去，悲哀也就悲哀在這點上罷？誰知道呢？

盂裏的水仙又發花了。

大哥的那張像片，是三表姐她整理碧琴表姐遺物時清理出來的。她把那張照片看了又看，看了又看，無限哀痛的哭了，媽看著，也哭了。

那張放大的像片，是用一幅很大的素色絲絹包裹著的，上面橫紮著一條粉紅色的絲帶子，打著雙蝴蝶結兒，可見她保藏得多麼精細！打開那幅絲絹，發現那張像片外，還有一隻織得極細的絲網包著，三表姐咽泣說：

「這不是絲網，這是她的頭髮！」

是的，那不是絲網，是一隻用長髮編成的柔網。裏面除了像片，還有一朵乾了的紫蜈花，像片背面，有著一行行碧琴表姐親筆的蠅頭楷書，寫的正是秦少游的〈江城子〉，那首多感多愁的詞。

「西城楊柳弄春柔，
動離憂，
淚難收。
猶記多情曾為繫歸舟，
碧野朱橋當日事，
人不見。
水空流……」

三表姐這樣逐字逐句的唸著它時，我的心彷彿生了翅膀似的，懸空飛起來，飛進了無邊無際的朦朧。雖然我不能解得它，至少，我知道那一直盤繞在我心上的神秘，在這片朦朧中有了根源。

「碧琴，妳也太癡了！」媽捧著那像片的雙手是抖索著的：「誰會想到妳表哥，在妳心裏，有這麼重的斤兩？……妳死前竟隻字沒提過。」

「她當著二姐和我，也從來沒提過。」三表姐說：「小時候，她跟表哥在一道兒，倒是很投契的，常去屋後的溪邊，摘初生的嫩蘆葦當做船，放在溪水裏，任它們流下去，也在長廊下面，扮過娶新娘……但那時都還小，她怎會的?!」

「我明白，」一直在擦淚的二表姐在一邊說話了：「這全是小姑姑書架上那些軟綿綿的書本兒作的怪。什麼什麼夢啊，什麼什麼記啊，什麼什麼緣啊，大姐她自小就迷著那些書本兒，像金玉緣、征衣緣、紅葉緣，她背都能背得。她跟表哥在一道兒時，早就背過李白的長干行了！……她是心有天高，命如紙薄的人，怨誰呢？」

媽嗟嘆著，緩緩的垂下了頭。

「我能批評妳爹不是麼？」媽說：「承平年月過慣了，文人雅士們都這樣，養花養鳥，吟風弄月的一味消閒，被這些悲歡離合，才子佳人的書本兒害了的，何止是碧琴一個女孩兒？在城裏，我見著的，也太多了！日子不能總是止水，一旦風來了，浪來了，怎辦呢？……妳爹早該想到這些的。」

堂屋條案上的八音鐘，又在報著時辰了。

我看不懂西屋那些書本兒，不知那些書本兒跟大表姐的死，究竟有什麼關聯？也不知它們有多麼軟？會使人生出嘔紅落血的病？

我掀開簾子，冒寒跑到後園去，在大表姐的墓前呆著，摸摸那塊新勒的石碑，看看那些磁面上的畫兒，全都是那麼空，那麼冷了！

日子有些顛顛倒倒的，可不是？這些時，我總把真實和夢境混淆在一起，分不清；有時夢見很多事，在朦朧裏現出清晰來，逼真逼真的；有時眼見著很多事，反而零零亂亂的，在清晰中裹著朦朧，真像是一場夢了！

抬頭望過去，那邊就是圍牆的缺口兒，那棵桃樹還瑟瑟縮縮的站在那裏，彷彿和牆那邊的假山石說著話。春天，那隻大彩蝶就是把我從那兒引過圍牆來的，如今，那些五色繽紛的花朵全不見了，牆壁上爬滿了黑褐色的，筋絡似的枯藤。

一兩片蜷縮成鈴狀的乾葉，殘留在藤鬚上搖著。

是真呢？是夢呢？那落英遍地的雨後殘春，我是在那邊見著她的，淡淡的月白衫褲，外罩著白水綾的睡袍，薄薄的，透明的，一路牽動著微風，我甚且記得她的模樣，長髮沒綰，也沒束上髮帶，只在一邊用牙攏兒虛虛的攏著，攏背上鑲一排閃灼的銀珠。

她真的死了嗎？真的埋進這座磚墓裏了嗎？她被移到外間冷凳上（**死者睡的臨時板鋪，叫做冷凳。**）由媽替她換上殮衣和鞋襪時，兩個表姐還扶起她，替她梳埋頭髮，攏上牙攏兒，插上紫絨花。她的臉色，原就像生時一樣，顯不出青黃來，臉頰的暈紅凝住了，會使人錯以為胭脂染的痕跡。她平時總愛輕鎖著的眉頭，反而舒解了，顯得寧靜，泰然，那不像是死去，只像是睡著了，……一朵在夜晚垂合的紅睡蓮，就該是那樣罷？

真的她沒有死，她在七月七夕望著銀河上的雙星，那眼神，也像星似的亮在我心裏。她教我唸的那首禱歌：壁嬉兒，壁嬉兒，巧巧的蟲……也都一字不漏的記在我心裏，一生一世也不會忘記的。我真想忘掉她中秋夜嘔血的事，她自己也怕沾上血呀，可不是？直至臨嚥氣，她枕上，被上，衣襟上，都還乾乾淨淨，沒沾上一絲碎紅。

她真的死了嗎？這問詢，是一支在人心上反覆盪動的鐘擺鍾兒，嘀噠，嘀噠，把人心絞得亂亂的，好像滾著一支纏滿亂絲的絡子，理也理不得，解又解不得……好像是，又恍惚不。

我只好這樣的回答了。

我常覺得，手抱著那支洞簫睡去的她，一定是到另一個地方去了。正像她說過的。那是很遠很遠的一個地方，也許在天上，也許在那些古老的水墨畫兒裏，也許在她親手繡成的繡幅中。在那兒，有粼粼的水波，舒卷的雲朵，有含黛的山，如眉的月，銅釘樣的星粒兒，有魚，有竹，有鳥也有花，凡是她喜歡的，都該有，也有一棵枝柯盤曲，能遮風擋雨的蒼松。

她不會真的裝在棺裏，埋在墓裏的，在這種天寒地凍的時刻，地下是多冷濕，多苦寒啊？棺蓋兒蓋上了，該死的工匠用木釘封住它，還嫌封不緊，要用榔頭叮咚叮咚的敲打，那棺裏一定黑漆漆，又夠悶氣的！……對啦，棺上不是有一層綠松枝紮成的罩兒嗎？松葉間綴上許多大朵的白紙花，頂上不是又站著一隻很高的大白鶴嗎？那白鶴不是紙紮的，牠真的是隻仙鶴，一定是的。不是說仙人養著的仙鶴都是會魔法的麼？牠白天變成一隻紙鶴，哄過人的眼，夜晚就會變成真的，啄開棺蓋兒，讓大表姐跨著牠，飛走了。

我很想照著大表姐她教我的法子，在白紙上寫她的名字——孟碧琴，也寫上「人來我自來」那五個字的咒語，摺成一個方勝兒放在枕底，但我怎樣去找到那樣的一片紅葉，那樣的一朵睡蓮呢？

「小么妹兒。」誰在我身後，低低的喚著我。

那是二表姐，她不知什麼時候出來的，我竟一點兒也沒聽見她的腳步聲。

「大冷的天，屋裏暖洋洋的，」她說：「妳不要跑出來發呆，小心凍壞了手腳。」

「我只是來這兒看一看，」我說。

「傻孩子，」她眼圈兒一紅說：「看也只是一座墳，不看也只是一座墳，妳大表姐是再不會回來的了。」

「妳出來做什麼？二表姐。」

「天，就快落雪了，」她抬頭望著天，鬱鬱的說：「落雪前，地下該有多寒冷？我跟陳嬸兒剛把大姐的衣裳收拾出來，也好在雪前燒給她，讓她及時穿上，要禦雪後的尖寒……」

正說著，陳嬸兒和三表姐各拎著一隻箱子來，在大表姐的墓前香槽邊打開，三表姐逐件理出那些衣裳和鞋襪，陳嬸兒點著了火，就在香槽裏燒起來。茜色的緞面夾襖兒，上面織有古色古香的梅花圖，深綠法蘭絨的長褲兒，令人想起她修長美好的身材，……那是她寒天穿的緊身絲棉襖兒，毛葛面子，燒出一股毛織物的氣味，絲棉輕軟乾燥，見火就著，燒得透明透亮的一片紅，還有些火紅不斷迸揚起來，朝天昇上去，映紅人的臉，人的眼和眉。

天，叫一片灰白的積雲鋪滿了，沒有一絲縫隙，也分不出厚薄來，雪還沒落呢，天上地下就孕著銀色的雪意了。

三個人圍在一堆紅火邊，面對著那座青灰色的新墓，把凋零的園子襯映得更為淒清。那彷彿是一幅陳年久日，已經變灰變黃了的畫幅，畫在我的印象裏面。

雲，低得幾乎壓在廊簷上，風不來，簷鈴不響，大氣沉寂而溫濕，雪意是那樣的濃鬱，潤著表姐們的淚眼。一堆小小的焚衣的紅火在燒著，火苗筆直的朝上昇，畫出幾座頂兒尖尖的紅燄的山來。許多她生前穿著的綾羅、毛葛、嗶嘰、線春、直貢呢、錦緞的衣裳，雪白的毛線帽兒，灰鼠毛的套袖，都一件一件的抖開來，投在火上，變成火，再變成灰；十九歲的年紀，那春來花發般的日子，也該有太多太多鮮豔的顏色像是這些鮮豔的衣裳罷？大表姐一定記得這些衣裳，她是怎樣剪，怎樣裁，怎樣用密密的針線縫綴起它們來的。

那些顏色，那些花朵，那些好看的鑲邊和窄窄的滾邊，那些盤成各種花樣的鈕扣兒，都襯映過她姣美的容顏。……當她手捏著花，臨著碧光掩映的窗，坐在繡架前悉心刺繡的時辰；當她捲起衫袖，手挽著花邊的籃子，在雨後的園中撿拾遍地殘英的時辰；當她用畫筆蘸著顏彩，展幅描繪花鳥的時辰；當她眼望著留不住的黃昏，在軟風輕拂，蝙蝠飛舞的廊下，倚欄斜坐，舉簫吹奏的時辰；她穿過的這些顏色，這些花花朵朵，也都像她十九歲的春華，變成一些火，一些火後的灰燼了。

但總不甚甘心，即使經火成灰，那些紙灰卻不像紙灰似的，容易紛紛蝶散，它們還像沒焚前那樣，整片整片的在火裏掙扎著，灰面上依然印著那些花朵的痕跡，荷是荷，蘭是蘭，梅是梅，菊是菊的。

它們不會泣訴，不會呻吟，卻會藉著煙，在半空裏寫字。那些煙初昇時，筆直筆直的，真像一枝筆桿兒，到了高處接著了風，便嬝嬝的寫下一些奇奇怪怪的篆字來。

我仰起臉，久久的凝望著那些煙寫成的字，雖是一個也不認識，卻也讀出了一些人生若夢的感傷。——也許只是朦朧不解的惘然罷？

記得三表姐曾教我的那首歌：

「花非花，
霧非霧。
夜半來。
天明去，
來如夢春不多時，
去似朝雲無覓處……。」

大表姐這短短的一生，好像都包藏在這首歌裏了！煙，究竟你在天上寫些什麼話呢？你寫的是眼前慘澹的人間，還是那許多傳言中展露著的久遠？

「大姐，大姐，妳聽著，」三表姐帶著一種真誠的稚氣，一面朝火裏投著衣裳，一面喃喃的，自語似的說：「這件織錦緞荷葉邊的襖兒，是妳平素愛穿的，配上那條黑毛葛的褲兒，夠暖了，……大襖也燒給妳了，那件灰鼠毛的沒燒，爹說過：人沒滿廿，不要穿皮毛，我們會替妳收藏著，明年再燒罷……」

「瞧妳，么妹兒，」二表姐抬起臉，看我還在一邊呆站著，就起身牽著我說：「清水鼻涕全凍出來了，還不回屋去，在這兒呆站著幹嘛？」

「妳看，」我指著熅熅騰散的焚衣的煙：「二表姐，煙在雲上寫字呢，妳認得是什麼字嗎？」

「煙也會寫字？」她說。

她並沒有抬頭去看煙，卻一直凝望著我的臉，替我端正了絨線風帽，掖了掖我頸上的圍巾。

「雁能會寫字，」三表姐在一邊說：「在她眼裏，煙自然也能。」

「快要落雪了，我帶妳回屋去罷。」二表姐說：「妳聽，八哥兒鳥在叫喚妳了。」

即使被牽回屋裏來，我還是癡想著那些煙寫成的字，在灰黯的半虛裏，張掛著那些筆劃難分的盤繞，它們究竟是寫著些什麼呢？我問過那對籠裏的八哥兒鳥，牠們彼此施了個眼色，存心串通了似的，齊聲回說：

「不知道，真不知道！」

天真的開始落雪了，三表姐她們焚完了衣裳回房來時，身上已沾了些細碎的雪花。若是在往年，落雪對我是宗大事情，一聽說天落雪了，就會興奮得飯也不想吃，覺也不想睡，要搶先跑出房門，奔至天井裏去，用凍得紅紅的小手接著雪花，數數它有幾個角，或是握著一把冰寒，讓它們溶成些微溫的水滴，……看那些小哥哥小姐姐們打雪戰，堆雪人，拖雪橇啊，用長竹竿敲打冰鈴啊，幻想滿院子的白雪，或將變成甜甜的糖和乾乾的麵粉，那就好拿去周濟窮人了。

可是今年在綠楊村，在小舅家的宅子裏，在大表姐死去之後，我卻有些怕見雪花了。怕它的白，怕它的冷；眼前的日子，業已冷白白的了，哪還受得更白更冷的大雪染白了的冬天呢?!

這一年的冬天真夠長的，三表姐按照古老的習俗，從冬至起始，就用白紙畫了一枝梅花，十六朵素色的花朵，一顆沒放的花苞，湊成九九八十一個瓣兒，每天用色筆塗去一個瓣兒，這樣的數著日子消寒，數來數去，總覺空白瓣兒太多，有色的瓣兒太少。

「這叫什麼呀?」三表姐。」

「這叫九九消寒圖。」三表姐說：「交冬數九了，成天悶著也悶著，數著盼著九盡春來的日子，等到梅花瓣兒塗盡了，楊柳就該發苞了呢。」

從冬數到年，日子還是又白又冷。大表姐出了七，表面上的哀傷淡了些兒，每人心裏，都還沉甸甸的墜著鉛。也許二表姐和三表姐當著媽的面，儘量裝得舒解些，也懶懶的拾起針線來做著，也繡著繡架上沒完的繡幅，也剪些兒顏彩鮮豔的窗花，教我怎樣貼在結著雪采兒的玻璃窗上。但整整一冬天，我們沒有真心的笑過，也沒有唱過一首歌，那些浪花樣的歡快，彷彿都凍住了。

哪天能化得開這些冰凍呢？

塗了一瓣兒梅花，又塗一瓣兒梅花！

媽她原是勸解人的人，日子越過下去，她的眉頭卻越鎖越深，最後反要兩個表姐來勸解她了。

「妳們不知我心裏的苦楚。」媽跟二表姐、三表姐說：「我帶么妹兒逃難回到娘家來，原以為暫住三兩個月，就上路去晉南的。她五舅去後，那邊一直沒有信來，也不知么妹兒他爹跟她哥是不是還在那邊？亂世裏的離鄉人，全像沒根的浮萍草，一浪東，一浪西的，沒定兒的，我要是帶著么妹兒逕去那邊，找不著人，母女倆，兩眼漆黑的，投奔誰去？……想了又想，只好等，轉眼快一年了，荒鄉像口旱井似的，沒有一些兒消息，一家分在幾下裏，該是什麼心情？」

「姑媽，妳也甭愁，年根歲底，行人不上路，哪會見消息？」三表姐說：「石齋老伯，他最晚開了年就會來，跟他一道兒上路，要可靠得多。也許爹也會帶著我們逃難去西邊的，就算我們是鳥，也該出籠子了。」

「我們若是都走了，拋開了這片園子，」二表姐說：「那樣，不是把大姐的骸骨孤伶伶的拋下了麼？我也想過，就是亂到了綠楊村，讓爹帶妳走，我是死活也不離開這座園子的了。」

那年的年景夠黯淡的，黯淡得使人不忍再去回想。

上元節前，晉南有信來了，信是爹手寫的，沿路輾轉托人帶的來。信上沒說太多話，只說交人帶下盤川來，要媽儘快帶我去晉南，再晚，鐵路就要斷了。信上沒提起大哥和大表姐的婚事，只說大哥早已離開鹽池，辭了那份差事，加入抗日救亡隊，去了中條山。

接信之後，媽一即就收拾行李，她急著忙動身。我卻跟三表姐兩個人，在紮著一盞青紗燈，說要把那盞燈，掛在大表姐的墓前，要是她出墓，也能有盞賀節的燈替她照路。

而那個石齋老伯，恰巧就在我們臨走前到的。

我不知道為什麼小舅和二表姐變了主意，說什麼也不肯離開綠楊村的？上路的，只有石齋老伯，外加媽、三表姐和我三個人。石齋老伯帶著三表姐，說要先去洛陽，後轉西安，他說他只能送我們到石家莊，然後就要分路了。

「分路也不要緊。」他跟媽說：「華北的重兵屯在那兒，日軍還沒能順利陷山西，我在那邊有朋友，會照顧妳們到陽泉，走正太路轉同蒲路去晉南，除了人多車擠，一路受苦，還不至擔太大的風險。」

臨行那天正是上元節，我記得。

三表姐帶我在園子裏徘徊著，她哭，我也哭，也不知為什麼要哭得那麼傷心。素梅花瓣兒雖沒塗得完，掐著指頭推算，離九畫春來的日子也不遠了，但是天上的灰雲沒有退，園裏的殘雪沒盡溶，枝頭的楊柳也沒抽芽，春還早，綠楊村仍在沉睡著。

我知道，殘雪溶盡時，春會醒。

但碧琴表姐呢？

好淒涼的那支在深巷中流咽的琵琶，又從我的記憶裏流出來，在耳畔響著，一個叮咚接一個叮咚，飛進低低鬱鬱的的雲裏……。

從誰家飛起一陣帶風鈴的鴿子，繞著村莊盤旋，嗡昂嗡昂的風哨兒隨風飄散入長廊。鴿子飛起來，仍回落在巢中，人呢？怕不會有鴿子們這樣的幸運了。

村外廣闊的野地，有輛大馬車正在等著我們。

臨上馬車，我淚糊糊的望不清那一群羅列在車前的人臉了。我坐在三表姐的膝頭上，手裏抱著那隻裝著三個小布人兒的木匣子，鴿群飛出雲層，又飛進去了，只留下一片嗡昂嗡昂的鴿鈴聲。

我望著那些送別的人臉，隔著淚光的人臉都變得扁了，大了，依稀分辨出那是小舅，那是管家老陳。那是愛擠眼嚇人的光頂老王，我也見著了大舅媽、二舅媽、小銀兒，以及渾身一股狐味的馬臉趙媽，我奇怪的發現，我原都喜歡她們。

再見了！再見了！

馬車朝前滾動了，揮著手的人們落到身後去了，我把那隻小木匣兒抱得緊緊的，緊緊的。那裏面裝著的，不僅僅是三個小布人兒，還有我童年期一段美麗又淒迷的回想，像一場無始無終的斷夢，在綠楊村，那隻翡翠色的魔瓶裏，我得著的，就是這些。

這些，已經夠多的了。

車輪在稜稜的冰路上滾動著，不時發出軋軋的響聲。春還在睡著，但春就快醒來了。

是誰用絹帕替我擦拭的呢？我扭過臉去，看見三表姐那雙猶帶著淚痕的濕眼。

「哎喲！」我突然想起來：「三表姐，我的八哥籠兒呢？我的八哥兒鳥忘了帶來了。」

「我沒忘記，」她說：「是我把牠們放飛了，么妹兒。讓牠們自己去找春天罷。」

「妳爹也真的拗，碧鳳。」石齋老伯在前座轉臉說：「國難臨頭了，他不走，還要守著那座大園子，那高牆老屋，不就是一隻鳥籠兒？……上一代，業已囚死了妳小姑姑，這一代，又慪死了碧琴，怎好把碧雲還囚在那座園子裏呢？」

「您不知道，石齋伯伯。」三表姐哽咽著：「我二姐，她也吐了血，……跟大姐得的是一樣的病。她死活不肯走，說是要跟大姐做伴兒，我爹他……丟得下死的，也丟不下活的。」

石齋老伯也垂下他花白的頭，嘆著不言語了。

牲口的蹄聲敲著冰路，綠楊盡了，天野了，地闊了，我們向前面去，要走更長更長的路。要穿過一千層雲，去接受，不，該說是找尋另一些故事，但，我總是喜歡跟人講說這最初的。

我的語音不是洞簫，說不出那種縹緲的淒涼來，當然也不比八音鐘，有那樣的婉轉悠揚。那古老的故事，只有煙能夠寫它，你曾看見過那些寫在雲卷上面的煙的篆字麼？即使有，時代的烈風，也早該把它們吹散了，沒能留下一絲蹤跡罷？

二十三　夢迴綠楊村

鴿群飛過去
嗡昂的鈴聲響在雲裏
你可曾聽見
那遠遠的雲外的迴音？……

我是在另一些故事裏面長大的，那是些荒遼的、野獷的故事。

那裏面，不再有高牆和大園子，不再有繽紛的花和牽風的弱柳，有的是窮兇極惡的邊風的長號，是砂礫地上遍佈著的銳石的狼牙！燒煤的貨車是黑鐵色的大龍，怒吼著，把無數難民們帶到西邊去，有許多怪石嵯峨的大山，連一株樹木全沒有。

那可以說完全不適合女孩兒。

但我確曾看見很多很多和表姐們同樣年紀的女孩兒，她們剪短了頭髮，揚著旗幟，走在救亡的行列裏，走在冽冽的風中，她們拎著石灰筒和油漆罐子，在街簷下寫出千百隻橫幅的標語，提著顏色筒兒，在圮牆上、車站上，畫出無數抗敵救亡的油畫來。

在陽泉，我看過一個面孔黧黑，身材高大的女孩兒在街上走，她背上揹著一把沒有刀鞘的大刀，刀身擦得很亮，刀柄上纏著猩紅的布條兒。

我也從穿軍裝的大姐姐們那兒，學會過一些新的歌曲，像：

「看，飛機還在不斷的丟炸彈！聽，大砲還在轟隆隆的響！……」

我們在隆隆的西行的火車上，急速的鐵輪的滾轉中，忘情的唱著。幾個人低聲的唱著，幾個人低聲的和應著，慢慢的，更多人一齊在唱著，更多人一齊和應著，捲成一股悲沉的、憤怒的狂潮，一直溢出車廂，隨風盪入荒淒的、旋轉著的大野上去，使那聲音和天地相連。

在這樣巨大、強韌、有力的合唱的歌聲裏，女聲總是激越尖亢的。這種新異的聲音，是那樣強烈的從根搖撼著我，那是綠楊村的夢裏從沒有過的。

也許在另一條道路上，三表姐也該聽著了罷。

在晉南的池鹽產地——運城，在爹的身邊，我度過了一個沒有花香的春天。

那兒的池鹽在鹽池中像晶白的山一樣堆積著，鹽工們日夜忙著曬鹽、裝包、運鹽，他們要在山西陷敵前拼命增產，把晶白的池鹽運到後方去。

那裏的春天是陽光和鹽的混合，工人們坐在鹽上，睡在鹽包上，衣裳和皮膚上，都染著由汗水蒸發而凝成的鹽霜，沉凝的空氣很鹹，連風也是鹹的。

那些黑臉白牙的鹽工們比五舅更會講故事，在運城，我沒能見著五舅，爹說他到晉北去了。沒有花香的春天，帶鹹味的風把我吹黑了。沒有誰肯耐心的聽我說綠楊村的故事，在那兒，每個人都成天忙碌著。

鹽池並不是什麼樣的深池，只是一塊廣闊低平的凹野，中間是星羅棋佈的曬鹽田，據說只有那兒的水可以曬出鹽來。

「為什麼這兒的水就能曬鹽呢？」

爹認真的告訴我，說是這一帶的土質裏飽含著鹽分，經過久遠的年月，溶解在水裏，把這些含著鹽分的水引進鹽池來，讓太陽把水分蒸發了，落下來的就是鹽，這種池鹽的曬製法，跟海鹽一樣。

但是，鹽工們卻不這麼說；有一個中年的鹽工，跟我說起池神的故事。

「很久很久之前。」他說，兩眼凝神的望著遠處，沉思著什麼，看樣子，究竟是多麼久遠，他自己也弄不清楚。「這一帶原不產池鹽，人們食用的鹽，全從老遠老遠近海的地方運過來的。嘿，

那時刻，鹽珍貴得很，……後來，一來來了個白鬍老頭兒，來到鹽池這兒討乞，這兒的人全很慷慨，對這外鄉來的老人肯關顧，周濟施捨不說，還湊了筆盤川，讓他回鄉。——妳聽啊，這老頭兒說：『我那老家還在東洋大海呢，太遠太遠了，有心在這兒住下來，又吃不慣淡食。』鄉人說：『您可不知道，這兒不產鹽，窮鄉僻壤的，地薄民窮，誰吃得起晶鹽啊！』

「那老頭兒說：『太不公道了，這兒地靈人傑，能生出舜帝來（**運城，屬安邑縣，為舜帝故鄉。**），怎會不產鹽呢？』——聽啊，那時天很熱，老頭兒說要到池邊抹把澡，他在池邊抹了身子，又把那件破襖兒脫下來洗了一洗，忽然天上有雲降下來，天昏地黑，電閃雷鳴的落了一場大雨，老頭兒不見了，雲端卻有黑黑的龍尾垂掛下來，招搖招搖的擺動著，彷彿跟人道別似的。」

「那老頭兒呢？」我說。

「哪還有什麼老頭兒?!——那老頭兒就是龍，牠在這鹽池裏抹過一把澡，又洗了鱗甲，從那時起，池水就變鹹了。鹽池如今產的鹽，行銷西北好幾省，這兒的人也都靠鹽富足了。」

「誑人的！」我說。

「不誑妳，」他笑出一排白牙說：「我又沒把鹽說成糖，妳不信麼？那邊有座池神廟在那兒呢，靠著你們住的地方沒多遠，要妳媽帶妳去看看，就知道了。——那座廟，聽說就是祭祀那老頭兒才建的，跟大舜帝留下的古蹟在一塊兒。」

不久我真的去了池神廟了。

廟宇不很大，但很古老了，又幽靜，又有些兒寒傖。廟門前站著兩棵老松樹，像兩個人併肩比高矮似的，廟裏有個地方，叫做「舜帝彈琴處」，在一棟冷暗的石屋裏，有一張石琴陳放著。

石琴並不真的是琴，只是一塊平平整整的長方形的石頭，雕琢得很像一張古琴的樣子，琴下墊有石腳，琴面上也按著宮商角徵羽的古音律，雕有像是琴弦的石槽。

「石琴不是琴，當年大舜怎樣彈它呢？」媽問說。

守廟的人告訴媽說：

「這就是當年舜帝彈的琴，妳按著石面上的弦線，用石塊敲打它，它就會發出不同的音來，跟琴聲一樣。旁的石頭不行，只有這石琴才行，可見它真是舜帝留下的神物，不會假的。」

我用石子試敲過那石琴，真的會發出多種不同的聲音，並不是鏗鏘悅耳的調子，卻有些兒過份古老的淒涼。……後來，我常常一個人跑到那兒去，在一片無人的寂寞中，用石塊胡亂的彈著那張石琴，讓千百年歷史的悲音，那樣涓涓滴滴的流在我的心裏。我把那隻小木匣兒打開，放在琴臺上，認真的彈著琴，盼望三個表姐也能聽見那古遠的琴音。

不管時代已變成什麼樣兒了，綠楊村，那座被鴿鈴繞繫的村子還在著，我的心裏仍有一股斬不斷的柔絲，使我時時牽動那些記憶，忍不住的癡癡懷想。

我真的不知道，為什麼許多古老的事物，總是那樣美，又那樣哀淒？人們只為貪著那份悠遠的美，便把自身也投進去，化為一股煙雲般縹緲的哀淒，讓後來的人們去沉醉，去嘆息，去寫下一些大體相同的故事？

而我真的是在另一些荒遼、野獷的故事裏長大的。

我一度住過抗戰時期以激烈大會戰聞名全國的中條山區，山上缺水很嚴重，那些原始的居民們都把水桶裝在牲口的背上，到山下很遠的澗心去取水。有時要走上好幾里崎嶇的山路，才能取得兩小桶澗水。洗了菜，好洗臉，洗了臉，好抹身，抹了身，好洗腳，每一桶水，都要用成黑汁兒，還要端去澆點兒什麼。

沒有牲口的人家呢？就得用肩挑，我見過好些比我大不了一兩歲的女孩兒，輕輕鬆鬆的挑了澗水上山來，一路還笑著、唱著什麼呢！——當然她們從來沒翻過書本兒，不知道什麼詩詞、戲曲、西廂、紅樓，她們沒看過洞簫，更不會唱：「西城楊柳弄春柔了……」。但她們一樣有花放的青春，一樣有著另一種野獷的溫柔。

為什麼那些書本兒裏，從沒寫過這樣的溫柔呢？

我的那隻寶貝似的小木匣兒，走南到北的，一直還帶在身邊。

只是那三個小布人兒——我心眼兒裏的三個表姐，都被我把玩得非常陳舊了，那些衣裳，鞋襪，變得又黯淡，又透著煙黃。

這裏沒有大舜彈過的石琴，但我仍愛懷揣著小木匣兒，爬到高處去，打開它，讓表姐們也能望得見重重疊疊的山間景色。

我會那樣迷惘的唱著三表姐當初教我的歌，一支唱完了，再唱另一支，從那些歌裏，回溯當年在綠楊村那段日子，我們共處的情境。

還記得那年七夕看巧雲時，大表姐曾經那麼喟嘆過：變得快的，不光是天上的巧雲，人又何嘗不這樣？一年年的，都不知會有什麼變化來呢！……如今，綠楊村又該怎樣了呢？

「燕雙飛
畫欄人靜晚風微……」

我這樣的唱著唱著，自覺真的化成了一隻輕盈的燕子，飛過一千重山，一千層雲，回到那繁花如錦，苔跡滿庭的宅院裏去，看看活著的二表姐，也看看大表姐的墓前茁出了哪些花草。還有跟著石齋老伯西行的三表姐呢？別後也沒得著她的消息了。

這人世，真的是變幻如雲了。

後來我們到了西安，見著了五舅和大哥，五舅告訴我說，綠楊村曾遭過兵燹，幾個房份的宅子全毀了，二表姐她，在我們離開後第二年春天，發病死了，也是嘔紅見血，跟大表姐一樣。三表姐跟石齋老伯到四川去了。大哥呢，也已經訂了婚，那位未來的嫂嫂還在豫北前線上，沒有回到後方來。從大哥那兒看過她的相片，她穿著緊身的衫子，馬褲和馬靴，大哥說她的馬術很精。

「碧琴，妳大表妹，她死了。」媽跟大哥說。

「我知道。」大哥沉默了一會兒說：「是五舅告訴我的，說她嘔血死的。」

媽就沒再說什麼，也沒提起她怎樣保藏過他的那張像片，碧琴表姐那一段癡情，也就在一剎沉默裏化成了灰燼。那次大哥是回陝料理公務，不幾天，他就走了。

只有我，在夜晚偷偷的哭過，摟著小布人兒，跟大表姐說了許多許多的癡話。

人是一年年的長大了，我開始認真的想過那場夢境，它不是什麼樣動人的故事，只是那一角空間裏真實生活的呈影。我也不再相信當初自己那種可笑的幻想，以為大表姐會跨鶴昇天，她死了，被埋在那座冷冷溼溼的墓裏，永遠不會再回人世的了。而她當初告訴我，那個「千里覓人入夢」的方法，完全是一種哄孩子的話，我沒有去找過那樣的紅葉，那樣的睡蓮，但我仍記著她誑我時的那番情意，我真的為她，也為二表姐傷心。

抗戰勝利後，我回到天津去讀書，也沒能回綠楊村去看一看。我想，那種劫後的慘澹，跟別處受劫的鄉野不會有太大的不同，而整個北方大野上劫後的慘景，我們在乘車經過大隴海和津浦線時，已經看得夠多的了。雖沒再去綠楊村，可也見過由綠楊村來的親戚，從他們嘴裏知道一些摹想得出的景況。

二表姐死後兩年，小舅也死了。那遭過火劫的園子，只有些殘牆斷瓦，和兩座湮荒的墳墓。那些書本兒，那些繡幅和字畫，不用說，早都零散的零散，成灰的成灰了。三表姐聽說嫁了人，也不知對方姓什麼，叫什麼。只聽說是位年輕的空軍，她嫁後，他便帶她去了昆明，一直沒有回來過。

由於鄉下鬧土共，大舅媽逃到城裏來靠小銀兒，小銀兒在城裏一家銀樓做學徒，已經出了師，當了工匠了。

亂世並沒有過去，亂世裏活著的人，也都是那樣時合時離，時好時歹的。真實人生就有那麼冗雜、零亂、平淡，和一些多多少少的哀淒，但絕不像童年時期那樣幻想著的樣子了。

我記憶裏的綠楊村，只是一個屬於孩童的夢。人長大了，連那夢也碎了。

說來你會覺得好笑的，卅六年，北方動亂，我飛到南京，後來轉赴上海，再搭輪來台灣，所有的東西，差不多都丟光了，只有三表姐當初送給我的那隻小木匣兒，匣裏裝的那三個小布人兒，一直還帶在身邊，有時我還會在靜靜的夜晚，背著孩子，偷偷的在燈下把玩著它。

是的，那些小布人兒的衣裳早就破爛了，論精緻美麗，遠不及西門町那些商店玻璃裏陳列著的古裝女娃娃和唐裝女娃娃。時代的確是進步了——在這些方面更為明顯，我不願意在兩者之間作什麼論斷，只是有一份屬於我自己的感嘆。

我常以憑弔的心情，緬懷著那段早已煙黃的日子。我也常深深的思考著，一針一線的縫綴那早就碎了的夢片。接受那些小布人兒的時刻，我還是個幼小的女孩兒，眨眼的功夫，不但是「綠葉成蔭」，我的大孩子也超過我當初那樣的年齡了。此時此地，我又是懷著怎樣的心情呢？

「十年生死兩茫茫，
不思量，
自難忘，
千里孤墳，無處話淒涼。……」

也許，蘇東坡的這闋〈江城子〉可以寫照罷。但彷彿仍不止這些，我耳邊響起的，不單是那支常在故宅深巷裏流轉的琵琶，還有那池神廟裏經歷幾千年歲月的石琴聲，整個歷史，也許全是那樣的一陣悲風罷？

我不太相信一個時代和另一個時代之間毫無關聯，也不太相信眼前的時代裏，就沒有像碧琴表姐那樣纖柔嬌弱的女孩兒，雖說外在的面貌截然不同了，誰敢說在內心意識上也洗褪了那已逝時代的影跡了呢？在這嫵媚的南國，坊間肆上，陳列的盡是軟軟的抒情，幽幽的夢，那也不是擷自現實人間麼？

當然那不會再是讀爛了的紅樓，翻破了的西廂。

十幾年來，我懷著悲憫的心，從報章上，讀了很多很多屬於這一時代的、美麗哀淒的故事，日月潭寫過，澄清湖寫過，碧潭寫過……怪那些美麗的少男少女們情癡麼？卻也正像碧琴表姐那樣：輕輕的咳，微微的喘，患上那麼一點兒軟軟的小病。

能怪我常常把玩著三個小布人兒，回想著那段煙黃的往事麼？在這兒，有太多太多新奇的電器、霓虹、音樂、布疋、歌舞，裝點了這時代的音容，踩在窄窄的高跟鞋上的腳步，旋呀滑的都像是在舞著，一切都講究速度，連愛寫故事的日月潭，澄清湖和碧潭，寫故事的手法都比當初明快了。也許缺乏那份古老的纏綿罷，早餐桌上的嘆惜都難換得了。

這裏沒有大舜彈過的石琴，沒有從淒寒北國飛來的大雁，我與其說想念著碧琴表姐，不如說想念著那些鍛鍊我長大的，荒遼、野獷的故事。

你懂得煙在雲裏寫的字麼？那些嬝嬝的奇異的篆紋？那該是無風的承平日子裏的故事。而火車上的濃煙從不寫那樣的故事，它們轟隆隆的劈破荒遼，那迎向長風的煙柱，是青年們滾滾不歇的怒吼，幾個人唱著，幾個人和應著，更多人唱著，更多人和應著，捲成一股悲沉沉的、憤怒的狂潮，溢出車廂，和天地相連……。

（全書終）

綠楊村

作者：司馬中原
發行人：陳曉林
出版所：風雲時代出版股份有限公司
地址：10576台北市民生東路五段178號7樓之3
電話：(02) 2756-0949
傳真：(02) 2765-3799
執行主編：朱墨菲
美術設計：許惠芳
行銷企劃：林安莉
業務總監：張瑋鳳

初版日期：2021年10月
版權授權：司馬中原
ISBN ：978-986-5589-39-4
風雲書網：http://www.eastbooks.com.tw
官方部落格：http://eastbooks.pixnet.net/blog
Facebook：http://www.facebook.com/h7560949
E-mail：h7560949@ms15.hinet.net
劃撥帳號：12043291
戶名：風雲時代出版股份有限公司

風雲發行所：33373桃園市龜山區公西村2鄰復興街304巷96號
電話：(03) 318-1378
傳真：(03) 318-1378
法律顧問：永然法律事務所 李永然律師
北辰著作權事務所 蕭雄淋律師

行政院新聞局局版台業字第3595號 營利事業統一編號22759935

定價：340元

國家圖書館出版品預行編目資料

綠楊村 ／ 司馬中原著. -- 初版. -- 臺北市：風雲時代,
2021.04 面；公分

ISBN 978-986-5589-39-4（平裝）

863.57 110003619